尼ヶ﨑彬セレクション②

花鳥の使

歌の道の詩学

尼ヶ﨑彬

花鳥社

『花鳥の使――歌の道の詩学』目次

I

和歌のあや——序説に代えて

法は本より言なけれども、言にあらざれば顕はれず。——空海

序　二つの詞——ただの詞とあや

近世に至るまで、日本の文学論の殆どは歌論である。江戸期になって古典文学や国語の学問研究は著しく進んだが、言葉の「あや」は、依然和歌の問題とみなされていた。

例えば、宣長はこう考える。「ただの詞」はものの「ことはり」を精細に記述し、論ずることはできるが、「あはれ」を伝えることができない。「あはれ」は「いふにいはれぬ」ものである。この「あはれ」を表現するものが「あや」ある言葉、即ち歌[1]である（石上私淑言《いそのかみささめごと》）。

この宣長の論は、日本の文学論における「あや」の考えを、ある意味で集約している。即ち、

1、言葉には二種ある。「ただの詞」と「あや」ある詞である。

2、二種の言語表現に対応して二種の表現内容がある。一つは「ただの詞」の表す「ことはり」、一つは「あや」の表す「あはれ」である。

3、従って「あや」は「ただの詞」の言換えではない。つまり、「ただの詞」の表す同じ内容を、より巧みに表現するのが「あや」の機能ではない。むしろ、「ただの詞」では表しえないものを語るのが「あや」である。

4、「あや」を以て「あはれ」を表す文学形式が和歌である。

すぐわかるように、ここでは「ことはり」を語るための「あや」は視野の外にある。宣長は、「ことはり」を表すには「ただの詞」を以てする方が正確と考え、「あや」を不要とみたのであ

ろう。自然、「あや」は文学の、とりわけ和歌の言葉遣いとして研究されることになる。

「あや」の意を広くとれば、五言七言の定型に収めてあるというだけで、全ての和歌は「あや」をもつ(2)。しかし狭義にとれば、和歌にも文《あや》のあるものとないものとがある。前者を「有文《うもん》」といい、後者を「無文《むもん》」という。但し、「無文」も「ただの詞」と全く同じではない。俗語を避けて雅語を用いるという点では、既に「歌詞《うたことば》」である。ただ、歌の姿の平淡を重んじて、目に立つ「あや」を嫌うものである。

中世初頭、無文の歌風と有文の歌風とが争い、後者が勝利を収め、以後の和歌様式の理想型となった。いわゆる新古今風である（宣長も新古今を「此道ノ至極」(3)としているから、彼の考える「あや」も、まず新古今を念頭に置いたものであろう）。そして当然の事ながら、和歌の「あや」について最も深く考えをめぐらせたのは、自らこれを駆使した中世の歌人たちであった。

日本におけるレトリックの問題を考える時、「レトリック」を「あや」という面に限れば、和歌と歌論において「あや」がいかなるものであったかを、中世を中心に検討すれば、ほぼ足りるように思われる。日本において、「あや」は歌のものとみなされ、その技巧は新古今において頂点に達し、以後明治に至るまで、「あや」に関する限り、作品においても論においても、その枠を超えていないからである。

1　二つの意味――こころとことはり

歌論は、歌のいかにあるべきかを論じる時、一首の「こころ（心・情・意）」、「ことば（詞）」、「すがた（姿）」の三方面から語るのを常とした。「こころ」の語は極めて多義に用いられるが、一首の歌の「こころ」という時には、その作品にこめられた内容を指す。そこでしばしば、この「こころ」を現代語訳して「意味」という。これは間違いではないが、誤解を招きやすい措置である。

実は歌論には、現代語の「意味」に相当する語が二種ある。一つが「こころ」であり、今一つは「ことはり（理）」（又は「義理」）である。この「ことはり」の語も「こころ」に劣らず多義であるが、歌の「ことはり」と言う時には、一首の詞が表す意味を指す。

通常我々が「言葉の意味」という時にまず考えるものは、むしろ「ことはり」の方である。そして仏教の言語論が主題としたのも、この「ことはり」の機能と限界であったと言えよう。『摩訶止観《まかしかん》』を引く俊成(4)や、天台僧であった権大僧都心敬《ごんのだいそうずしんけい》の歌論の根底には、天台の言語観があると思われる。天台の基本テーゼ「空仮中」三諦(5)（三つの真理）のうち、「仮」とは「仮名《けみょう》」のことであり、「名」とは名称・言語・概念を包括した語である。というより、仏教の見地からは、名称・言語・概念は同じ一つの事象であり、これを「名」という語で表す。そしてこの「名」が、実は人の設定した仮構にすぎぬということが、「仮名」の謂《いわれ》である(6)。

例えば、ヘレン・ケラーは流れ落ちる水に触れ、はじめて無明《むみょう》の状態を脱したという逸話がある。彼女は、この時手に触れているものを〈水〉という概念をもって捉え、この概念が「WATER」という記号によって表されることを知ったのである。この仕組みのあることさえ知れば、あとは一瀉千里《いっしゃせんり》。とりとめのない世界が、概念によって構造的に把握され、彼女はその記号を次々と憶えさえすればよかった。

彼女が〈水〉という概念を摑んだのは、今触れているものと、かつて触れてきたあるものとが、温度や勢いなどの感触はさまざまであっても、これらが一つの〈型〉を共有すること、そしてその〈型〉に名称があることを知ったからである。言換えれば、彼女は、この水あの水という個別的な接触を中断して、〈型〉という抽象化されたもの、即ち〈水〉の概念を意識の対象とすることによって、はじめて世界を構造化する方法を摑んだのである。

この逸話は、言葉というものの性格をよく表しているように思われる。人は渾沌の世界を〈型〉の集合へと分節化し、その各単位に名称を与えることによって、概念へと定着させる。この時、言語体系と概念体系とは同じものである。世界は、この言語＝概念（名）によって、秩序ある構造として理解される。逆に言えば、我々が「有る」と考えている世界（「諸法」の「有」）とは、仮設された概念体系（仮名）としての世界である(7)。

この言語＝概念の体系は、同一言語圏では共有されているから、我々は何事かを他に伝えたい時には、それを概念の組合せに編成し、記号化すればよい。記号の一組（文）が所定の法式（文法）に則って綴られる時、受信者はこれを解読して、心中に一定の秩序で概念を組織するであろう。この概念組織が、文の「ことはり」（または「義理」）である。

このように、何事かを論じ、伝える時、我々は常にその何事かを「ことはり」に置換えて捉えているのである。ここに、言語の利点と限界とがある、と仏教は考える。概念は意識内部で操作できるから、これを精密に操ることによって、世界はいよいよ精密に把握されてゆく。我々は厳密な手続に従って世界の在り方について語り、これを「真理」と称する。しかし、言語＝概念が「仮名」であるとすれば、言語によって語られた真理は、全て仮構のものにすぎない（一切言説、仮名無レ実）(8)。

即ち、仏教の立場からすれば、言語によって語られる世俗の真理（俗諦）と、言語によっては語りえない仏法の真理（真諦）とは全く別のものである。世俗の真理は、日常の世界を生活する上で役に立つ。しかし、本当の世界のありよう（真如実相）は、概念設定（仮名）という方法では捉えられない（言語道断）のである。この故に禅宗などでは、仏法の継承は言語によらず（不立文字）、人格の接触によって「心」そのものをじかに伝えてゆく（以心伝心）ほかはないとする。

しかし『摩訶止観』は本論に先立ってこの問題をとり上げ、衆生を導くためにはこの不可説の真理を語らねばならないし、また語り得る、とする。いかにしてか。「月が重山に隠るれば、扇を挙げてこれに類《たぐ》え」(9)るという間接的な方法（方便）によって。つまり、真理は「ことはり」としては語りえないが、比喩としては語りえる、ということである。ここに、言葉のもう一つの働きがある。そして、和歌が「狂言綺語《きょうげんきご》」ではなく、「和歌仏道全二無」(10)となりうる根拠がある。

もちろん歌道は仏道と同じものではなく、和歌の語るものは必ずしも仏法の真理ではない。

しかし、「ことはり」によっては表しえぬ、ある人の「心」のあり方、という意味ではそれに通ずるであろう。そして、和歌が言葉を用いて語ろうとしたもの（「ことはり」ではない意味）を、歌論では「こころ」と呼ぶ。この「こころ」を伝える仕掛けは、「ことはり」を伝える仕掛けとは別のものでなければならない。

古今集仮名序に、歌を論じて言う。

「世の中に在る人、ことわざしげきものなれば、心に思ふ事を、見るもの聞くものにつけて言ひ出せるなり」

人がある事態（ことわざ）を経験する時、「心に思ふ事」を言語化したものが歌であるという。この「心に思ふ事」は、二通り考えられるであろう。

一つは、経験対象としての事態、即ち「ことわざ」について心に考える事柄がある。見える事態を認識し、見えぬ部分を推理し、関連する知識を想起し、損益を判断する。これらは概念操作によって行われ、人はその「ことはり」を言語記号によって容易に他者と共有できる。

しかし、経験されるのは、そのような対象としての「ことわざ」だけではない。同時に、その「ことわざ」が私の心に及ぼした影響をも経験しているのである。それは一種の驚きかもしれないし、不安かもしれないし、恍惚かもしれないが、私はそれを〈私の様態〉として直接に知覚するのであって、概念に置換えることはない。

つまり「ことわざ」の経験には、認識対象としての「ことわざ」と、その「ことわざ」に対する私の関り方との、二つの側面がある。前者は「ことはり」によって再構成されるが、後者は直接知覚される私的な〈気分〉ないし〈感じ〉であって、「心に思ふ」時にも概念＝言語を介さない。

従って、この〈感じ〉を他者に伝えようとする時、これを対象化し、概念に置換えるという方法は、多くの場合有効ではない。例えば、真昼に散る桜を前にした時、その形状や状態についてなら、「ことはり」は詳細にこれを記述できる。しかしその時の私の、うららかとも物悲しいとも言いようのない〈感じ〉については、通常の概念操作によっては捉えることができない。例えばこれを分析して「うららか七分、もの悲し三分」などと言うのは殆ど意味がない。〈感じ〉は、要素の集合ではないから、要素概念の組合せに分節できるものではなく、全体としてそのようなものと捉えるほかないからである。多くの場合、このような〈感じ〉を過不足なく表す概念組織はない。また仮にあったとしても、その概念の伝達と、〈感じ〉の伝達とは別の事である。「不安」という語によって、不安の概念は伝えられるが、それで不安の〈感じ〉が伝わるわけではない。つまり〈感じ〉とは、もともと「いふにいはれぬ」ものである。

人は、この言うに言われぬ〈感じ〉を伝えるために、「あや」を用いて歌を作る。「ことわざ」としての桜（形状や状態）を言わんがために歌を詠む人はいない。この時、歌という形式で表さんとする〈感じ〉が、歌の「こころ」なのである。例えば、

久方の光のどけき春の日にしづ心なく花の散るらむ

と言えば、「うららか」とも「もの悲し」とも言いようのないある〈感じ〉を、読者は歌の表す意味として了解するであろう。それがこの歌の「こころ」である。

歌が詠まれる時、一回限りの私的な〈感じ〉は、一つの〈感じ〉の型として、読者に共有されることになる。つまり、「こころ」とは、ある特殊な〈感じ〉が、共有可能なように（言換えれば、他者が反復できるように）一つの〈型〉にまで結晶させられたものである。概念が事象を切取る〈型〉であるように、歌の「こころ」とは、人の移ろいやすい〈感じ〉を輪郭鮮やかに捕捉した〈型〉なのである。

一つの歌が発表されると、一つの「こころ」がその文化圏に公有されることになる。これにより人は、ある「ことわざ」に触れた時、この「こころ」を想起し、その〈型〉に従って事象を〈感じ〉ることができる。例えば、湖上を行く舟を見て、我々は何も感じないことが多いであろう。しかし、

世の中を何にたとへむ朝ぼらけこぎゆく舟のあとの白波

の歌を想起する者には、眼前の光景が、たちまち無常の象徴として立現れるかもしれない[11]。ヘレン・ケラーが、物の名を学ぶことによって、以後世界を概念に分節して捉えることができたように、我々は歌の「こころ」を学ぶことによって、ことに触れて、その〈感じ〉の型を反復できるであろう。

古歌の「こころ」を想起反復する時、人はその〈型〉を〈感じ〉るのみでなく、それを対象化して捉える視点を同時にもつ。〈感じ〉はとりとめのないままに体験されているのではなく、一つの〈型〉として自覚され、他の〈感じ〉と弁別されている。もともと歌を作るとは、作者にも曖昧なものの〈感じ〉を、一つの輪郭をもった〈型〉にまで結晶させることにより、それを自覚する（対象化して捉える）作業である。読者はこの〈型〉を知ることにより、曖昧な〈感じ〉を微妙に弁別しうるようになる。

画材屋に行くと赤だけでも数十種の絵の具が置いてある。画家はそれらの名前を知っている。ということは、我々が「赤」という一つの概念で捉えているものを、画家は数十の概念に分節しているのである。画家の色彩に対する感覚が我々に比べてはるかに鋭敏であることは容易に想像がつく。同様に、より多くの〈感じ〉の〈型〉を知っているものは、より精妙に事象に感じることができるであろう。

古今集が一千首の和歌を世に送り出したということは、一千の「こころ」を公共化したということであり、人々が花鳥風月に、また恋に感ずる〈型〉を一千通り自覚したということである。同一言語圏の人々が同じ形式で世界を把握するように、和歌文化圏の人々は、同じ〈型〉で事象を〈感じ〉るであろう（一般にそれは、〈感じ〉の〈型〉を自覚せぬ人々に比べれば、より精妙なものとなるであろう）。

この〈感じ〉る能力に乏しい人を、古来「あはれを知らぬ」とか「心なし」と言い、人は歌を学ぶことによって「もののあはれ」を知ることができると考えられていた。人は歌によって、物の〈感じ〉方を学ぶからである（この〈感じ〉は「あはれ」と言換えても差支えない）(12)。

なお、〈感じ〉には二種ある。仮に対象の〈感じ〉を〈気味〉と呼び、主体の〈感じ〉を〈気持〉と呼ぶことにする。例えば、「もの悲し」は〈気味〉であり、「悲し」は〈気持〉である。秋の夕暮は「悲しい」のではなく「もの悲しい」のであり、母の死は「悲しい」と言って「もの悲しい」とは言わない。〈気味〉は事象の私に対する立現れ方（雰囲気の味）であり、〈気持〉は私が事象に対する構え（気の持ちよう）である。一般に、四季の景物を詠む歌は〈気味〉を「こころ」とし、恋・述懐などは〈気持〉を「こころ」とする。

しかし、「もの悲し」が「悲し」に「もの」をつけただけの語であることは、「もの悲し」と「悲し」に何らかの対応関係があることを示唆している。「もの悲し」い秋の夕暮は、私に「悲し」に似た〈気持〉を喚び起し、また私の「悲し」という心の構えは、見るもの全てを「もの悲し」く見せるであろう。事象の〈気味〉はそれに対応する〈気持〉を私に生じさせ、私の〈気持〉はそれに対応する〈気味〉を事象に付与する。それが「悲し」と「もの悲し」、「淋し」と「もの淋し」などの関係である。

とすれば、〈感じ〉は〈気味〉を主とする時にも〈気持〉を伴い、〈気持〉を主とする時にも〈気味〉を伴う。従ってある歌の「こころ」は、相関する〈気味〉と〈気持〉を同時に含みながら、それを二つの〈感じ〉ではなく、一つの〈感じ〉として切取ることができるであろう。この時、事象の〈気味〉と私の〈気持〉とに区別を立てることができない。為兼の言う「物にふれてことに心と相応したるあはひ」(13)に「こころ」を置いているからである。

2　二つの付託法——比と興

「ただの詞」は、「ことはり」を伝えるには十分であるが、「こころ」を伝えるには必しも頼りにならない。このために歌は「あや」を用いる。そこで「あや」の意義を知るために、まず「ただの詞」で伝え得る「こころ」の範囲を考えてみなければならない。

語彙の中には、元来「こころ」を表すために発明されたものがある。「悲しい」「うららか」「美しい」等のある〈感じ〉を示す語である。しかし、これらの語の使用は、ただちにその指示する〈感じ〉を読者に喚起するわけではない。例えば、「美しい川があった」という文を読んで、我々は「川があった」という「ことわざ」については、その文の「ことはり」（概念組織）から知ることができるが、作者が感じたであろう「こころ」（美感）を心の内に再現することはできない。

もちろん「美しい」という形容詞は無意味ではない。読者はこの語がどんな場合に用いられるかを知っている。従って、この川が、どこにでもあるような川ではなく、ある種の〈感じ〉を与え得るものであることはわかる。この時「美しい」という語は、その「川」の「ことわざ」について何か具体的な情報を付け加えることはしないが、その範囲については、これをある程度限定している。しかし、作者の一回的な体験であるその〈感じ〉自体を読者の内に喚び起す力はないと言わねばならない。

〈感じ〉を伝えるための補強手段として、「ただの詞」には二つの方法があろう。一つは〈感じ〉

を表す語を補うことであり、今一つは「ことわざ」を表す語を補うことである。しかし、次の文は、先の文に比べて〈感じ〉を喚起する力が強くなったと言えるであろうか。

「妖艶で、華麗で、目に鮮かで……美しい川があった」

確かに、この文の適用可能な「川」の範囲は一層狭く限定される。その意味で列挙された形容語は無意味ではない。しかし〈感じ〉を表す語の補強は、〈感じ〉の限定には有効であっても、〈感じ〉の喚起には結びつかない。

実際、一般に採られる方法は、「ことわざ」についての情報を増すことである。これは、「美しい」という語に「ことはり」によるコンテクストを与えることであるとも言える。例えば、

「水面の色を変えるほど紅葉が散りしいている美しい川があった」

と言えば、この文の表す「ことはり」の部分によって我々はあるイメージを思い泛べ、「美しい」という語の指す〈感じ〉を我々なりに（作者の経験と同じでないとしても）理解できるかもしれない。しかしこれを考え直せば、〈感じ〉を生ずるに十分なイメージを「ことはり」によって表すことができれば、〈感じ〉を表す語そのものは要らない、ということである。従って右の文は、次のように言換えても、その効果は変らないであろう。

「水面の色を変えるほど紅葉が散りしいている川があった」

さて、このような「ただの詞」で、読者は美を感じることができるであろうか。（例文の拙さを棚上げして理論的可能性だけから考えれば）次の三つの場合にはそれが可能である。

1、読者がかつて同様の光景に美を感じた記憶がある場合、この文からその経験を想起し、

その時の〈感じ〉をこの文の「こころ」として了解する。
2、この文の前後に更に精細な描写があり、読者がその〈感じ〉の追体験に十分なほどのイメージを持ち得、かつ読者にそのイメージを〈美しい〉と感じる用意のある場合。
3、読者がかつて類似の文章により、ある〈感じ〉を追体験した記憶のある場合、これを想起して、この文の「こころ」に当てはめる（これを積極的に利用したものが本歌取りである）。
1と3とは、読者の内に既にある「こころ」が利用可能な型として準備されている場合である。2は、事態の言語的再現によって、読者にイメージによる事態の擬似体験を喚び起すものであるが、これは、その体験に何らかの〈感じ〉を抱く能力のない人には無力である。例えば、紅葉の色彩を薄汚いと思っている人には、いかに紅葉の色あいや配置を説明しても役に立たない。つまり、新しい種類の美の発見については、読者にその用意がないため、たとえ情景を「ことはり」によって再現できたとしても、その私的な体験である〈感じ〉を伝えることは難しい。
この時、読者が既にもつ他の事象の〈感じ〉の型を利用する方法がある。譬喩、即ち他の事象を引き合いに出すという「あや」である。

千早振る神代もきかず竜田川から紅に水くくるとは

唐紅のくくり染の布帛《ふはく》を知る人には、この歌から紅葉が川に散りしく光景を思い泛べると同時に、それを艶麗な美として〈感じ〉ることができるであろう。この時、譬喩という「あや」は、一度も紅葉を美しいと思ったことがない人にも、紅葉が「唐紅に水くくる」が如き美を感じさせるという〈対象の立現れ方〉を教え、同時に川の紅葉に美を見出すという〈主観の構え〉を教えるのである。

以後この読者は、実際の紅葉を見ても、この「こころ」を想起して、それを美しいと感じることができるであろうし、又、「川に紅葉が云々」という文章を見ても、やはりこの「こころ」を想起してあてはめることができるであろう。

新しい美が「こころ」として歌に詠まれた時、読者にとって（そしてその社会にとって）、一つの新しい美が生じたと言いうる。俊成が、歌というものがなければ花紅葉の美（色香）を知る人もなかったであろうと言うのはこの意味である(14)。

こうして、歌とは、私的な「こころ」の型を「あや」によって言語化し、その言語圏内に共有文化の一項として確立するものである。その「あや」の最も基本的なもの（少なくとも最初に自覚されたもの）が、既知の事象に付託して語る方法であった。既に万葉集に「正述心緒《せいじゅつしんちょ》」に対する表現法として「寄物陳思《きぶつちんし》」と「譬喩《ひゆ》」の語が見える(15)。しかしこれをはっきり和歌の本質として語ったのは、日本最初の歌論とみなされる、紀貫之の古今集仮名序である。その冒頭をもう一度引く。

「やまとうたは、人の心を種として、よろづの言の葉とぞなれりける。世の中にある人、ことわざしげきものなれは、心に思ふことを見るもの聞くものにつけて、言ひいだせるなり」

和歌は、心に思うことを、「ことはり」によってではなく、ものに託《つ》けて語るものである。

しかしこの付託の表現法については、貫之以前に、中国で古来論じられてきた。詩経大序に「六義」として、風・賦・比・興・雅・頌の六つの形式が挙げられ、このうち三つが表現技法に関る。うち「賦」は事態を直叙するものであり、「ただの詞」にあたる。「比」と「興」とが、ものに託けて語る技法である(16)。古今集仮名序にいう「歌のさま六つ」は古来「六義」の転用と解されてきており、その場合、「比」は「なずらへ歌」、「興」は「たとへ歌」にあたるとされる。仮名序古注(17)は、「比」を「物にもなずらへて、それがやうになむある、とやうにいふなり」(18)と説明し、次の例歌をあげている。

たらちめの親のかふ蚕《こ》の繭ごもりいぶせくもあるか妹にあはずて

「比」とは、「物」に喩えて、「それと同じようなものだ」と訴える「あや」である。例歌は、恋人に逢えぬ憂鬱を訴えるものであるが、単に「いぶせくあり」と述べたのでは伝わらぬ「こころ」を表すために、上句でその〈いぶせさ〉を説明したものである。ここで自分の事情を縷々語るならば、これは「ただの詞」であるが、〈繭ごもりの蚕〉という別の「物」を引くことによって「あや」が生ずる。〈繭ごもりの蚕〉を想像することによって、読者はその〈いぶせさ〉がどんなものかを了解する。次に、蚕＝作者という言外の指示に従って、蚕の〈いぶせさ〉として了解した「こころ」を、作者の〈いぶせさ〉として思いやるのである。

要するに、甲の「こころ」を訴えるために、乙の「こころ」を表し、明示的にであれ言外にであれ、「甲は乙のようである」というのが「比」の技法である[19]。この時、甲・乙は共に物(人を含む)であり、従って「比」は、基本的には、甲という語を乙という語(修飾句が付随するとしても)に置き換えるものといえる。

「興」は、同じく仮名序古注によれば、「よろづの草木鳥獣につけて心を見するなり」[20]という。しかし、心を表すために外物に付託するというだけでは、比興のちがいは明らかでない。古注の意図を知るためには、その依拠した中国詩論を見なければならない。『毛詩正義』は、鄭司農の「興者託二事於物一」の言葉を引き、次のように敷衍して言う。

「興者起也、取レ譬引レ類。起二発己心一。詩文諸挙二草木鳥獣一以見レ意者皆興辞也」

この文は、前半で「興」の意味を説き、後半でその方法を説いている。仮名序古注は、この後半部の和訳と言ってよい。いかに詠むかという歌人の問題意識からは、方法の部分に注目するのが当然かもしれない。

しかし、比興のちがいを知るために、さしあたって前半に注目すれば、これは『文心雕竜《ぶんしんちょうりょう》』に「興者起也。……起レ情者依レ微以擬レ議。起レ情故興体以立」とあるのと同じ説である。即ち、文の上に明確に表されていない(微)心情を、読者が自ら「起発」させるものが「興」である。「比」に於ては、訴えるべき甲の「こころ」は乙の「こころ」として既に文の上に表されているから、読者はただそれを了解し、甲に当てはめればよい。しかし「興」に於ては、自らの力で「こころ」を生起させねばならないのである。この、読者の側の「起情」によって、比興は区別される。或いは、文の表現の面から、こう言換えてもよい。比と興とは、外物に付託するという点では同じであるが、「比」に於ては「こころ」が文に顕れ、「興」に於ては隠されている、と（比之与ㇾ興、雖三同是付二託外物一、比顕而興隠）(21)。

こうして「興」に於ては、文の上に顕れた意味を超えて、なお「こころ」が現れてこなければならない（文已尽而意有ㇾ余、興也）(22)。これを可能にする方法が、「草木鳥獣に託けて」人の心を表すこと、即ち、人事と自然と二つの事象を並列して語ることである。例えば、貫之に次の歌がある。

思ひかね妹がり行けば冬の夜の川風寒み千鳥鳴くなり

言うまでもなく、ここで詠まんとした「こころ」はある種の恋の思いである。しかし、その「こころ」について、はっきりとした記述があるわけではない。ただ、冬の夜に思いかねた〈私〉が女の許へ行くという人事の「ことわざ」と、その冬の夜に千鳥が川風の寒さに鳴いているという自然の「ことわざ」とが並べて語られている。ここで「〈私〉は〈千鳥〉のようだ」というのであれば、これは「比」となるが、もちろんそうではない。

しかし、冬の夜にもかかわらず、思い余り耐えかねて女の許へ向う男の姿は、ぼんやりとではあれ、ある種の〈気持〉を示唆するであろうし、また川の上で凍るような夜風に鳴く千鳥のイメージは、ある種の〈気味〉を感じさせるであろう。そして前章で述べた如く、〈気持〉と〈気味〉とは影響し合うのである。まして一首の中に組合されている時、その相互規定力は強い。自然の〈気味〉と人事の〈気持〉は、互いに照し合うことによって、はじめ曖昧であった各々の輪郭を明瞭に仕上げてゆく。しかし、それは別々の〈感じ〉となるのではなく、同じ一つの〈感じ〉として仕上げられるのである。歌に即して言えば、淋しい千鳥の〈気味〉は、暗く熱い恋の〈気持〉を反映して、一種痛切な〈感じ〉となり、逆に恋の〈気持〉は、川千鳥の〈気味〉を反映して、一種悲哀を帯びた〈感じ〉となる。そしてこの二つの〈感じ〉は、結局一つの〈感じ〉の型として結晶する。この、「物にふれてことに心と相応したるあはひ」に生じた〈感じ〉が、この歌の「こころ」なのである。この「こころ」は、〈私〉や〈千鳥〉のものとして詞に表されていたものではなく、両者の照応から、読者が自ら起発させたものである。

こうして付託の「あや」は、ある物（多くは〈私〉）の代りに別の物を挙げて、これになぞらえる「比」と、二つの事象の照応からある〈感じ〉を生起させる「興」とに分けられる(23)。しかしいずれも、「ことはり」によっては伝え難いある〈感じ〉を、既知の言葉によって表すための技法である(24)。

3　三つの曖昧化

「こころ」と「ことはり」は、共に現代語の「意味」に相当するとはいえ、同じレベルに並んでいるわけではない。人は、ある事態（ことわざ）を伝えようとする時、まずこれを「ことはり」に置換える。「ことはり」は言語＝概念の組合せであるから、事態そのものに対しては、いわば翻訳の地位にある。しかしこの翻訳によって、はじめて我々は文を編み、事態を他に伝えることができるのである。一方、「こころ」は、事態そのものではないとしても、事態経験の一部であり、これを伝えようとすれば、当の事態（又は比興となる別の事態）を何らかの「ことはり」に置換えて文に表すという迂路をとらねばならない。つまり「ことはり」はそのまま文になるが、「こころ」は必ず「ことはり」（概念組織）の媒介を必要とするのである。

逆に言えば、文は必ず何らかの「ことはり」をもつが（理《ことはり》が通っているかどうかはともかく）、必ずしも「こころ」を含まない。我々は、故に、文に対して必ずその「ことはり」を理解しようと努めるが、必ずしも「こころ」を了解しようとはしない。

我々は、文を読む時、普通はまずその「ことはり」に注意を向け、これを正しく理解することによって、筆者の伝えようとした事柄を正しく知ろうとする。この時、「ことはり」の正確の問題は「こころ」の有無と関らない。そして「ことはり」の理解が不十分であれば、多くの場合〈意味が通じぬ〉ため、我々はその不十分であることを自覚し、さらに解釈の作業を進める。しかし「こころ」の了解は、不十分であると自覚されることは殆どなく、それどころか、ある文が全く「こころ」を伝えないとしても、読者は普通それを不都合とは感じない。

このために読者は、文の「ことはり」を完全に理解したと思った時、それに満足して「こころ」の深みに至らぬことがある。我々は、文意の理解が一応の完結をみる時、解釈へと向う精神の運動が止ってしまう傾向をもつからである。そうしてみると、文に表された「ことはり」の完結は、「こころ」の起発にとって、むしろ障害となりうるであろう。

ここに、中世、「ことはり」の明瞭に表れている歌を蔑む傾向が生れた。新風歌人たちは「ことはり」が曖昧で、しかも「あや」だけは確実に働いているような詞の用法を採用した。旧来の歌壇は、この禅問答の如く「ことはり」の通らぬ歌を「達磨歌《うた》」と非難し、新風派は旧来の平明な歌を「俗に近し」と貶しめた。今日新古今風と呼ばれているこの新風の旗手は、「有心体」を唱えた定家である。その意味の捉え難さの故に当時「幽玄体」とも呼ばれたこの新古今風の歌において、「ことはり」の曖昧化のために採られた主な修辞技法は三つあった。①文章法上の約束事を破って「ことはり」を通じ難くすること、②「ことはり」を多層化すること、③引用によって「ことはり」の表面にはない意味を侵入させること、である。

① 統辞の異常

イ 語間の齟齬　和歌は「詞つづき」(又は詞の「つづけがら」)を重視する。「詞つづき」における文章法上の制約(文法規則に従うこと、語の結合が有意味であること)は、「ただの詞」には強く、歌には比較的弱い。しかし全く無いとは言えない。万葉集には、故意に意味を成さぬように詞をつづけた「無心所着」の歌があるが、これは一種の余興として作られたものである。中世、ある歌を非難して意味が通じぬという時には、この「無心所着《しょじゃく》」の語が用いられた。定家らの達磨歌は、まさに無心所着すれすれにまで統辞関係を解体したものである。例えば、定家に次の歌がある。

さむしろや待つ夜の秋の風ふけて月をかたしく宇治の橋姫

「風ふきて」「風ふけば」という活用はあるが「風ふけて」は非文法的である。「夜の・ふけて」ならば、その間に「秋の風」が割込むのは又異常である。「衣・かたしく」ならぬ「月を・かたしく」という結合は意味を成し難い。「狭筵に衣片敷き」ならば「狭筵」の役割もよくわかるが、「狭筵や」と言い切って投げ出したのは、「狭筵」が後続の語とどう関るのか明瞭でない。

しかし、統辞規則からの逸脱によって、各語句は「ことはり」のコンテクストから解放され、可能な限りのイメージを孕んだまま、多義性の中を漂うことになる。例えば、「さむしろに衣かたしき」という「詞つづき」は、「ことはり」が明瞭であるだけ、「さむしろ」の意味が限定される。これに反し、「さむしろや」と投げ出す時、この「さむしろ」は〈衣の下に敷かれた狭筵〉というイメージから解放され、同時に「や」という詠嘆の切れ字が「寒し」という感慨を引き出す。明確な「ことはり」の内に閉じこめぬことによって、「さむしろ」という掛詞は、「寒し」の語を「狭筵」と並ぶほど表面に泛び上らせるのである。

「風ふけて」も同じである。この「ことはり」の曖昧な結合のために、「風ふきて」と「夜のふけて」の両義が容易にとり出される。

定家の行なった統辞規則からの逸脱は、「ことはり」を「おぼめかしてよむ」ことによって、多様なイメージを交錯させるものであるが、その根底には、それらを統一する「こころ」が確かにあった(25)。逆に言えば、読者は、交錯するイメージを「ことはり」によって統一しようとすれば困難を覚えるが、ある「こころ」を摑めば容易に統一しうる。つまり読者は、一首の解釈のために、「ことはり」よりも「こころ」に注目することを強制されるのである。

ロ　句間の齟齬　上句と下句が密接な関係にあるものを親句《しんく》、一見かけ離れているものを疎句と言い、親句よりも疎句に秀歌が多いとされる(26)。例えば、慈円に次の歌がある。

おもふことなど問ふ人のなかるらん仰げば空に月ぞさやけき

上句と下句の表す世界は、一見全く別のものである。しかし一首の和歌は全体として一つの意味を表すという枠づけの強制から、両句が互いに他のコンテクストとなって、これを統一する第三の「こころ」が生ずる。この微妙なもの思いの心は、齟齬する両句を結び合せるため、読者が思いを深めることによって得られたものである。解釈に抵抗のない親句では、思いを深める必要がない。疎句において読者は、「ことはり」の世界にとどまる限り上下の句を統一することができず、一首の全体を一つのものとして捉えるために、「こころ」へと下りてゆかざるをえないのである。

ハ　未完　「ことはり」を語り尽さず、故意に不完全にとどめる場合がある。「詞をいひさす歌」である(27)。読者は受動的に文を受容するだけでは読解の完了感がもてないため、欠落を埋めるべく自ら想像力を働かせ始める。この完成への能動的参与は、読者の内部に「こころ」を喚び起こしやすいであろう。というより、「こころ」を摑まねば、その欠落を埋めることはできないであろう。

② 多義性

イ 語の多義　一語に二重の意味をこめる掛詞を、当時の言葉で「秀句」という。表面上、の意味と下に隠れた意味とを「上下」と呼ぶ。室町以降最も珍重された歌学書の一つ『悦目抄』は、この「秀句の上下」を論じて、「梓弓はるは桜の」という例文をあげている。この「はる」は、「梓弓張る」（上）と「春は桜の」（下）と、二通りに読める。「はる」の多義性を利用して、一つの文に二重の統辞構造が切れ目なく仕込まれているのである。読者は「梓弓張る」まで進んだあと、次の句に移るためには、立停るばかりか、もう一度引返して「春は桜の」と読まねばならない。「秀句」は「ことはり」を多層化するだけでなく、統辞関係の混乱（①のイと同じ効果）と、かけ離れた二つの語句（「梓弓張る」と「春は桜の」は、「ことはり」の上で関連しない）の強引な結合（①のロと同じ効果）をもたらす。

ロ 句の多義　句のレベルでの掛詞が「聞きしれ」である。これは思う所を露骨に表にあらわすことを忌み、句の多義性を利用して、表には別事の「ことはり」を語る「あや」である。『悦目抄』の例を再び借りれば、「我身のこがるゝ」ことを直叙するのを恥じて「紅葉ばのこがれて物のかなしきは」と言う時、表面は秋の抒情句として「ことはり」が通っているが、「紅葉」を省いて「こがれて物のかなしきは」だけを取出せば、下に隠された恋の訴えが現れる[28]。これを「聞きしれの上下」と言う。

これだけでは、二重の「ことはり」をもつ文というにすぎないが、上の表す〈感じ〉が下の表す〈感じ〉と照応する時、これは巧妙な「興」の効果をもつ。例えば、小町の歌。

花の色はうつりにけりないたづらに我身世にふるながめせしまに

上句は、花の色褪せた事態が容色の衰えを喩えている。「世にふるながめせしまに」は、「世に降る長雨せし間に」と「眺めせし間に世に旧る」との二義をもつ。長雨のうちに色褪せてゆく花の哀れ（気味）と、甲斐もない物思いを重ねているうちに年老いてしまった悔恨（気持）とが、互いに照応して、微妙な「こころ」を生んでいる。

③　引用

①②は共に、テキスト内部での「ことはり」の曖昧化であるが、引用は、テキスト外部の意味をテキストに侵入させることにより、「ことはり」に動揺を与えるものである。

イ　語の引用　和歌には、一語だけで引用の効果をもつ言葉がある。枕詞と歌枕である。これらの語は、「ことはり」の面から見れば、テキスト内部に置かれる必然性が薄く、むしろテキスト外部の何ものかを示唆することがその役目である。しかし枕詞や歌枕は、引用の原典として唯一首の歌をもつわけではない。つまり、これらの語が背後に示唆しているのは、古歌の具体的なテキストではなく、それらが属している〈和歌の世界〉という共有の伝統である。

枕詞や歌枕を用いることは、その作品が〈和歌の世界〉に所属するという表明である（流行語の使用が〈現代〉という時代への参与の表明であるのに似ている）。即ちそれは、テキストを「ことはり」のみによって理解せず、古歌の「こころ」を理解してきたのと同じ態度をもって解釈することを要請する。つまり、読者にある心の構えを指示するのである（従って、これらの語は、古歌の解釈経験のない者にとっては、その機能を果さない）。

枕詞は、それだけでは意味をもたない。「ぬばたまの黒」と言っても、「ことはり」はただ「黒」と言うに等しい（「ぬばたま」が黒いヒオウギの実であるという原義は通常意識されない）。しかし「ぬばたまの黒」は、読者にとって「黒」と同じではない。それは和歌世界の黒であり、必ず何らかの「こころ」と関りのある黒でなければならない。僧正遍昭《そうじょうへんじょう》は仏門に入って落髪した時、次の歌を詠んだ。

　たらちねはかゝれとてしもぬばたまの我が黒髪を撫でずやありけん

この歌では、「ぬばたまの」は、意味の流れの急迫を押止め、一種の休止を与えるために用いられている[29]が、同時にこれによって「黒髪」への思い入れがひときわ深くなる。「黒髪」が、描写の対象から愛着の対象となって立現れる。この効果は、「ぬばたまの」という語がその背後に負っている厖大な和歌の歴史の重みによる。

歌枕は地名であるから、一応文の「ことはり」にとって無意味な要素ではない。しかし歌枕を詠む人の多くは、その場所を見たことがない。それぱかりか、その所在さえ知らぬことがある。正徹は、花は吉野、紅葉は竜田を詠むと知っていれば、それがどこの国にあるかは知る必要がないと言う(30)。歌枕の使用は、その場所がもつ物理的条件が必要なのではなく、その名が負っている和歌世界での歴史的地位が必要なのである。

公任《きんとう》は、「心」の着想も浅く、「姿」の技巧も未熟な者に、古人の作歌法として、上の句に歌枕を置き、下の句に「おもふ心をあらはす」ことを教える(31)。つまり、「おもふ心」を何かに託して詠もうと考える時、最も簡便な方法が歌枕を引用することなのである。公任のあげる例歌の一つに伊勢の次の歌がある。

難波なる長柄の橋も尽くるなりいまは我が身を何にたとへん

この下句は殆ど「ただの詞」に近い、心の直叙《ちょくじょ》である。ただ、命のはかなさを喩えるのに上句で長柄《ながら》の橋を引き合いに出すことによって、これは和歌として成功している。この、今は朽ちたという長柄の橋が、実際にいかなる橋であったかは問題ではない。「長い」筈のものも遂には失われることの喩えに「長柄の橋」が語られてきたという伝統だけが重要なのである。つまり、上句は表面の「ことはり」が通っているにも拘らず、実は長柄の橋については何一つ語るつもりはないし、読者もそれが「長いものも尽きる」というだけの意であって、実際の橋とは何の関係もないことを予め承知している。この時歌枕は、読者の関心を「ことはり」から解放して、下句の言わんとする「こころ」へと向けさせるのである。

ロ　句の引用　句の引用は周知の典拠によらねばならない。これには二種あって、一つは典拠の語句そのものを取るもの、今一つはその内容を示唆する語句を用いるものである。前者は古歌の一部を引用するもの、即ち本歌取りである。後者は、漢詩・物語・故事などに拠るもので、本説という。但し、本説は和歌では必ずしも歓迎されず(32)、むしろ連歌・俳諧に多い。一方本歌取りは、（少くとも定家にとっては）和歌の代表的な技法であった。例えば定家の次の歌。

秋すぎて猶うらめしき朝ぼらけ空行く雲もうちしぐれつゝ

一見平明な叙景歌であるが、これは後拾遺に本歌がある。

明けぬれば暮るゝものとは知りながら猶うらめしき朝ぼらけかな

本歌は、夜明けに出て行く男が女に与える甘言である。この二首の歌が「なおうらめしき朝ぼらけ」を通じて重ね合される。その効果は、「興」や「疎句」や「聞きしれ」の場合と似ている。読者は、この二つのテキストを統合するため、第三の「こころ」を心中に喚起しなければならないであろう。

また本歌は、「ことはり」の通じ難い歌に対して、散乱する詞のイメージを統合する核ともなる。

先の「さむしろや待つ夜の秋の風ふけて月をかたしく宇治の橋姫」には古今集に本歌がある。

さむしろに衣かたしきこよひもや我を待つらむ宇治の橋姫

この本歌を心中に泛べる時、とりとめもなく散乱していた定家の歌の各語のイメージは、たちまち統合されて、それぞれの位置を得る。つまり本歌という解釈の前提条件が与えられることによって、はじめて定家の歌はその「こころ」を明らかにするのである。

しかし、本歌はその「ことはり」のレベルでのみ新歌の前提となるわけではない。むしろ、本歌の「こころ」ないしイメージが新歌の詞の意味を限定するのである。本歌は、既にその「こころ」の型が共有化され、和歌世界では、誰もがその一部を聞いただけで「こころ」の型を想起できるようになっている。ここに本歌取りの歌を詠めば、読者はまず既知の本歌の「こころ」を想起し、これを基準として新歌の詞の表すものを理解し、両者の統合から新たな「こころ」を生成してゆくのである。

この時の危険は、本歌の「こころ」のみに頼っても歌が出来てしまうことである。新歌の詞が、本歌から引いた句の他には、本歌の蛇足のような詞ばかりであるとしても、それは本歌の「こころ」を既に持っているため、一応歌の体を成すからである。これを最も忌避したのが定家であり、本歌取りはあくまで新しい「こころ」の創造のための手段でなければならないと説いた(33)。「ことばは古きをしたひ、心はあたらしきを求め」よというのが、定家の歌論の主旨である。

結び

私的な「こころ」の型は、歌に詠まれることによって公有化され、次代の者がこれを本として更に新たな「こころ」の型を分岐展開させてゆく。これによって花紅葉は多様な美を人の前に現し、人は「もののあはれ」を学ぶ。このような、言葉による「こころ」の型の継承と拡大再生産こそ、定家の信ずる「歌の道」であった。

〈和歌の世界〉とは、「ことはり」の体系である日常の合理的秩序の世界（仮名として把握されている世界）に対し、もう一つの人間的世界として構築された、共有の「こころ」の体系である。中世の歌人が試み、また宣長が「あはれ」の説によって成そうとしたことは、この「こころ」の世界を、「ことはり」の世界に劣らぬ確かな存在として引受け、そこに生きようとすることであった（人間にとって本当に大切なのはどちらの世界であろうか、という問題意識がそこにはなかったろうか。なぜ宣長は、殊更に「からごころ」に対し「やまとごころ」を対置したのか）。この時「あや」は、言葉を「ことはり」によってではなく、「こころ」の論理によって駆使するための方法、即ち「こころ」の世界のための、もう一つの文法だったのである。

（1） 宣長の言う「歌」は和歌だけではない。「卅一字の歌のたぐひをはじめとして。神楽歌催馬楽。連歌今様風俗。

平家物語猿楽のうたひ物。今の世の狂歌俳諧。小歌浄瑠璃。わらはべのうたふはやり歌。うすづき歌木ひき歌のたぐひ迄。詞のほどよくとゝのひ。文《アヤ》有てうたはるゝ物はみな歌也」（石上私淑言）。但し、歌に雅俗の別ありとし、和歌を雅とする。そして実際には専ら和歌のみを論ずる。

（2）宣長は、歌のあやとして、第一に五言七言の調を考えていたと思われる。

（3）「新古今が此道ノ至極頂上ニシテ、歌ノ風体ノ全備シタル処ナレハ、後世ノ歌の善悪勝劣ヲミルニ、新古今ヲ的ニシテ、此集ノ風ニ似タルホトガヨキ歌也」『排蘆小船』

（4）俊成は『古来風体抄』で『摩訶止観』を引き、歌と比べて、「かれは法文金口の深き義なり。これは浮言綺語のたはぶれには似たれども」、互いに相通うものがあるとする。

（5）竜樹『中論』第二四品の第十八偈「衆因縁生法、我説即是空、亦為是仮名、亦是中道義」に基く。天台智顗はこれを「三諦偈」と呼ぶ。俊成は「歌の深き道も、空仮中の三体に似たるによりて、通はして記し申なり」（古来風体抄）と言う。

（6）「仮名」（Prajñapti）は、単に「仮」、又は「施設」、「立名」とも漢訳される。長尾雅人は注（5）に引いた三諦偈の第三句を「何ものかを因として概念設定すること」と訳している（『大乗仏典』中央公論社四七頁）。

（7）「以レ名呼レ法。法随レ名転。方有二種種一。諸法差別。仮名故有。是故諸法説為二仮名一」慧遠『大乗義章』巻第一仮名義

（8）『大乗起信論』解釈分

（9）「如下月隠二重山一挙レ扇類レ之、風息二太虚一動レ樹訓上レ之」『摩訶止観』巻第一上

（10）俊成の夢中に住吉明神が現じて「和歌仏道全二無一」と示したという逸話を正徹が伝えている（正徹物語）。なお京極為兼や心敬も歌道と仏道の一致を説く。

（11）藤原清輔の『袋草紙』によれば、恵心僧都源信は初め和歌を仏法の妨げと考えていたが、湖上の舟を見た僧がふとこの古歌を口にするのを聞き、以後和歌は仏法の助けになるとして、歌作を始めたという。

（12）宣長において、「感」と「あはれ」は同じものである。「物に感ずるがすなはち物のあはれをしる也。感《カン》ズルとは。俗にはよき事にのみいへ共さにあらず。感ノ字は字書にも動也と註し。感傷感慨などともいひて。すべて何事にても。事にふれて心のうごく事也。（中略）何事にも心のうごきて。うれしともかなし共深く思ふは。みな感ずるなれば。是が即もののあはれをしる也」（石上私淑言）。又、「阿波礼《アハレ》といふは、深く心に感ずる辞《コトバ》也」と言い、「感」の字に「アハレ」と仮名を振ることもある。なお「感」は、「人稟七情、応レ物斯感、感レ物吟レ志、莫レ非二自然一」（文心雕竜）、「気之動レ物、物之感レ人、故揺二蕩性情一、形二諸舞詠一」（詩品）、「大凡人之感二於事一、則必動二於情一、然後興二於嗟嘆一、発二於吟詠一、而形二於歌詩一矣」（白居易『策林』）など、中国詩論において、詩作の根底にある心の動きを表す語である。古今集真名序にも「人之在レ世、不レ能二無為一、思慮易レ遷、哀楽相変、感生二於志一、詠形二於言一」とある。

（13）京極為兼『為兼卿和歌抄』

（14）「春の花をたづね、秋の紅葉を見ても、歌といふものなからましかば、色をも香をも知る人もなく、何をかはもとの心ともすべき」『古来風体抄』

（15）万葉集十一巻の部立。「寄物陳思」は、自然の事象を語る句を（多くは上句）、縁語・掛詞などによって、自己の思いを述べる句（多くは下句）に結びつけたもの。「譬喩」は思いを別の事象に喩えて語り、表面には自己の思いとしては述べないもの。但し、十一巻と十二巻に重出する同一の歌が、一方で「正述心緒」、他方で「寄物陳思」に分類されているのを見てもわかるように、万葉集の分類はそれほど厳密ではない。

（16）六義の中で後代特に注目されたのが比興である。中国文学論で今日最も重視されているものは梁の劉勰の『文心雕竜』と同じく梁の鍾嶸の『詩品』であろうが、前者は特に比興の章を設けてこれを論じ、後者は序文に於て、六義のうち興比賦の三のみを詩の「三義」として取上げている。日本でも、古今集以前に、比興を和歌の本質とする考えがあったと思われ、続日本後紀に「倭歌之体比興為レ先、感二動人情一最在レ茲矣」とある。

(17) 今日伝わる仮名序は、貫之の本文に公任の(と伝えられる)古注が混入したものである。両者の間には、六義の意味に違いがある。実は貫之の「歌のさま六つ」は、和歌の実情に基く貫之独自の様式分類と思われるが(次章参照)、古注は明らかに『毛詩正義』の六義説に拠る。

(18) 「鄭司農云、比者比二方於物一、諸言レ如者皆比辞也」『毛詩正義』。「公任卿曰。三曰比。方二比於物一、諸言如二表比詞一」顕昭『古今集序注』(点は新校群書類従による)。

(19) 「比」は、広義にとれば、必ずしも「こころ」を表すことを要しない。「比者附也、(中略)附レ理者切レ類以指レ事」と言い、声・貌・心・事、何であれ類似のものを以て喩えることとする『文心雕竜』はこの立場と言える。この時「比」は、「こころ」を訴える必要のない、文章一般の技法である。しかし狭義にとれば、「比」は、「こころ」を訴えるための詩の技法である。「因レ物喩レ志、比也」とする『詩品』はこの立場である。本稿の関心は後者にある。

(20) 「公任卿注云。四曰興。注云。託二事於物一。諸挙二草木鳥獣一。以見レ意者。法二興詞一也。比レ顕興レ隠云々」顕昭『古今集序注』(点は新校群書類従による)。

(21) 『毛詩正義』。但し「比顕而興隠」の句は『文心雕竜』に既に見える。

(22) 『詩品』序

(23) 仮名序古注の拠る『毛詩正義』の部分は、鄭司農及び六朝詩論に基づく説であるが、比興の解釈については、もう一つ鄭玄以来の美刺説があり、これも又『毛詩正義』で論じられている。即ち、失政を比喩によって風刺するものを「比」とし、善政を婉曲に讃美するものを「興」とする説である。顕昭が『古今集序注』

で「私考、正義云」として引くのはこの美刺説の部分である。しかしこの解釈は和歌に適用できるものではない。そして顕昭は、詩の六義と貫之の和歌六様とが別のものであると考えたおそらく最初の歌学者となった（然者其名者。准レ詩雖レ立レ之。其体者別歟）。

(24)「所レ謂比与レ興者。皆託レ物寓レ情而為レ之者也。盖正言直述。則易レ于二窮尽一、而難レ於二感発一。惟有レ所二寓託一。形容摹写。反復諷詠。以俟二人之自得一。言有レ尽而意無レ窮」李東陽『麓堂詩話』

(25) 定家の成功によって統辞の異常は流行となったが、定家自身は意味なくこれを用いることを制している。「当時あけぼのの春・夕暮の秋などやうの詞つゞきを、上なる好士どもゝ読み候とよ。いたくうけられぬ事にて候。やう／＼しげに、あけぼのゝ、春、夕暮の秋などつゞけて候へども、たゞ心は秋の夕暮、春のあけぼのを出でずこそ候めれ。げに心だにも詞を置きかへたるにつれて、新しくもめでたくもなり侍らば、尤神妙なるべく候を、すべてなにの詮ありとも見えず候。ことにをこがましき事にて候。これらぞ哥のすたるべき体にて候める。且はいま／＼しき事に候。返々申しをき候ひしに候」『毎月抄』（非難の句が度を越えて執拗であるのは、「こころ」をより深く詠むために骨身を削って創造した様式が、単なる詞つづきの手口として流行してしまったことへの忌々しさの故か）。

(26)「歌には疎句に秀歌おほし、と定家卿も申し給へるとなむ」心敬『さゝめごと』。定家仮託の歌論書『愚秘抄』『三五記』には、確かに疎句に秀歌多しとの論があるが、疎句の定義がやや違う。『愚秘抄』では、一首の途中で切れぬものを親句、初句から四句までのどこかで切れているものを疎句とする。『三五記』は、「初の五文字に終の七五七七の句を一句づつ合せくだすに、皆合ふを」親句、一二句しか合わぬものを疎句とする。いずれにせよ、「親句の歌は余りにたしかに詞をうけつぎて、根より枝、枝より葉など様につゞけなすが故に、平懐なる事のみありて、珍しき事まれなるにや」（愚秘抄）という考え方は同じと言えよう。

(27) 定家は「上手のわざとこゝまでと、詞をいひさす哥侍る也。あきらかならずおぼめかしてよむ事、これ已達の手がらにて侍るべし」(毎月抄)と言い、心敬は「一句の上にことはりほがらかにあらはれ侍るは優艶感情浅くや」(老のくりごと)と述べ、正徹は「こと葉一句を残す哥」(正徹物語)について語り、芭蕉も「謂ひおほせて何かある」(去来抄)と教える。

(28) なお「紅葉」の語には、その色から、紅葉→紅涙→恋の苦しみ、という連想関係が約束事として伴う。

(29) このような効果をもつ句を「半臂《はんぴ》の句」と言う。詳しくは『正徹物語』「歌半臂句事」の条。

(30) 「人が『吉野山はいづれの国ぞ』と尋ね侍らば、『只花にはよしの山、もみぢには立田を読むことゝ思ひ付きて、詠侍る計りにて、伊勢の国やらん、日向の国やらんしらず』とこたへ侍るべき也。いづれの国と云ふ才覚は覚えて用なき也」『正徹物語』

(31) 「心姿相具する事かたくは、まづ心をとるべし。終《つひ》に心ふかゝらずは、姿をいたわるべし。(中略)ともに得ずなりなば、いにしへの人おほく本に哥まくらを置きて、末におもふ心をあらわす」藤原公任『新撰髄脳』

(32) 『毎月抄』に「古詩の心詞をとりてよむ事、凡そ哥にいましめ侍るならひ」とある。但し定家は全く禁ずるわけではなく、「しげうこのまで、時々まぜたらんは」面白いであろうと言う。

(33) このため、初心者には、季節を詠む本歌は恋に詠むなど、主題を変えて作ることを勧めた(詠歌大概、毎月抄)。正徹によれば、「定家は本歌の心を取りて詠む事は無き也」(正徹物語)という。

追記　「ことはり」の表記は、明治政府が正書法として採用した歴史的仮名遣いでは「ことわり」であるが、長明・心敬・宣長などの歌論では「ことはり」となっている。本書は、引用および典拠のある用語については、(誤記と思われる場合を除き)なるべく原文の表記法に従うことにしているので、宣長の『石上私淑言』の引用から始めた本章では「ことはり」とした。これは語中のワ行音をハ行の仮名で書く、いわゆる「平安仮名遣い」に宣長らが従っていたということであって、彼らの誤記ではない。

Ⅱ

心と物――紀　貫之

隠喩は象徴とならなければ人の
心を動かす深さを持ちえない。
――W・B・イェイツ

序

紀貫之は古今集仮名序の中で歌の様式を六つに分類した。ただし彼は、六様式の名称（そへ歌・かぞへ歌・なずらへ歌・たとへ歌・たゞごと歌・いはひ歌）とそれぞれに一首の例歌を記すのみで、外に何の説明も加えていない。このため、後世の学者はその解釈に苦しむことになった。一条兼良は、「古今集の難義（解釈の困難）これにすぐべからず」（『古今集童蒙抄』）（1）と言い、本居宣長は「いかに深く考ふとも、まことにあたれる説は世にいできがたかるべし」（石上私淑言）（2）と言う。もちろん解釈は数多くあるが、いずれも十分な説得力をもたないのである。

従来の解釈が手懸かりとしたのは中国詩論における六義説である。これには十分と見える根拠がある。第一に、仮名序には中国詩論との類似が多い。また当時は中国文化の圧倒的影響下にあった。それゆえ、仮名序は中国詩論の翻案であろうとの推測が成立つ。そして六義は、詩経大序以来、中国詩論の伝統的論題の一つである。仮名序の論点の多くが中国詩論中に典拠をもつとすれば、貫之の「歌のさま六つ」（以下詩経の六義と区別してこれを「六様」と呼ぶ）は当然「六義」のことでなければならない。第二に、仮名序と同趣旨を漢文で記述した真名序（紀淑望作とされる）には、「和哥有六義、一曰風、二曰賦、三曰比、四曰興、五曰雅、六曰頌」と、詩経の六義をそのまま引いている。第三に、「比」「興」（いずれも比喩的表現）と「なずらへ歌」「たとへ歌」、「頌」と「いはひ歌」は、一見して意味が似通っている。第四に、貫之自身「唐のうたにもかくぞあるべき」と言う以上、六様の分類は漢詩の分類と共通でなければならない。漢詩の分類は様々であるが、六分類といえばまず六義を考えねばならない。

ところが実は、六様と六義を同じと考えると、貫之の挙げた例歌に合わないのである。尤も、詩経の六義自体、風雅頌はともかく、賦比興については明確な説明がなく、多様な解釈がある。しかしどの六義解釈をあてはめても、貫之の例歌にぴったりと合わないのである。とりわけ、当時最も権威があったと考えられる鄭玄説が一番合わない。小西甚一が最もよく合うとした王昌齢・皎然の説でさえ、その「風」と「雅」とは「そへ歌」と「たゞごと歌」にあたると言い難い。かくして、六義と六様とが全く同じでないことは諸家も認める所である。しかし六義と六様の間のこのズレは、貫之の学識不足の故とするにせよ、独自の見識によるとするにせよ、六様を貫之による六義の改釈とみなすことで処理されてきた。そして、貫之の例歌に合うように、六義の一つ一つの改釈を試みることが従来の六様解釈の方法であった。

このようにして、六様自体の解釈としては筋の通ったものが既にいくつか出されている。しかし、仮名序全体の文脈の中にこれらの六様解釈を置く時、いずれも疑問が残る。第一に、構成上の奇妙さである。全体に滑らかな流れの中でこの六義の引用は唐突の感を免れない。なぜこの場所で、この事を語らねばならないのか。第二に奇妙なのは、和歌をこのように分類してみても、殆ど意味があるとは思えない、ということである。仮名序中、確かに中国詩論の転用と思える語句は多いが、それらは全て、和歌の説明として妥当なものに限られている。逆に、和歌の実情に照して不適当と思えるものは、中国詩論の中心的命題であろうとも、これを惜しげなく捨てているのである。一体何故に、和歌にとって無意味な六分類をわざわざ借用しなければならないのだろうか。

我々は、ここで、六様が六義の翻訳であるという、そもそもの前提を考え直してみなければならないように思われる。貫之の六様は、和歌の実情に則した、貫之自身の考えに基づく分類なのではないか。そしてそれは、仮名序全体の構成の中で、ここに置かるべき理由をもっているのではないか。もちろん貫之は、漢詩の六義が自分の和歌分類と似ていることを知っていたであろう。しかし同時に、六義は和歌の実情に合わず、自分の分類の方がより適切であるとも考えたであろう。この時彼は、六義に対抗するために、あえて六義に対応する形で、つまり六義改訂版という形で、自分の分類を語ろうとしたのではないか。このように考えてくれば、「唐のうたにもかくぞあるべき」という言い回しが、いささかひねったものであることに気がつく。これは、六義は和歌には適用できないが、自分の分類法は漢詩にもあてはまるという、貫之の自負を表しているように思えるからである。残る問題は、真名序にこれを「六義」としていることであるが、貫之自身に六義に対抗して新六義を提出しようとする意図があったと考えれば、淑望が「六義」と訳すことに不服を唱える筈はない。それに仮名序と真名序は、一方が他方の翻案であることは明らかだが、元々両者の語句や構成には微妙な違いがあり、筆者の考え方の違いを示している。真名序の六義は例歌を欠き、これを説く場所も文脈も異なることから、これを仮名序の六様と同一物と考える必要はないのである。こうして、六義の解釈から六様を説明するという従来の方法は、実は十分な根拠を持っていたわけではない、ということになる。

しかし、六義という手懸りに頼らないとすれば、例歌の示す特徴のみから、それぞれの「歌のさま」を解釈する外はないことになるが、ここにも又困難はある。それは解釈が出て来ないという事ではなく、歌の特徴などというものは、どうにでも解釈できるからである。そこで、恣意的な解釈をできるだけ避けるため、我々は次のような仮定に立つことにしたい。即ち、この六様は、さまざまな様式を思いつくままに列挙したのではなく、一つの分類原理に基いたものであろうということ。貫之には一つの和歌観があり、彼はこれに基いて仮名序を構成したのであろうということ。それ故、六様の分類原理も、六様の説明の位置も、仮名序の全体を通じる和歌観に基いて決められたのであろうということ、である。

では、貫之の和歌観とはいかなるものか。実は、それを最もよく示すのが、この六様の件りなのである。つまり、六様の解釈を経なければ、貫之の和歌思想は明らかにならない。こうして、解釈の循環が生じる。しかし、この循環はみかけほど致命的なものではない。我々はまず古今集仮名序を、その成立の背景を念頭に置きつつ、初めから順を追って見てゆくことにしよう。その流れの中で、仮名序の全体的な特徴の手懸りを摑み、それによって六様を解釈し、さらにこの解釈から貫之の和歌思想を理解する、という具合に歩みを進めることにしよう。そしても し、このようにして理解された〈貫之の観点〉から見て、六様が意味のある分類であり、仮名序の全体が一貫した意図をもって構成されているなら、我々の解釈は、一つの仮名序解釈として、一応成功したと言えるであろう。

1　状況——和歌の没落と復権

日本最古の歌論書は藤原浜成《はまなり》の『歌経標式《かきょうひょうしき》』（七七二）である。しかしこれは中国詩論にみられる音韻論の強引な転用による歌体（和歌の様式）と歌病（和歌の欠陥）の分類であって、これを実際の和歌に適用するのは殆ど意味がない。その後これに倣っていくつかの作式（和歌制作の作法書）が書かれ、その歌病論の一部は後代にもよく引用されるものの、その有効性は余り信じられていない。これらの作式は和歌の実情に一向に合わぬ制作論であって、内容的に見るべきものが少ないのである。このような意味で、事実上日本最初の歌論というるのは、古今集の序文（九〇五？）である。『文鏡秘府論《ぶんきょうひふろん》』（八二〇？）を外国詩論の編書であるという理由で除外すれば、これは最初の文芸論であり、芸術論でもある。

古今集序には、仮名で書かれた仮名序と漢文の真名序とがある。仮名序は紀貫之、真名序は貫之の甥紀淑望《きのよしもち》の筆になる。両序のいずれが先にできたかについては説が分れているが、いずれにせよ、淑望は貫之の草案に基いて漢文による論を組んだものであろう。その草案が現行の仮名序と同一であるか否かはともかく、貫之の思索の完成形が仮名序であることは間違いない。

古今東西の歌論・詩学を見うる二十世紀の我々にとって、仮名序をそれらと引き較べ、その内容を云々することは易しいかもしれない。しかし最初に道を拓くということがどんなものかを想像するのは難しい。貫之は〈和歌とは何か〉という、誰も未だ正面から論じたことのない問題を引受けた。しかも論述は漢文によるという当時の常識に反し、仮名書きの和文でこれを綴ろうとした。彼は自分の試みが画期的なものであることを自覚していたであろう。しかし、時の状況を顧みれば、貫之の仕事は、はじめから画期的であるべく要請されていたともいえるのである。

新思想といえども、徒手空拳からは生れない。ふつう、先人の思索の成果を武器として、道を拓いてゆくものである。では、貫之にとって何があったか。第一に、大陸より伝えられ、また空海が『文鏡秘府論』に集約した中国詩論である。第二に、宮廷サロンにおける和歌批評の伝統である（例えば歌の優劣を争う歌合の習慣）。

当時、学問とは漢籍に親しむことであり、その教養が知的世界における共通財産として、議論の土俵、思考の枠組をつくっていた。つまり貫之は、和歌を論じるという空前の事業を始めるにあたって、その道具を中国詩論に借りる外はなかった。それ故古今集序は（両序共に）その用語・構成・内容にわたって、詩経大序や六朝詩論の影響が指摘されてきた。

しかし古今集序が『文鏡秘府論』と異なるのは、後者が中国詩論の内容を取捨編集して、最善の詩論書を再構成しようとしたものであるのに対して、前者が、和歌（やまとうた）という異なる芸術形式のための新しい芸術論を語ろうと意図し、そのために論述の方法を中国詩論から借りたということである。貫之の眼前には、現実に広大な和歌の世界があり、これについての歌人の相互批評があり、そこから〈和歌とは何か〉について、明瞭ではないにせよ、一定の共通了解があったにちがいない。貫之は、借り物の芸術思想を語ることよりも、まず自身の（まは同時代の歌人達の）文芸観を言語化したいと考えたであろう。またそれ故にこそ、仮名序は和歌の世界に多くの賛同を得、つまり〈歌論〉としての説得力をもち、後代に大きな影響を遺したのである。

要するに、古今集仮名序が、字句の上でどれほど中国詩論に似ているにせよ、独自の内容をこめる理由の一つは、歌合等で育成された、歌人たちの批評意識の存在である。

しかしもう一つ、我々はさらに大きな理由を想定できるように思われる。貫之は、意図的に中国詩論とは異なる論理を立てることを必要としたのではないか、そしてそれによって和歌の自律性を証明しようとしたのではないか、ということである。

古今集序、とくに仮名序を貫いて流れているのは、歌の「道」を守り伝えんとする強烈な意志である。そこに語られる和歌復興の願望の強さと、古今集完成の喜びの大きさとは、儀礼的文飾の域を超えており、読む者に一種の感銘を与えるほどである。この興奮は、おそらく当時の貴族社会にとって、古今集の成立が画期的な〈事件〉として意識されていたことを示している。

平安初頭の半世紀は「国風暗黒時代」といわれる。既に律令は唐の模倣であったが、八一八年、嵯峨天皇は詔を下して、天下の儀式から男女の衣服まで唐風に改めることとした。要するに、政治・文化の一切を唐に倣おうとしたのである。これは欧米文明の輸入に懸命であった鹿鳴館時代の日本を思わせる。しかし明治日本といえども、公文書は日本語で書かれ、官吏登用試険は日本語で行われている。ところが平安期の日本では、公文書は漢文で書かれ、官吏登用試験は漢籍の知識と漢詩文の作文力を問うものであった。

このような時代に、公的な世界で地位と栄誉とを獲得しようとする男子貴族にとって、学問とは儒教の経書を学んで訓古・故事に通じることであり、文芸教養とは漢詩文に熟達することであった。そして同時に、「文章」（漢詩文）は政治に資するとの考えが貴族社会に流布した。知識人は「文章経国」(3)の標語の下に漢詩文の腕を磨き、その成果は『凌雲集《りょううん》』『文華秀麗集《ぶんかしゅうれい》』『経国集《けいこく》』のいわゆる勅撰三集を産み出すに至る。

その一方、和歌は公的な世界に出る資格を失い、私的な愛のやりとりに辛うじて用途を見出すという状態であったらしい。仮名序によれば、

「色好みの家に、埋れ木の、人知れぬこととなりて、まめなる所には、花すゝき、ほにいだすべき事にもあらずなりにたり」

という有様に陥ったのである。

こうして、公的には「棄てて採られず」（真名序）(4)とされた和歌も、宮廷社交界の半ばを支えた女性にとっては、また事情が違っていた。宮廷の表側で男子貴族が「真名」である漢字によって漢詩文を作っていた時、裏側では彼女たちが、「女手」「女文字」ともいわれた「仮名」によって、和歌を詠んでいたのである。平安期の貴族社会は、おそらく私的な社交形式が最も洗練された一時期であろうが、その私的社交に重要な役割を果していたのが和歌であった。そして摂関政治が確立し、後宮が宮廷力学の焦点となるに従い、和歌と仮名とは、次第に陽の当る場所へと出て来たのである。

ふつう、九世紀後期の屏風歌と歌合をもって、和歌の社会的認知の証とする(5)。確かに、

八八〇年代以降の急速な歌合の隆盛は、貴族社会における和歌嗜好の強さを物語る。ここに和歌が宮廷文化の一部門として公認された、と考えてもよいであろう。しかし、屏風は所詮調度の一つであり、歌合は相撲・競馬・花合らと並ぶ遊宴の一つにすぎない。つまり、いかに華やかにもてはやされたとしても、和歌はまだ〈遊び〉の一部であって、「経国之大業、不朽之盛事」と言われていた漢詩文とその地位を較ぶべくもない（今日の、純文学と大衆小説の関係を考えれば、多少は似ているであろうか）。

この時、天皇の命により和歌の集を編もうという企画は、まさに画期的なものであった。絶対的な権威によって和歌に公約な地位を与えることを意味したからである。古今集の出現が、当時の文化の体系に衝撃を与えたことは、十分に想像できる（最近では、英国女王がビートルズに勲章を授けた時の騒ぎを思い出せば近いであろうか）。そしてこの事は同時に、貴族社会において、〈歌人〉であることが一つの公的地位となりうる可能性を意味していた（それまでは、和歌に巧みであることは、貴族にとって、社会的認知の手段とはならなかった。真名序には、小野篁や在原行平でさえ漢詩人としての才能によって認められたのであって、和歌によってではない、とある）。

貫之をはじめとする歌人が皇室事業としての古今集に期待したのは、和歌の地位の確立であった。そして、序文を草するにあたり貫之に課せられていたのは、この機会に、漢詩文に対抗しうる程度にまで和歌の地位を高める論理を一挙に構築することであった。既に和歌の隆盛は社会的現実としてある。さらに今、天皇の権威がその宮廷文化における地位を認めた。しかしそれが正当な処遇であることの証明は、論によらねばならない。貫之が古今集序においてなそうとしたのは、まさにこのような、和歌の身分的正統性の論証であった。

その頃は先例がすべて権威となりえた時代である。万葉集という先例は、古今集を権威づけることはできないであろうか。しかし万葉の歌が作られたのは、まだ日本人が自由に漢詩文を作る力のない時代であった。近代の一時期に、先進国から伝わった西洋芸術が日本の伝統芸術よりも高級と考えられたように、万葉の歌は、言ってみれば、漢詩文という国際的な高級芸術を手に入れる以前の、地方的な素朴文芸と見做されていたであろう。それ故貫之は、万葉集という先例を頼りに和歌を漢詩文に対抗させることはできない。むしろ、万葉集を含めて、和歌の歴史の全体を擁護しなければならなかったのである。

2　方略――中国詩論との離別

では、貫之はどのように論を企てたか。仮名序を見ると、次の三点が和歌擁護のために論じられている。第一に、和歌の本質について。第二に、その歴史性について。第三に、その文化的位置について。

第一点はしばらく措く。

第二点の歴史性については、歌があらゆる文化現象に先立って、世界の始源から在ったことを述べる。貫之がその拠り所としたのは国産みの神話である。イザナギ・イザナミは国土創成に先立ち、

「あなにやし、えをとめを」

「あなにやし、えをとこを」

と唱和したという。これは明らかに通常言語ではなく、超自然的効力のための呪言である。これを歌とみなせば、歌は日本の国土よりも古い歴史をもつ。三十一文字の短歌型でないのは、祖型であるからと考えればよい。実際、万葉集には様々の形式があり、歌を短歌に限る必要はない。こうして、

「この歌、天地のひらけはじめる時よりいできにけり」

と言われ、

「ちはやぶる神世には、歌の文字も定まらず、すなほにして、事の心わきがたかりけらし。人の世となりて、素戔嗚尊《スサノヲ》よりぞ、三十《みそ》文字あまり一《ひと》文字はよみける」

と補足される。古事記・日本書紀記載の事蹟を神話ではなく事実とみなせば、歌はこの世界の生成と歴史を同じくし、短歌型は人間の歴史と同じだけ古いということになる。

第三点の文化的位置については、和歌が歴代の天皇と密接な関係にあったことを述べ、諸文化の中でも格別の地位にあったことを示唆する。

「いにしへの世々のみかど、春の花の朝《あした》、秋の月の夜《よ》ごとに、さぶらふ人々を召して、ことにつけつゝ、歌をたてまつらしめ給ふ」

当時は、天皇との関係の近さがそのまま文化上の地位の高さの根拠となりえたであろう。但し、「いにしへの世々」と断る通り、これは貫之の時代の話ではない。貫之も、右に先立つ文

で、和歌没落の現況を認めている。認めた上で、「その初めを思へば、かゝるべくなむあらぬ」

と言い、右の文を続けるのである。即ち、和歌の地位低下は最近の現象であって、本来の姿ではない、と主張しているのである。

ところで、歴史的・文化的擁護論が、日本神話・日本天皇に根拠を求めていることは注意すべきであろう。「やまとうた」は〈日本性〉を強調することによって唐の漢詩文にはじめて対抗しえたのである。このような論法が有効であるためには、〈中国《から》〉に対する〈日本《やまと》〉の歴史的文化的独立性が一般に自覚されていなければならない。実は、時代は漸く「国風暗黒時代」を脱しようとしていた。既に数十年にわたって遣唐使船は出航せず、その復活計画も、十年前の八九四年、菅原道真の建議によって中止されたばかりであった。日本貴族たちが、国風文化にようやく自覚をもちはじめた時代といってもよいであろう。そのような時代精神を背景として、貫之は、〈中国〉に対する〈日本〉の独立性を根拠に、和歌を漢詩文に対抗させることができる、と考えたのであろう。

しかし、最大の問題は第一点の本質規定である。和歌とは何か。その存在理由は何か。何よりもまずこれに応えなければ、和歌は漢詩文に対し、論理的に対抗しえない。貫之は仮名序冒頭をこれにあてた。

ところで、和歌の存在理由を示すには、その価値を語るのが一番説得的であろう。しかし価値の有無を語るには尺度が要る。そして当時の日本には、この尺度を与える思想は、仏教・儒教など中国から伝えられたものしかない。

まず仏教の見地から見ればどうなるか。凡そ文学は「狂言綺語」（内容は荒唐無稽で外面を飾りたてた言葉）であって、人を誤らせる種にすぎない。貫之は仏教をもとに和歌を擁護することはできない。

中国詩論は儒教の見地を採るものが多い。詩文を政治的道徳的手段として意義づけることによって、その価値を確保するのが詩経大序以来の伝統である。「文章経国」の考えもこれに則ったものであり、平安期の貴族社会においても、漢詩文の政治的有効性は、少なくとも建前としては、一応公認されていた。むろん貫之は、この論法を知っていたろう。だが現実の和歌は、あまりにも私的な感傷と愛情の発露であった。それでも、政治的道徳的手段としての意義をもちうると、強弁すればできないことはない。しかし同じ効用を掲げてそれだけを和歌の意義とするならば、和歌は漢詩文に比べ二流の位置に立たざるをえないであろう。政治的な志を表す詩賦は多いが、政治的な和歌は殆どない、という一事をとっても和歌の軟弱さが知られる。それ故、貫之は、政治的道徳的効用を和歌の存在意義とはみなさない。我々が仮名序と中国詩論とを読み較べる時、まず驚くのはその類似点の多さであり、次に驚くのは、その類似点の多さにも拘らず、一方に芬々たる政治臭・道徳臭が他方に殆ど感じられないことである。これは、意図的にそれらの字句を払拭したと考えざるをえない。

もう一つ、貫之が知っていたと思われる哲学的な解決法がある。中国の伝統的存在論では、万有の根源を「道」や「気」に求める。そこで劉勰の『文心雕竜』では「道」、鍾嶸の『詩品』では「気」から説き起し、詩文の存在を正当化する。しかし「日本」的なるものに和歌の存在根拠を求めようとする貫之にとって、いかに便利であろうとも、「道」や「気」の形而上学を借用するわけにはゆかない。「道」や「気」を認めることは、中国の伝統的存在論を認めることであり、従ってそれは易経以来の中国的宇宙観・歴史観を認めることであり、日本神話や日本天皇の権威を定立する余地はなくなってしまうであろう。といって、これらに代るような哲学的原理は、日本にはない。

貫之はどうしたか。彼は、和歌以外の何物かに価値ある〈目的〉を求め、その手段として和歌を意義づけることをしなかった。また和歌以外の何物かに存在論的〈根源〉を求め、その生成の必然を立証することもしなかった。残された道は、和歌という現象を、ただそれ自体で必然であるとすることしかない。貫之は、中国詩論からその概念や方法など多くのものを受継ぎながら、論の決定的な場面において、和歌の自立のために、中国詩論の成果を捨てねばならなかったのである。

さて、彼自身の語るところを聞こう。

3　本質規定――和歌現象の自律性

古今集仮名序は次のように始まる。

「やまとうたは、人の心を種として、よろづの言の葉とぞなれりける。世の中にある人、ことわざしげきものなれば、心に思ふことを、見るもの聞くものにつけて、言ひいだせる

なり」(6)

第一に語られているのは、和歌成立の構造である。まず、和歌の根拠を「人の心」に置いたことが注目される。「道」でも「気」でもなく、ギリシアにおけるような「神」でもなく、ただ「人の心」であった。和歌の内容は「心に思ふこと」であり、これを「言ひいだ」したものが歌である。心がものを思うのは、人がこの世を生きる時、様々な事態との遭遇を避けられないからである。しかし、思いはそのまま言葉になるわけではない。「見るもの聞くもの」に託して表されるのである。こうして和歌の成立過程は、「人の心」が、生活上の経験事態（ことわざ）によって、ある個人的心情（思ふ事）を生じ、これを日常的事象（見る物・聞く物）に付託して、言語表現する（言ひ出す）ものである、ということになる。

第二に、和歌制作の条件が述べられる。

「花に鳴く鶯、水に住むかはづの声を聞けば、生きとし生けるもの、いづれか歌をよまざりける」

現代なら、まず才能や個性が問題となるかもしれない。しかし貫之によれば、作者は芸術家であることを要しない。この世を生きて物思う者なら、普通の人で差支えない。文字通りに解釈すれば、人間でなくともよい。しかも貫之は、誰でも歌を詠み得ると主張しているのではない。詠まざるを得ないと主張しているのである。生きて物思う事のある限り、「歌」による自己表現は必然の営みというのである。

第三に、和歌の享受面での効果が語られる。

「力をも入れずして、天地《あめつち》を動かし、目に見えぬ鬼神《おにがみ》をも、あはれと思はせ、男女《をとこをうな》のなかをもやはらげ、たけきものゝふの心をも、なぐさむるは歌なり」(7)

享受者としては、天地・鬼神・男女・武人を挙げるが、要するに、言語を解し、内に心を持つ者総てということであろう(天地とは天神地祇、つまり天地の神々と考えてよい)。そして和歌の効果は、その心に何らかの変化を与える(うごかし・あはれと思はせ・やはらげ・なぐさむる)ことである。

以上のような仮名序歌論の特徴は、次のようにまとめることができる。

1、歌の詠出は、個人の内部に、生活経験から或る心情が生じ、これが自己表現の欲求を生じ、言葉となって外へ表れるからである(従って、歌における言葉は、内的動機によって押出されたものであって、記録、伝達、あるいはその他実用のために使用されるのではない)。

2、生ある者にとって、そのような心情の表現欲求と表現行為は普遍的現象であり、かつ必然的である(従って、表現行為それ自体は自己目的の活動であって、政治的道徳的その他の効用はいわば付随的結果にすぎない。また、表現行為の実現に、特殊な芸術的才能を要しない)。

3、心情は、日常的事象(多くは自然)の具体的なイメージに付託することによって表現される(心情の表現のための言語は通常の記述のための言語とは異なる語法を必要とする。和歌における「あや」の必然性がここにある)。

4、和歌は、「心」と「心」の共感の媒介である。ある個人の心情に生じた動揺が他者の心情に変動を及ぼすという力動過程が、和歌の制作・享受過程なのである(こうして、作者の心情に歪みとして生じた力が、他者の心情に歪みを与えることで解消する過程を想定するならば、当然、その他者の内部に誘発された心情の歪みは新しい和歌を産むエネルギーとなり、これが再び元の作者へ歌として送り返されてくる過程を想定しなければならないであろう。実際、歌が、贈り、答えるという往復運動をなすのは、当時普通の形式であった)。

以上のような考え方を図式化すれば、下図のようになる。

和歌の本質論として最低限必要な事項はこの図式の中に納っている。つまり貫之は、この短い冒頭部で、必要なことは全て語りきったのであって、その思索は十分に行届いていたと言えよう。そして注意すべきは、和歌の世界がこれで完結しており、しかもその成立が必然的・普遍的とみなされていることである。我々はここに貫之の意図を知ることができるであろう。即ち、彼は和歌の自律性を表明することで、漢詩文と競合することなく、それに対抗する

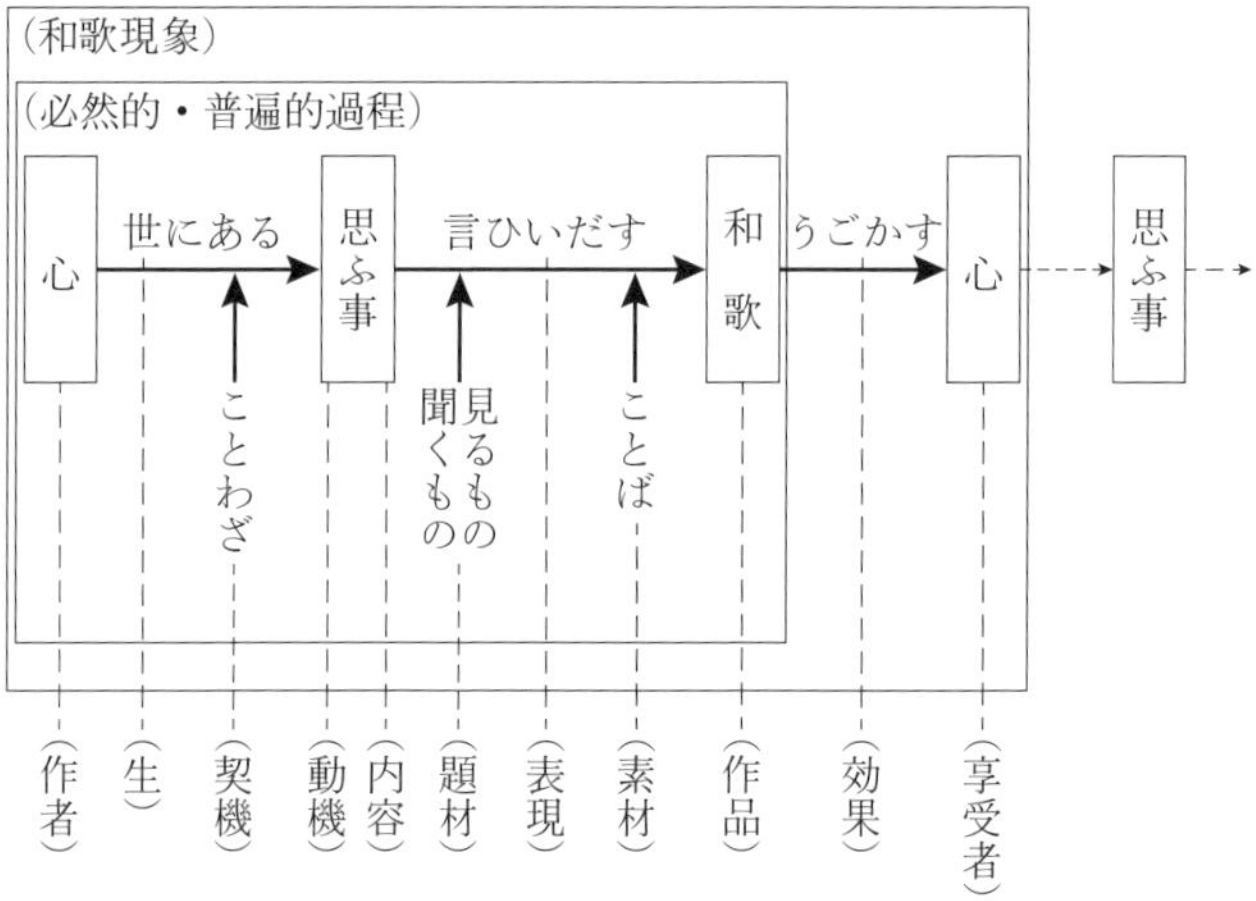

位置を確保しようとしたのである。

4　形式規定――修辞の要求

貫之による和歌の本質規定と中国詩論とをもう一度比べてみよう。貫之は、和歌の存在を説くのに、人の心というものさえ前提すれば十分であるとし、中国詩論にみられる倫理的〈目的〉（風化・風刺）や存在論的〈根源〉（道・気）を削り捨てた。しかし、「詩は心中の志の言表である」（詩者志之所レ之也。在レ心為レ志、発レ言為レ詩）（詩経大序）という根本規定は、そのまま和歌の根本規定として受継いだのである。では貫之は、和歌の本質規定を行うに当って、漢詩の規定の一部を捨て、一部を残したにすぎないのであろうか。貫之独自の規定を加えることをしなかったであろうか。

ここで我々は、「心に思ふ事を見る物聞く物に託けて言ひ出せるなり」という文の内、「見る物聞く物に託けて」という一句に注目しなければならない。〈中国詩論の影響〉という色眼鏡をかけて見る時、つい見過ごしがちなこの一句に、貫之が自ら摑んだ和歌思想が表れていると思えるからである。彼は、〈心に思う事を言い表す〉だけでは和歌の規定として十分ではないとして、〈見る物聞く物に付託して〉という修辞の条件を加えた。つまり、歌とは、心情を率直に言語化するものではなく、花鳥風月などの事象に付託して表現するものである、と規定したのである。仮名序冒頭部と似ていることが指摘されている詩経大序にも、これに相当する句はない。但し、「比」「興」の語が六義中にあって、後にこれは譬喩表現とも解されるようになるが、いずれも漢詩の形式の一つであって、漢詩であるための基本的規定ではない。実際、付託をせずとも詩文を作ることはできるからである。では和歌の伝統においてはどうか。万葉集の分類に「譬喩」「寄物陳思」があり、これらは付託によって思いを述べるものである。しかし万葉集は、付託によらぬ歌を別に分類して「正述心緒」と名づけている。つまり、和歌においても、付託は重要な修辞技法として自覚されてはいたが、付託を用いずとも和歌を詠みうることは確かな事実であった。ではなぜ貫之は、付託による表現を和歌の基本的規定として冒頭部の中に加えたのであろうか。貫之はここで、〈和歌と呼ばれているもの全て〉についてではなく、〈和歌と呼ぶにふさわしいもの〉について、その本質を規定しようとしたからである、と考える外はない。仮に前者を〈広義の和歌〉、後者を〈標準的な和歌〉と呼ぶことにしよう。貫之は両者の違いをはっきりと意識していたであろう。とすれば、彼が問題にしようとする和歌が専ら後者である以上、〈広義の和歌〉を分類して、〈標準的な和歌〉とそうでない歌とを区別する必要を感じたであろう。また、歌の起源を語る際には、単に〈広義の和歌〉の始まりを述べるだけでなく、〈標準的な和歌〉の始まりをも語らねばならなかったであろう。そう考えると、これに続く仮名序の骨格が理解しやすいように思える。

ここで仮名序の構成に触れておこう。全体は大きく分けて、①和歌規定、②起源、③様式分類、④制作事例、⑤歴史、⑥歌人評、⑦古今集成立事情、の七部分から成る。①は既に引いた冒頭部である。②は神代における〈広義の和歌〉の始まりから「歌の父母」と言われる二首の成立までを語る。この二首は、付託法の使用によって、〈標準的な和歌〉の始まりとなる。③は六種の和歌様式の分類である。分類基準は付託の有無、及び付託形式の違いである。④は和歌が実際にどのような場合にどう作られたかの事例の枚挙である。これは実際上、「心に思ふ事」とそれを付託した「見る物聞く物」のリストである。⑤は〈標準的な和歌〉が成立して以降の歴史を、歌人を中心に記述したものであり、⑥はその一部であると考えてもよい。そして貫之の歌論は事実上ここで終る。貫之の付託に対する考えがはっきり表れているのは②③④であり、以下これを順次引いて検討することにしよう。

まず、和歌の起源と成立について。歌の起源がイザナギ・イザナミの唱和に求められ、三十一文字の形式の完成がスサノヲに求められたことは既に述べた。しかしスサノヲはまだ神である。「人の心を種と」する「やまと歌」はこれ以後に始まる。では、それはどのように展開したか。貫之は三十一文字の形式完成に続けて次のように述べる。

「かくてぞ、花をめで、鳥をうらやみ、霞をあはれび、露をかなしぶ心言葉おほく、さまざまになりにける。遠き所も、いで立つ足下より始まりて、年月をわたり、高き山も、麓の塵ひぢよりなりて、天雲たなびくまで、おひのぼれるごとくに、この歌もかくのごとくなるべし」

ここで言われているのは、自然の事象に対するさまざまな「心」と、それを表す「言葉」とが、長い年月の間に「歌」という形で蓄積されていったということである。注意すべきは、貫之の考える歌の原初型は、花・鳥・霞・露など自然の事象に対する思い（めで・うらやみ・あはれび・かなしぶ）を表すものであって、恋や別離などの人事による思いを表すものではないらしい、ということである。貫之は続けて言う。

> 「難波津《なにはづ》の歌は、みかどのおほむはじめなり。安積山《あさかやま》の言葉は、采女《うねめ》のたはぶれよりよみて、この二歌《ふたうた》は、歌の父母《ちちはは》のやうにてぞ、手習ふ人のはじめにもしける」

「難波津」の歌とは、新帝の御代の始めを祝うのに、帝を花に擬して詠んだものである。「安積山」の歌は、女が男に対し〈深く思っている〉ことを伝えるのに、「あさか山かげさへ見ゆる山の井の浅くは人を思ふものかは」と詠んだもので、下句の「浅くは」を引き出すために、「あさか山」が音声上の、「山の井」がイメージ上の契機となっている。つまりいずれも、人事の思いを詠むのに自然の事象を持出している。そして貫之は、これ以前の数々の歌をさし措いて、この二首を「歌の父母」とみなすのである。その理由は、この二首が付託法を用いた最初の和歌であるからではないか。つまりここに初めて、「心に思ふ事を見る物聞く物に託けて言い出」すという規定が十全に満足されたのである。しかし「歌の父母」という言い方は、基本的規定を満してはいるが、現在の標準から見れば未だ素朴な段階の歌というニュアンスを含んでいる。では、貫之の考える、「思ふ事」を「物」に付託する歌の標準型はどのようなものであったろうか。

「心に思ふ事」の原型は〈花をめでる〉〈露をかなしむ〉などであった。これは自然の〈物〉とそれに対する〈思い〉から成る。初期の歌は、これらの〈物〉に触発された〈思い〉だけを詠んだ。しかしそれらの歌が蓄積され繰返されてゆく時、〈物〉を表す言葉はそれに対する〈思い〉を容易に想起させるようになるであろう。例えば、「花」という言葉は〈花〉に憧れて歌を詠んできた人々の〈思い〉を、「露」という言葉は〈露〉のはかなさに涙してきた人々の〈思い〉を含蓄するようになろう。この時、それらに似た〈思い〉を表すのに、その〈物〉を引き合いに出すという修辞技法が成立する。例えば、我身の無常をはかなむ心を表すのに〈露〉を持出す、というように（露をなどあだなるものと思ひけむわが身も草におかぬばかりを、等）。

また、物への〈思い〉を直接利用しないまでも、歴史的に深化されてきた〈物〉のイメージを利用することはできる。例えば、露はその形状から〈涙〉に喩えられることがある。この時〈はかない〉という〈思い〉は背景に退くが、歌語として深化されてきた〈露〉のイメージは、涙を美しく淋しく輝くものとして見せるであろう（わが袖は草の庵にあらねども暮るれば露の宿りなりけり、等）。逆に言えば、光を映して玉のように輝く涙の形象的特徴を美しく表したい時、人は同じ形象的特徴をより明瞭に伝統的イメージとして担っている〈露〉をもち出すのである。

こうして〈露〉は、〈無常〉を詠む者には〈思い〉の付託物となり、〈恋の涙〉を詠む者にはイメージの付託物となる。

これが貫之の考える付託の標準形式であるとすれば、このような和歌が成立するためには、まず自然の〈物〉のイメージや、その〈物〉への〈思い〉の型が文化的伝統という形で人々に共有されていなければならない。この伝統形成のために、自然詠の歌の蓄積が、「歌の父母」たる二首の成立に先立って、まず必要とされたのであろう。

このように考えてくれば、「難波津」や「安積山」の歌は付託法の意義を十分に発揮していない。「花」は帝王の比喩となる必然性に乏しく、「あさか山」は「浅き」との音声的類似に依存している。しかしこれらも付託の歌には違いないし、貫之もこの種の歌が少なからずあることを認めぬわけにはゆかないであろう。それどころか、付託を用いぬ歌があることさえ、彼は見ぬふりをすることはできない。つまり、付託形式にも素朴なものと高度なものとがあるばかりでなく、付託のない歌も一般に〈和歌〉として認知されている以上、貫之はそれら全てをいったん〈広義の和歌〉として認めぬわけにはゆかない。しかし又貫之は、その中で〈標準的な歌〉とそうでない歌とを区別しなければならない。ここに於て貫之は、和歌形式の分類を行なっておく必要に迫られるのである。

5　様式分類——六つの歌のさま

前節の引用部に続けて貫之は言う。

「そもそも、歌のさま、六つなり。唐《から》の歌にもかくぞあるべき」

そして六種の和歌様式の名称とその例歌を順次挙げてゆくのであるが、以下これを一つずつ引いて解釈を試みよう。

「一つには、そへ歌。おほさゝぎの帝《みかど》をそへ奉れる歌。

難波津に咲くやこの花冬ごもり今は春べと咲くやこの花」

第一に「そへ歌」(8)。「そへる」とは、ある物を別の物に擬することを言う。例歌はかつて陽の当らぬ場所にいた皇子が今や天皇になったというめでたい話を述べるものであるが、直接に帝王の名を表すのを憚って、花のこととして語ったものである。帝王を花に擬す動機は、貴人に対する礼儀に基く言換えの必要であって、作者の〈思い〉をより的確に、或はより深く訴えようとする表現上の要求によるものではない。また例えば、女性を花に喩えるのは、彼女が花の特徴とされている美しさを持っていることを強調するためであるが、これはそのような効果を意図したものでもない。つまり、「そへ歌」とは、ある物を直接に語らず、別の物に置き換えたというだけで、それ以上の積極的な表現効果を持たない付託表現である。

「二つには、かぞへ歌。

咲く花に思ひつくみのあぢきなさ身にいたつきの入るも知らずて」

第二に、「かぞへ歌」(9)。これは〈物〉自体の類似でもなく、〈物〉への〈思い〉の類似でもなく、ただ〈物の名〉の音声上の類似を利用して〈物〉を引きあいに出すものである。いわゆる掛詞による付託である。〈思い〉を喚起するわけでもなく、隠喩でさえない。しかし同音異義を利用して、一首の内に二重のイメージを絡み合せるという表現効果をもつ。「そへ歌」が露骨を避けるという消極的な動機による付託であるのに対し、これは表現上の意図に基く積極的な付託であると言える。例歌はその複雑巧緻な例であり、「つぐみ」「あぢ」「たづ」の鳥名を折りこんだ上、病気の「いたつき」と鳥を射る矢の「いたつき」(矢尻)とを掛けている。「あさか」を「浅き」に掛けた「安積山《あさかやま》」の歌も、より単純ではあるがこれに当ろう。

「三つには、なずらへ歌。

君にけさあしたの霜のおきていなば恋しきごとに消えやわたらん」

第三に、「なずらへ歌」。これは、物への〈思い〉と、語らんとする人事の〈思い〉との類似をもとに、物への付託を行うものである。その狙いは、物への〈思い〉を喚起し、これを人事に転移させることにある。例歌で、朝の霜のイメージは、霜の消えゆくはかなさを喚起するために使用されている。この〈はかない〉という思いが、恋する者の命の消えゆくイメージに移入される。消えゆく霜に死にゆく自己を「なずらへ」るのは、このような〈思い〉の転移のためである。もちろん実際に死にゆくわけではないが、恋する者の絶え入らんばかりの思いは、〈霜〉に付託することによって、はじめて読者の内に喚起されることができたのである。こうして「なずらへ歌」は、〈物への思い〉の喚起を通じて、読者の内に〈人事の思い〉を喚び起こすための付託表現であると考えられる。

「四つには、たとへ歌。
　わが恋はよむとも尽きじありそ海の浜の真砂《まさご》はよみ尽すとも」

第四に、「たとへ歌」。これは、二つの物の特徴の類似を利用した付託表現である。狙いは、その物の特徴を明確に訴えることにある。例歌では、恋の思いの〈無限〉を浜の砂の〈無限〉に「たとへ」ている。恋の思いの無限という抽象的な特性は、砂の無限という具体的なイメージによって読者の胸に強く刻印されることになる。ただし、無数の砂のイメージは、主題である恋の思いの深さを直接には表さない。両者に〈無限〉という〈観念〉の類比はあるが、〈思いの〉類比はないからである（この点で「なずらへ歌」と異なる）。〈思い〉は歌の全体から改めて想いやらねばならない。結局、「たとへ歌」とは、ある物のもつ特徴を強く訴えるために、同じ特徴をより明瞭なイメージとして持つ別の物を引き合いに出す付託表現である。「露のような涙」式のたとえもこれに当ろう。

付託の形式は、以上の四つを以て終る。

「五つには、たゞごと歌。
偽りのなき世なりせばいかばかり人の言の葉うれしからまし」

第五に、「たゞごと歌」(10)。これは付託をせず、〈思い〉を直叙する歌である。内容的には、六義の第二である「賦」に当る。しかし和歌を付託の様態によって分類する時、その配列は、付託の無い様式を、諸付託様式の間ではなく、それらの前か後に置くのが普通である。それ故、この「たゞごと歌」は、六様の第二ではなく第五に置かれたのであろう。

「六つには、いはひ歌。
この殿はむべも富みけりさきぐさの三つ葉四つ葉に殿造りせり」

第六に、「いはひ歌」。人の幸いを祝う慶賀の歌は宮廷では重要な役割を占めるが、貫之はこれを別に扱うべき特殊様式と考えていたようである。これは言霊信仰に由来する一種の儀礼的呪言であり、相手のために縁起のよい言葉を組立てるものであって、自らの経験による思いを表すものではない。

つまり貫之は、自らの〈思い〉を表す歌を付託の有無・様態によって五つに分け、別に儀礼的に献呈される歌を一様式として置いたのである。例歌は殿屋の多さを葉の多さに喩えるもので「たとへ歌」と同構造であるが、それによって説得力が強まるというものでもない。むしろ慶賀という目的が言葉の上の華やかさを要求し、その華やかさのために物への付託が行われたと考えるべきであろう。

こうして、和歌の六つの「さま」は、「心に思ふ事を見る物聞く物に託けて」表す四様式、付託なくして「心に思ふ事」を表す一様式、及び儀礼的賀歌の六様式から成る。このうち最後の二つ、「たゞごと歌」(直叙)と「いはひ歌」(賀歌)は、〈広義の和歌〉ではあっても、〈標準的な和歌〉たるべき規定を満たさない。貫之の考える規定を満たすものは初めの四つである。しかし、最初の二つ、「そへ歌」(単なる物の置換)と「かぞへ歌」(音声的類似による物名の組入れ)とに於ては、付託という技法が言葉の上の趣向にとどまって、〈思い〉の表現という目的に積極的な役割を果さない。この意味で、おそらく貫之にとって本当に〈和歌らしい和歌〉であったのは、〈なずらへ歌〉(物への〈思い〉の付託)と「たとへ歌」(物のイメージの付託)であったと思われる。このことは、次に見る和歌制作の事例紹介部からも推測される。

6　和歌の標準——思いと付託

六つの和歌様式を語ったあと、貫之は和歌の現状を嘆いてみせる。和歌は恋の戯れのやりとりに利用されるばかりで、公的な場に出すことは憚られる状態である、しかし初めはそうではなかった、と言う。そして彼は、本来の和歌制作の姿——いかなる場面において、どのように歌が詠まれたか——を説く。

「いにしへの世々のみかど、春の花のあした、秋の月の夜ごとに、さぶらふ人々を召して、ことにつけつゝ、歌をたてまつらしめ給ふ。あるは花を恋ふ(11)とてたよりなき所にまどひ、あるは月を思ふとてしるべなき闇にたどれる心々を見給ひて、賢《さか》し愚かなりとしろしめしけむ」

四季の自然の美しい折、天皇は臣下に歌を作らせ、その賢愚を測った、という。この件りは(既に述べたように)天皇による取扱いを根拠として和歌の公的地位を証しようとするものであるが、問題は天皇が和歌を採り上げた理由である。天皇は臣下の人物評価をするのに、その政治的能力ではなく、自然美の感受能力を測ったという。これは、文章によって政治家としての見識を見るとか、政情調査のために臣民の詩を集める(12)という中国の詩文採集観とは似て非なるものである。ではなぜ、自然美の感受能力が人の賢愚を測る尺度となりうるのか。おそらく、ここで言う「賢愚」とは、知識でも知性でもなく、深くもの思うことができるか否か(宣長風に言えば「物のあはれ」を知っているか否か)に関るのである(「賢」と言う時、まず貫之の念頭にあった名は、後段で「君も人も身を合はせたり」と評された柿本人麿ではなかったろうか)。この〈思い〉の動幾はもちろん自然に限らない。恋や旅やその他人事一般に人はもの思うことがあるだろう。しかし人事の思いは、各人の現在の生活によって様々である。一方、月花等の自然は誰にも同じように眼前にある。それ故、思う力の深さを比較するには、自然の美的事象を課題として与え、同じ条件で歌を詠ませる方がよい。「心に思ふ事」の原型は自然の物に対する思いであり、人事の思いもこれと同種の心の働き方であるという貫之の考え方(13)から、右の件りは以上のように解釈できる。とすれば、貫之はここで、美の感受能力として現れる深くもの思う力こそ人間性の最も重要な側面であることが、かつて宮廷に於て公認されていた、と言っていることになる。

美の感受能力がそのまま人生の感受能力であるとすれば、深くもの思う人々は、試験の答案としてばかりでなく、自らの思いを表したいという内的な動機によっても、歌を詠み出すであろう。人はこれを見て、人生というものがいかなる意味を持ち、いかなる思いを呼ぶものかを知るであろう。貫之は、和歌の制作事例を列挙して、それを示そうとする。

「しかあるのみにあらず、さゞれ石に喩へ、筑波山にかけて君を願ひ、喜び身に過ぎ楽しび心に余り、富士の煙によそへて人を恋ひ、松虫の音に友を偲び、高砂、住の江の松も相生《あひをひ》のやうにおぼえ、男山の昔を思ひいでて、女郎花の一時《ひととき》をくねるにも、歌を言ひてぞ慰めける。また春の朝《あした》に花の散るを見、秋の夕暮に木の落つるを聞き、あるは、年ごとに鏡の影に見ゆる雪と波とをなげき、草の露水の泡を見て我身をおどろき、あるは、昨日は栄え奢りて時を失ひ、世に侘び、親しかりしも疎くなり、あるは、松山の波をかけ、野中の水を汲み、秋萩の下葉をながめ、暁の鴫《しぎ》の羽《はね》掻《が》きを数へ、あるは、呉竹《くれたけ》のうきふしを人に言ひ、吉野川をひきて世の中を恨みきつるに、今は富士の山も煙たゝずなり、長柄《ながら》の橋もつくるなりと聞く人は、歌にのみぞ心を慰めける」

これが貫之によって和歌制作の姿として挙げられた事例である。そしてまた、これは殆ど「心に思ふ事」の一覧表であると同時に、それらを付託する「見る物聞く物」の表でもある。

初めの例は君の長寿を願う賀歌（わが君は千代に八千代にさゞれ石の……）であり、次は君恩感謝の歌である。つまり、いずれも「いはひ歌」である。これらを初めに置くのは、勅撰集序文という性格を考えれば当然であろう。

次に喜びと楽しみの情を挙げる。しかしこれには付託例がないばかりか、古今集のどの歌に拠るのかも明確ではない。溢れる喜びを詠む歌は古今集中にも極めて少ないし、実際にもあまり詠まれたとは思えない。おそらく貫之は、この種の歌にさほど関心がなかったであろう。ただ、歌を人の思いの表現とした以上これを外すわけにもゆかず、一応挙げておいたまでと思われる（「いはひ歌」の次に位置しているのは、この〈思いの表〉の配列が、明るいものから暗いものへという順序を原則としているためであろう）。

それゆえ、貫之の考えていた和歌の標準的なあり方は、この後に述べられた一連の事例に示されていると思われる。例は全て古今集中の和歌に基いている。ここで例歌の一々を検討する余裕はないが、全体として次のように結論しうるであろう。まず、事例のもとである和歌に「たゞごと歌」は一つもない。全て「心に思ふ事」を「見る物聞く物に託けて」表した付託表現の歌である。さらにその中で「そへ歌」と見られるものがない。又、同音を利用した掛詞は数多く用いられているが、単なる〈物の名〉の組込み、即ち「かぞへ歌」にとどまるものは極めて僅かである。要するに、事例の殆どが「なずらへ歌」か「たとへ歌」なのである。ここから、貫之にとって、付託は〈標準的な和歌〉の必要条件であること、またその付託は単なる物名の置換えや組込ではなく、訴えるべき〈思い〉や伝えるべき〈イメージ〉の象徴となることが求められていた、と言いうるであろう。つまり、六つの「歌のさま」のうち、貫之にとって〈標準的な和歌〉とは、形式的には四つの付託様式であり、実質的にはその内の二つ、「なずらへ歌」と「たとへ歌」であった。

ところでここに挙げられた事例は、先にも述べたように、付託のリストであると同時に「心に思ふ事」のリストでもある。そこで、貫之が歌に詠まれるべき〈思い〉としていかなるものを考えていたかをここに見れば、例えばそれは切なる恋情であり、友の追憶であり、老いの嘆きであり、死が喚び起こす無常感である。要するに、現実の人生において誰もが出会う(少なくとも出会いうる)人間的な出来事、それも自分にはままならぬ出来事(恋・老・死・別離等)のもたらす、私的な情念である。それは「心」というものを持ち合せてこの世を生きる限り、避けることのできぬ煩悩である。人がこのやり場のない情に囚われた時、人を救ってきたものはただ歌のみである、と貫之は言う。「歌を言ひてぞ慰めける」「歌にのみぞ心を慰めける」と、二度までも繰返していることに注意したい。彼にとって和歌の意義は、胸を塞ぐ情念を外に言い表して胸の思いを晴らすという、カタルシス効果にあったのである。

こうして、和歌の六様の解釈を手がかりに貫之の和歌観を尋ねてきた我々は、ようやく彼の考える和歌がいかなるものであったかを捉えることができたように思われる。即ちそれは、人がこの世を生きる限り出会わねばならぬ、人間的な諸問題から生ずる情念を、文化的に共有されている〈物〉(主として自然)のイメージやそれらへの思いに付託して外に言い表し、惑乱する心を静めることである。人は堪え難い人生を、歌によって堪えるのである。また、歌を見る者は、〈物〉の助けによって作者の思いを喚起する。この〈心〉の動揺の共鳴は、頑くなな心をも融かす強い感動となるのである。

我々の仮名序分析はここで終る。仮名序本文はこのあと歌人評と古今集成立事情を語るが、いずれも我々の課題とは直接に関らないからである。ただ、有名な六歌仙評の形式が、「しぼめる花の色なくて匂ひ残れるが如し」等のように、全て付託表現を用いていること、最後の古今集成立の叙述が、枕詞掛詞の駆使によって、殆ど和歌に常用される〈物〉のイメージの一覧表の観を呈していることを付言しておこう。

結び

我々は、時に応じて様々の思いを抱く。恋の苦しみ、老の悲しみ、歓喜、屈辱、或いは憧憬。しかしその思いにただ浸るのみでなく、これを眼の前に置いて撫でさすりたいとか、誰かと共に分ちあいたい、或いは後世の人に伝えたいと考える時、我々はこの思いに一つの客観的な形を与えねばならない。その思いを絵に表し音楽に作るのも、形を与える一つの方法であろうが、中でも最も手近な方法と見えるのは、言葉でこれを捉えることである。しかし、我々は当の思いないし気分の内に浸っているのであって、概念の如くこれを操作しうるものとして持っているわけではない。つまり、思いが我々を捉えているのであって、我々が思いを捉えているわけではない。それゆえ、この思いは元々捉え所がないばかりか、言葉の網を不用意にかければ、肝心の元の肌触りを全て失ってしまうことになる。例えば「悲しい」とか「恋しい」という記号を並べただけでは、人の胸を摑んで動揺させることはできない。これらの語彙は、ただ感情の種類を大まかに分類するだけのレッテルでしかないからである。では、人を捉えるこの思いに形を与え、人がこれを捉えうるものにするにはどうすればよいであろうか。いにしえの歌人たちは、我を物思わせる場の中に一片の象徴的な〈物〉を投げこむ時、無形の水蒸気が一片の塵を核として雪に結晶するように、思いが凝固して一つの形を得ることを発見したのである。〈物〉という鏡に映すことによって、〈思い〉は生きたままその姿を定着させる。読者は〈物〉のイメージを喚び起こしつつ、そこに映された〈思い〉をも喚び起こすのである。例えば、業平は、今は后妃となって逢うこともできぬ恋人とのかつての逢瀬の場に赴き、次の歌を詠んだ。

月やあらぬ春や昔の春ならぬ我が身ひとつはもとの身にして
（月も春も昔と同じはずなのだが、全てが変ってしまったように思える。私一人を変らぬままにのこして）

我々は月の下で愛を語る二人の姿を想い泛べるであろう。そして変らぬ月の姿の故に、一切が失われた今の業平の悲しみの深さを、手に触れるように感じることができる。もしこの歌に月のイメージがなく、ただ失われた恋人を嘆く詞だけであったなら、我々の共感は弱く、この歌は単なる愚痴に堕してしまうかもしれない。この歌で、月は二つの気分（昔の歓楽と今の悲哀）

を一身に引受けて、それに形を与えていると言ってよい。言換えれば、月という形象的なイメージなくしては、業平は自らの思いに形を与えて客観化することはできなかったであろう、ということである。

業平だけではない。多くの歌人は物に託して自らの思いに形を与え、自ら慰むのみならず、他者にこの思いを伝えることに成功してきた。僅か三十一文字の短詩型においては、その思いを生じた事のいきさつを細かに叙述することはできない。一気に思いを呈示せねばならないとすれば、このような付託は最も効果的な方法であった。物によって思いに形を与えること、これが和歌の標準的な形式である、と考えたのが紀貫之である。彼の仮名序はこのような観点から書かれたものと考えられる。そしてこのような観点の獲得によって、貫之は中国詩論の枠組を脱し、独自の和歌理論を完結させえたのである。

貫之らが古今集に託した期待は裏切られなかった。和歌は漢詩に代って宮廷文化の中心的地位を占め、二度と勅撰漢詩集は編まれなかったが、和歌は一四三九年の新続古今集まで、二十一の勅撰集が世に送られることになる。古今集は歌を学ぶ者にとって永く鑑とされ、仮名序はまた歌論の古典として後世にも権威を保った。最後にその影響とその後の成行について触れておきたい。

仮名序歌論には二つの特徴があった。一つは、本質規定において、和歌を人生における実体験から生ずる思いの表出としたことであり、二つには、形式規定において、付託という修辞法を要求したことである。

実体験を前提とする時、想像による和歌は本当の歌のあり方ではないということになる。従って、題を与えられて制作する題詠歌や屏風歌の評価は低いものになる(14)。実際、古今集のほぼ半世紀後、第二の勅撰和歌集である後撰集が編まれた時、屏風歌と歌合の歌は殆ど閉め出された(15)。後撰集は贈答歌の多いことを特色とするが、これはまさに、生活の中に生じた思いを伝え合うための歌である。また、都に居ながら白河の関の歌(都をば霞とともに立ちしかど秋風ぞ吹く白河の関)を作った能因が、この会心作を発表するため、奥州旅行と偽って数ヶ月間自宅に籠り、行きもせぬ白河での歌と称して披露したという話も、真偽はともかく、このような逸話が生じること自体、実体験に基かぬ歌の評価が低かったことを示している。実際の和歌制作がむしろ題詠中心へと移行してゆきながら、なお建前としては実体験に基くことが要求され続けたのは、一つには仮名序の権威の故ではなかったかと思われる。

しかし時代の下るにつれ、和歌は特定の個人に贈られる私的な囁きではなく、公的につまり不特定多数に向けて発表される〈作品〉となっていった。読者は〈作品〉を評価する時、ただその出来栄えだけを見て、作者の私的生活の背景を問わない。作品評価を求める作者は、作品の内容が実生活を離れてゆくことを気にしない。少数の歌人と特殊な場合を除いて、歌はもはや自己の述志としてではなく、歌合の場における競技として、あるいは奉献等のための百首歌として、一定の題の下に詠まれた。詩想は、体験に基くよりも、心の内で創り出されるものとなっていった。即ち、和歌制作の実態は貫之の本質規定と乖離していったのである。

しかし形式規定である修辞の要求については、事情が逆であった。付託という特殊技法によって言語が通常の機能を超える働きをする事に、歌人達は増々強い関心を向けた。縁語・掛詞・本歌取りを含めて、意味とイメージを重層交錯させる修辞の技術は高度に洗練され、言語によって仮構される世界が訴えるものは、現実界で経験しうるものの限界を超えるに至った。この時、言語だけを存在の拠り所とする和歌の世界は、現実の世界とは別の、しかし確実にその手応えを経験しうる、もう一つの世界として歌人達の前に立現れる。

和歌の内容が、実生活という個人的文脈から切離されて自立する〈つくりもの〉となり、その言葉が、現実にありうる世界を記述することをやめて、語の衝突と交錯から独自の言語空間を構築するようになる時、現実という土壌から二重に根を断ち切られた和歌は、まさに「人の心」だけを種として、新しい花を咲かせることになる。この時、時代は中世を迎える。藤原俊成は、貫之以後三百年の間問われることのなかった和歌の本質を再び問い直して新しい歌論を立て、その子定家は「幽玄体」と呼ばれた新しい歌法を産み出した。その成果は八番目の勅撰和歌集となったが、これは古今集に始った歌の道の、新たな次元での再出発であったとも言える。この集が「新古今和歌集」と名づけられたのは故のないことではない。

(1) 新校群書類従、内外書籍、第一三巻一五六頁

(2) 本居宣長全集、筑摩書房、第二巻一八一頁

(3) 「魏文帝有曰、文章者経国之大業、不朽之盛事」と『凌雲集』序にある。曹丕『典論』からの引用である。

（4）「其後和歌、棄不レ被レ採」真名序。八三三年から八五〇年までの編年史『続日本後紀』にも「夫倭歌之体、比興為レ先、感二動人情一、最在レ兹矣、季世陵遅、斯道已墜」との記述がある。

（5）現在知られている屏風歌の最初は八九一年、歌合は仁和年間（八八五〜八八九）である。実際にはそれ以前からあったとしても、盛んになったのはこの頃からと考えてよいであろう。

（6）詩経大序の句「詩者志之所レ之也。在レ心為レ志、発レ言為レ詩」に拠ると言われる。それはおそらく正しい。しかし両句を各々の全文脈の中で捉えるなら、その語る内容は必ずしも同じではない。詩経において、詩は人民教化（風化）の手段、又は政治に対する民衆の批判（風刺）であって、その「志」とは、個人から社会へと向う動きをもつ。つまり、「王」として「民」としてというような、政治的（公的）意味を担う「志」である。一方、仮名序における「思ふ事」は、個人の生活の内側に去来する心境であり、私的な場においてのみ意味をもつ。吉川幸次郎は「いわゆる慷慨の志がないと、中国の詩は詩にならない。慷慨の志というのは、つまり何か人間的連帯感、社会全体あるいは人類の歴史全体に対する感覚です」（石川淳、中野重治との鼎談『伝統と反撥』中央公論社所収）と述べ、「慷慨の志」の有無に日中の「文学精神の違い」を見ているが、詩経の「志」はこの「慷慨の志」であって、あくまでも「私」的な仮名序の「思ふ事」とは、その発想の根が異なると言えよう。

（7）詩経大序の句「動二天地一、感二鬼神一、莫レ近二於詩一、先王以レ是経二夫婦一、成二孝敬一、厚二人倫一、美二教化一、移レ風易レ俗」に拠ると言われる。しかしこの句の要点は、詩が政治家の意図する倫理を民衆に内面化させるのに有効であるということであり、それこそ仮名序が注意して排除した思想である。仮名序がここで語っているのは、個人の心から出た歌が他者の心を揺り動かすという一事である。なおこの部分真名序は「動二天地一、感二鬼神一、化レ人二倫一、和二夫婦一、莫レ宣二於和歌一」とあり、いかにも中途半端な立場である。詩経大序の強い政教意識もなく、仮名序のように言霊の力を訴えるわけでもなく、著者の主張が判然としない。ここで両序成立の先後に関する論争史に立入る余裕はないが、真名序のこの部分は、淑望が、自己の思想を語る原著者ではなく、他者の草案を巧みに漢文化することだけを意図する訳者であったことを示しているように思われる。訳者の通例として、彼は、中国人に見せても恥しくない文を作ろうと考えたであろう。この時、できるだけ中国古典に典拠をもつこと、及び、できるだけ中国的思考法に外れないこと、を心がけるであろう。このため「男女の仲をもやはらげ」という恋の話題を夫婦間の倫理に置換えて「和夫婦」とし、それでもまた落着きが悪く、「化人倫」という政教的句を挿入したものであろう（天地創成に関する日本的神話を省き、漢詩文の隆盛という仮名序にはない件りが加えられているのも、同じ意識に基く操作と思われる）。しかし結果約には、何が言いたいのか意図のよくわからぬものになってしまっている。

（8）貫之の和歌六様を詩経の六義のことであると考える人々は、これを六義の第一「風」に当るとした。その根拠づけの方向に従って二種の論がある。一つは、「風」を「諷」とみなし、これが日本語の「そへる」（擬する、なぞらえる）と同義であるとするもの。この場合「そへ歌」は比喩表現の一つと解される。今一つは、「下は以て上を風刺す」と言われる所から、「風」を帝王の徳に係わるものとみなし、「難波津」の歌が天皇を題材にしていることに注目するもの。この場合「そへ歌」は帝王の威徳を表す歌と解される。しかし詩経序は「風」について貫之が誤解のしようのないほど明確な説明を行なっており、「そへ歌」が「風」の転用であるとは解し難い。まず「風風也。風以動㆑之、教以化㆑之」とあるように、「風」の原義は人の心を動かして人性を教化矯正することである。これに二種あって、「上以㆑風化㆑下、下以㆑風刺㆑上」と言われる。即ち君主が民を教育するものが「風化」、不徳の君に対し下がこれを諫めるものが「風刺」である。「天下を風して夫婦を正す」と言われる関雎の詩は風化の例であり、国の史官が「人倫の廃を傷《いた》み、刑政の苛を哀しみ、情性を吟詠して、以て其の上を風す」のは風刺の例である。詩経序が「風」を六義の第一に挙げ、このように詳論しているのは、中国詩論の根底にある政教主義の立場からすれば、これが最も重要な詩の存在意義だからである。さて右の引用からもわかるように、詩経序の「風」の用例に日本語の「そへる」にあたるものはない。また「難波津」の例歌は風化でも風刺でもない。帝王を慶賀する歌を帝王批判の風刺と同一視するのは無理がある。貫之が誤解したというには詩経序の文面が明快にすぎる。結局、貫之は「風」と異なることを承知で「そへ歌」を提出したと考えざるを得ない。そして考えてみれば、中国詩論を借りながら政教主義的文言を削り捨てた貫之が、その典型とも言うべき詩経序の「風化・風刺」という観念をそのまま移入するわけがないのである。但し、「そへ歌」を六様の第一に置いたのは、六義の第一「風」と対置してよい幾分かの理由を意識していたのかもしれない。直接に当人を指すのを憚って別の物のこととして語るという一点で、「そへ歌」は風刺の形式として言われた「譎諫《けつかん》」（遠回しにいさめる）に通ずるからである。

(9)「かぞへ歌」という命名には、六義の第二「賦」が念頭にあったかもしれない。しかし六義の「賦」と「かぞへ歌」が同じであるかどうかは別問題である。中国詩論史における六義解釈では、「賦」に「直叙」と「鋪陳」（敷き列ねる）の二特性を見る。直叙という点では「かぞへ歌」よりも五番目の「たゞごと歌」の方がよくあてはまる。そこで「かぞへ歌」は鋪陳の歌であり、物の名を数え上げるように列挙するもの、という説が従来行われてきた。しかし列挙が有効な技法となるのは辞賦等の長詩形の場合であって、短歌には向かない。事実、古今集の物名歌にも列挙を意図したものはない。貫之が和歌の実情を無視して、物名の列挙を和歌の一様式とみなしたとは信じ難い。右の説は「かぞへ」を「数へ」（小西甚一は「展《かぞ》へ」）と解するものであるが、他に小西の指摘する如く、『類聚名義抄』に「誦」を「カゾフ」と訓む例がある。平家物語等で「白拍子をかぞふ」というのがこれに当ろう。歌うのではなく、拍子をとって朗誦することである。ところで漢書芸文志は「不レ歌誦、謂二之賦一」とする。また楚辞招魂の王注に「賦、誦也」

と言う。ここから、「賦」が「カゾフ」であるとすれば、それは「数ふ」ではなく「誦ふ」の意であると考えられる。「かぞへ歌」は「誦へ歌」である。さて問題は、掛詞による物名歌をなぜ「かぞへ歌」と呼んだかであるが、これについては断案を持ち合せないので臆説を述べ、諸賢の教示を待ちたい。「誦《かぞえ》」とは、木魚に合わせた読経のように、拍子があるだけで「歌」のような曲節がなく、感性に訴える魅力に乏しいものをいう。ここから、多義性の技巧によって一応「歌」ではあるが、心に訴える趣向をもたぬため「歌」本来の魅力に乏しいものを、比喩的に「誦へ歌」と呼んだのではあるまいか。或いは、中世の注釈書、『為家古今序抄』や『六巻抄』等が指摘する如く、「かぞへ」は「量へ」、即ち「思量」であって、心情の表現ではなく、言語操作の思いはからいにすぎぬものを言うか。（なお、比興を含め詩経六義及び貫之の六様に関する諸説については、小西甚一『文鏡秘府論考・研究篇』講談社、一九五三に詳しい論考がある。）

（10）既に仮名序古注（公任？）に指摘されているように、「たゞごと歌」は六義の第二「賦」に相当する内容を持つ。六義の第五「雅」は詩経序に「正言也」とある如く、政治的道徳的正しさを主題とする。和歌規定から政教的色彩を一掃した貫之がこれを無視したのは当然であろう。

（11）原文「そふ」。「こふ」の誤写とする説に従う。陽明文庫本では「訪《と》ふ」（萩谷朴校注日本古典全書『土佐日記』、朝日新聞社）。

（12）「古有二采詩之官一、王者所下以観二風俗一知二得失一自考正上也」（漢書芸文志）

（13）古今集の構成が、万葉集などとは異なり、四季の自然を主題とするものを最初に置いたのも、同じ理由ではあるまいか。

（14）皮肉にも貫之には屏風歌が多く、現存作の約半数を占める。彼の名声が多くの制作依頼を招いたのであろう。しかし貫之がそれらを自分の本来の作品とみなしていたかどうかは又別の問題である。萩谷朴は伝行成筆の貫之集断簡を、貫之自撰の歌集の一部と推定した（日本古典全書『土佐日記』解説、朝日新聞社）。大岡信はこの三二首が他に流布する貫之集と趣きが異なり、「すべて私的なモチーフに基づく歌であって、屏風歌のごとき公的、職業的な作が見られない」（日本詩人選『紀貫之』筑摩書房、五九頁）ことを指摘している。つまり貫之は、自撰集を編む時、実生活の中から生まれた歌だけを選び、屏風歌のような虚構の作を除いたのではないかと推測される。

（15）後撰集所収の歌合歌は、「寛平御時后宮歌合」と「是貞親王家歌合」からのみ採られているが、いずれも古今集以前のものである。これは、近代文学の全集を編む時、五木寛之や司馬遼太郎を「純文学」ではないという理由で外しながら、紅葉や鏡花を「古典」であるからと入集させる感覚に似ているかもしれない。

Ⅲ　世界を生む言葉

無名天地之始、有名万物之母
――老子

歌の道の自覚——藤原俊成

1　時代思潮

平安末期の仏教は、およそ三つの機能をもっていた。第一に、現世の生活に福利をもたらすことであり、人々は各種の祈願、加持祈禱に熱心であった。第二に、死後の生活に福利をもたらすことであり、人々は阿弥陀仏に極楽往生の願いを託した。そして第三に、哲学思想として真理を告げることである。その中心となったのが、天台教学であった。中古仏教に卓れた研究を残した硲慈弘は、次のように言う。

「天台学、とくに『三大部』六十巻は、およそ平安期上下の人々、なかんづく藤原時代における宮廷貴紳の学問教養として、おそらく始終一貫、あひ競ふてこれを研究しこれの講読すること世の風をなしたと称してよいであらう」(1)

（天台三大部とは『摩訶止観』『法華文句』『法華玄義』の三書をいうが、このうち『摩訶止観』が俊成歌論において重要な役割をもつことは後に述べる）

硲慈弘はまた、関白藤原兼実（俊成の庇護者）による天台研究の実例をあげたのち、こう結論する。

「全体としてかれらの教養意外にふかく、これに通暁すること甚だひろきに至つてはむしろ驚歎に値ひするといはねばならぬ」(2)

我々は、天台教学を主流とする仏教思想が、平安貴族の世界観・価値観にある程度の影響を与えていたと推測することができる。この影響は、当然文学にも及ぶであろう(3)。

しかしその仏教思想において、文学に与えられた評価は、極めて否定的なものであった。仏説が真実の道を教える「実語」であるのに対して、文学は「狂言綺語」、つまり道理を離れ、真実を無視して、面白おかしく飾りたてられた言葉である。仏法が人を迷誤から救おうとするのに対し、文学は人を誤らせ迷わせる罪深いわざなのである(ここから紫式部堕地獄説さえ生れた)。

この文学「狂言綺語」説のもとを辿れば白居易に至る。『白氏文集』によれば、彼は仏法を聞いて前非《ぜんぴ》を悟り、自らの詩集を寺院に納めて願文を添えた。それに次の一節がある。

「願はくは今生世俗の文字の業、狂言綺語の誤りをもつて、翻《かへ》して当来世々讃仏乗の因、転法輪の縁とせむ」(4)。

つまり、文学は狂言綺語ではあるが、逆にこれを機縁として、仏法をほめたたえ、教えを広める役に立ちたい、というのである。ここには既に文学の二面性、即ち、人を迷わせると共に人を救うという二重機能の見方がある。

白居易は平安文学界に最も愛された詩人であったから、この「狂言綺語」の一節は、『和漢朗詠集』に収められたこともあって、人口に膾炙する所となった。ということは、文学と仏教との関係が、一つの課題として平安文学界に問われたということである。

九六四年、大学の学生は比叡の僧とはかって「勧学会」という会を始めた。『三宝絵詞』によれば、「この世後の世にながき友として、法の道、文の道をたがひにあひすすめならはむ」との意で「勧学会」と名づけられたという。これは学生と僧とが、明月の下、夜を徹して経を読み、仏法をほめる詩文を作るという集りで、その実態は仏事というよりも風流の宴に近かったようである。しかし注目すべきは、会の終り、その夜の詩文を寺に納めるに際し、彼らが「願はこの生の世俗文字の業狂言綺語のあやまりをもつてかへして」という先の白居易の偈を誦したということである。つまり文学は、現実には、貴族文人のみならず僧侶らにも深く愛されていたにも拘らず、タテマエとしては、依然否定すべき狂言綺語でしかなかったのである。

救いはあった。白居易の示唆に従って、文学を仏道の手段として位置づけることである。白居易は、讃仏乗と転法輪《てんぽうりん》という二つの道を語っている。そこで勧学会の学生たちが行なったのは讃仏乗、即ち仏法をほめる詩をつくることであった。

転法輪、即ち仏教普及の手段という立場をとるのは、中世以降の説話集である。『沙石集』をはじめ、庶民のための説話集は、たいてい、自らを仏教の方便として位置づける釈明の序文をつける。つまり、これらの話はみな狂言綺語ではあるが、人々を啓蒙して、仏の道を教える効果をもつと、いささか我田引水の論を張るのである。その実際的な啓蒙効果はしばらくおこう。因果の理法を狂言綺語によってわかりやすく衆生に教えるという、その理窟だけをとり出せば、確かに「転法輪之縁」としての文学にはちがいない。

当時の流行歌である今様は、このような時代の雰囲気を反映する。『梁塵秘抄』に収められた数多くの法文歌・神歌は、まさに仏法を讃めると同時に、大衆に仏法を広める手段でもある。そこで後白河法皇は、「せぞくもんじのごうひるがへして讃仏乗のいん、などか転法輪にならざらむ」と白居易を引きつつ、今様の功徳による自らの極楽往生を確信するのである(5)。

こうして文学は、仏法をほめ、かつ広める手段という、白居易の示唆した役割を、一応引受けることに成功した。しかし仏をほめもせず、因果の教えでもなく、しかも文学の主流であった和歌はどうなるであろうか。仏法に対して和歌を位置づけるためには、白居易を超えて、さらに一歩を進めねばならない。その可能性を、我々は、藤原清輔の歌学書『袋草紙』中の、次の挿話に見出すことができよう。

「恵心僧都は、和歌は狂言綺語也とて不二読給一けるを、恵心院にて曙ニ湖を眺望し給ふに、沖より船の行を見て或人、漕行舟の跡の白波と云歌を詠じけるを聞て、めで給て、和歌は観念の助縁と成りぬべかりけりとて其より読給と云々」

（恵心僧都源信は、天台宗を二分する恵心流の開祖。詠じられた「世の中を何にたとへむ朝ぼらけ漕ゆく舟のあとの白波」は拾遺集にある沙弥満誓の当時有名な歌。「観」と「念」とは共に天台教学で重要な概念だが、ここでは、実相を直観し、真理を心に念う、くらいの意か）

この時、和歌は、仏法において重要なある心の状態（定）及びある心の働き（慧）の達成、言換えれば『摩訶止観』にいう「止観」の達成のための機縁となる、という可能性が示唆されたのである(6)。

平安末期とは、文学者にとって、仏教と文学との関係をどう規定するかが、一つの大きな問題となった時代であったといえるであろう。和歌に絞って言えば、紀貫之が古今集序において和歌の本質規定をして以来、三百年を経て、再び歌人は、和歌とは何かを規定し直す必要に迫られたのである。この時代的要請をはっきりと意識していたのが、中世歌人の最初の人とされる藤原俊成であった。その俊成が生涯に唯一つ著した歌論書が、次に考察する『古来風体抄』である。

2　歌の道

九〇五年の古今集成立以後、平安文学界を支配した和歌思想は、紀貫之が古今集仮名序に示した考え方であった。「やまとうたは人の心を種として、万の言の葉とぞなれりける」に始まるその歌論は、おおよそ次のようなものである。

人は生きるにあたって、多くのものを見、さまざまの経験をせざるをえない。そして自然や事件のいくつかは、人の心を深く動かすことがある。この時、心は深くものを思い、その思う所を言葉になして外へ表す。これが歌である。従って歌をよむとは、この世を生きる者にとって、いわば必然のいとなみである。そして和歌は、人であれ神であれ、全て心ある者を動かすのである。

このような考えは、今日から見ても決して旧弊なものではなく、むしろ一般の人の見方に近いといえよう。しかし、三百年の和歌の隆盛の後、俊成は、既に確立された伝統を前にして、再び和歌とは何かと問い返した時、彼は貫之の言葉を引きながら、次のような逆転した言い方をしてみるのである。

「かの古今集の序にいへるがごとく、人のこころを種として、よろづの言の葉となりにければ、春の花をたづね、秋の紅葉を見ても、歌といふものなからましかば、色をも香をも知る人もなく、何をかはもとの心ともすべき」(7)

花紅葉のもつ色香に心が感動して歌が生まれる、というのが貫之の説であるとすれば、俊成のこの言い方は、逆に、あらかじめ歌というものがなければ、人は花紅葉を見てもその色香がわからない、というものである。貫之にとって、花の色香はあらかじめ花に備っているものだが、俊成に言わせれば、詩人が花の歌を詠んではじめて、その色香は人々の前に立ち現れるのである。つまり、色香とは、詩人の心を種として生じた言の葉に輝き匂うものであって、自然の花紅葉にあるものではない。これは何を言おうとしているのか。

人が花を見るには、さまざまの見方があるだろう。そしてさまざまの意味を見出すだろう、色香を見るというのは、見方の一つにすぎない。しかし、それが詩人の見方というものである。そして花に色香が見えてくる(価値体験)というのは、おそらく、世間の人とはかなり違う見え方なのである。その違いは、詩人の心が世間の人の心とかなりちがうことに由来する。

ここで我々は詩人の感受性が普通人よりも鋭敏であるという、広く流布した考えを思い出す。しかし、俊成の言おうとしたものが、そんなことだとは思えない。もし、把え難い微かな美を感受することが問題なら、俊成は、自然を見よと言った筈である。芭蕉のように、「松のことは松にならへ」とでも言っただろう。しかし俊成は、自然をよく見よとは決して言わない。ひたすら、古歌の詞と姿を学べというのである。第一、俊成ははっきりと断っている。「人の心を種として」と。とすれば、色香とは、受動的に花から感受すべきものではなく、能動的に心が創造すべきものである。むろんこのような価値創造は、通常の人のなしうる所ではなく、詩人の心のみがなしうることである。

詩人の役割は、花が美しく見える視角を発見することではなく、美しく見えざるをえないような見方を創り出すことである。

詩人が花の色香を歌ってみせる時、人は初めてそのような見方の可能なことを知る。もし人がその歌に感動するなら、彼はその時、言葉を媒介として、確かに花の色香を体験しているのである。以後花を見る時、彼はその詩を思い出すことによって、その色香を体験できるであろう。こうして彼は、詩人の創造した、花を体験する〈型〉の一つを習得するのである。

例えば、満開の花の美しさしか知らぬ人に、散る花も又美しいとただ教えても、彼はそれを理解できない。しかし散る花に感動した心が詠作した歌を見る時、彼は、人が散る花にどのように心動かされるかを共感するであろう。そして〈散る花の美〉がいかなるものかを理解するであろう。言換えればこうである。歌という特殊な〈言葉の型〉は、花の様相を記述するだけでなく、その花に対する心の様相をも表すことができる。読者はこの〈心の構え〉をまず共有することによって、その花の〈美〉がいかなるものかを知るのである。

我々は、先の俊成の言葉を、こうパラフレーズしてもよいだろう。詩人の〈心〉は、〈言葉〉

によって、ある美的現象と心の構えとを結合させ、一つの〈価値体験の型〉をつくる。人はこの〈型〉を学ぶことによって、その価値体験を反復しうる、と。そして詩人の〈心〉が、言葉によって新たな〈価値体験の型〉を創るとは、言換えれば、世界に新たな意味を与えてゆくことなのである（歌の「表現内容」を意味する伝統歌論用語の「心」と紛らわしいので、この詩人の〈心〉を以後〈詩的主観〉と呼ぶ）。この〈詩的主観〉をいかに獲得するかを語ることが『古来風体抄』の中心主題であった。

人が詩人になるとは、花の色香を自ら創造しうるような詩的主観を手に入れることである。しかし、それは、世間日常の主観のありよう（既成の世界意味をただ受容習得するのみ）とは余りに距っている。人は、詩的主観が意味創造するものであることさえ知らず、普通よりも感受性の出来がよいのだろうくらいに思っている。このような人々を詩的主観の高みへと飛躍させるには、一体どう説明すればよいのか、俊成は途方にくれる。そしてともかくも、まず古歌を見よ、と言うのである。そこには花との新たな関り方の〈型〉が示されているだろう。その〈型〉に従って価値体験を反復する時、花は新しい意味を帯びるだろう。むろん花の見方を一つ覚えたからといって、詩的主観の何たるかを理解できたということにはならない。しかし少なくとも人は、その時、花をそのように見ることのできた〈眼〉のこの世にあることを知るのである。こうして、世間日常の主観とは異なる詩的主観というものがあることを、人は信ずることができるであろう。そしてもし、この詩的主観が、実は伝統として数百年の間受継がれてきたことを信ずるなら、人は「歌の道」というものが確かに実在することを信ずることができるであろう。

たとえ、その道は決して眼に見ることができず、詩的主観は容易に至り難いものであるとしても。とはいえ、詩的主観は、それが道である限り、修業によって受継ぐことができるものである。いやむしろ、誰かが受継いでゆかねばならぬものである。俊成は、「歌の道」を守ろうとする限り、あらゆる手管を用いて、この詩的主観を伝承させねばならなかった。『古来風体抄』の全ての努力は、この一点にかかっている。

3　語りえぬものの伝承

俊成は、「歌の深き心」、即ち詩的主観を語ろうとして言葉に窮する。詩的主観とは、彼において紛れもなく実現しているものであるが、それは彼が認識した内容としてあるのではなく、彼が認識する形式そのものであるからだ。当代随一の言葉の使い手であった俊成も、自分の見たものではなく、ものの見方それ自身を語ろうとして、ついにこれを語りえぬことを告白する。

「この心は、年ごろも、いかに申しのべんとは思給ふるを、心には動きながら言葉には出し難く、胸には覚えながら、口には述べがたく……」

「この道の深き心、なを言葉の林を分け、筆の海を汲むとも書き述べんことは難かるべければ……」

俊成は、従来の歌学書をひもといてみるが、むろんこれを書いたものは一つもない。彼は、自分のなそうとしていることが、前代未聞の試みであることを自覚していた(8)。

この時、俊成は、歌の道と同じ困難を抱えているもう一つの道を発見する。仏の道、即ち仏道である。そして、未だかつて語られたことのない、仏道の深き心を、何とか言葉に記そうと努めた書物を発見する。天台三大部の一つ、『摩訶止観』である。その冒頭の一句「止観明静、前代未聞」を、俊成は次のように解釈したに違いない。

ここに記そうとするのは、仏教における最高の心のあり方と物の見方とを、明静なる「止」と「観」として説明した天台大師の言葉である。だがこれは、未だかつて誰一人語りえなかったものを語ろうとした試みであった。

俊成は同じ課題に対決した先人を見、自身の体験から推して、この仏教者がついに言語化しなかったもの（言語道断、心行所滅(9)）の重さを理解する。そして、自分が『摩訶止観』を読んだのと同じ態度で人が自分の歌論を読んでくれるのでなければ、自分がぎりぎりのところで言語化することを避けたものを、決して理解できないだろうと考える。

「しかるに、かの天台止観と申す文のはじめの言葉に、『止観の明静なること、前代も未だ開かず』と章安大師と申す人の書き給へるが、まずうち聞くより、ことの深さも限りなく、奥の義も推し量られて、尊くいみじく聞ゆるやうに、この歌の良き悪しき深き心を知らんことも、言葉をもて述べがたきを、これによそへてぞ同じく思ひやるべき事なりける」

ここでいささか『摩訶止観』に触れねばならない。これは言うまでもなく、天台智顗《ちぎ》の説法を弟子の灌頂（章安大師）が筆記したもので、天台三大部の一つとして重視され、平安時代には日本でも開板印刷された。平安貴族がこれを愛読したらしいことは既に述べた（つまり俊成は、読者が既に『摩訶止観』を知っていることを前提に話を進めている)。『摩訶止観』の狙いは、「大覚世尊」(釈迦)の達成した〈心〉を伝承することにある。この〈心〉を仮に〈仏教的主観〉と呼ぶことにしよう。仏道の目的は諸々の苦悩を解決することにある。苦悩の原因は、人の欲望・愛憎にあり、これはものへの執着に由来する。だが執着は、我々が概念として持っているにすぎないものを、現実に実体として在ると錯覚する所に生ずる。とすれば、認識の仕方それ自体を改めることによって、苦悩の根を断つことができる。この、新たな認識形式を手に入れた主観が、仏教的主観である。そして智顗は、仏教的主観の特徴を「止」「観」の二字に集約できると考えた。まず「止」とは、日常的な認識形式の廃止である。これは我々が幼児から学び覚えた方法、つまり世界を分節化して、各部分を概念に置換え、次に概念のシステムを操作することによって世界の意味を理解するという方法を捨てることである(概念とは言語によって表されるものであるから、これは世界を言語によって理解することを放棄することでもある。従って、言語道断)。世界の分節法や概念は、個人が勝手に作るものではなく、多数の主観の共同作業(相互作業)によって、歴史的社会的に構成される(この共同作業において、最も大きな役割を果たすものが言語であることは言うまでもない)。個々の主観は、この共同主観性を習得することによって、自分が生きる世界を世間の人と同じ仕方で見、同じ仕方で理解する。従って「止」とは共同主観性からの離脱を意味する(出世間とは、元来このような生活世界からの解脱を意味するのではあるまいか)。次に「観」とは、新しいものの見方をすることである。その主観は世間の共同主観性とは手を切っているが、といって、全く個人的なものではない。なぜなら、同じ主観を、仏道に達した者は共有し、伝承しうるからである。世界の全てが「実相」として見えてくる（「一色一香中道に非ざるなし」(10)）ような「眼」の働きが「観」であるといってもよいだろう。しかし、「眼」は自分自身を見ることができないように、このような主観は対象化して捉えることができない（「智慧は索むるに不可得なり。自ら我を索むるもついに不可得にして、また所見なし」(11)）。こうして「止観」とは、世間的な主観からの「解脱」と、出世間の主観、即ち「般若」の確立を意味する（「止は即ちこれ断にして、断は解脱に通ず。観は即ちこれ智にして、智は般若に通ず」(12)）。この「止観」の意義と、これを達成するための方法を説いたものが『摩訶止観』である。

しかし、「言語道断」なるものを、いかにして言葉にできようか。『摩訶止観』は、その序章において、真理は言語化できないことを認める。ただ、月が山に隠れれば、扇をあげて、これを喩えに月の何たるかを示唆できるように、方便として言葉をかりて仏法を説くことはできる、と言う。実に『摩訶止親』十巻は、壮大なる比喩として成立しているとも言い得るのである。

さて、詩的主観を伝えようとして言葉に窮した俊成は、仏教的主観を伝えようとして同じ困難に逢着した智顗に自己の似姿を見出したであろう。二人の課題は、共に、世間の共同主観性を離脱したところに成立した、ある主観を、伝承させることである。しかし、仏道の場合は、人が仏教的主観というものがあるということを信じているだけまだ条件がよい。俊成は、「歌の道」が「仏の道」と同じように一つの〈道〉であり、詩的主観というものがこの世にあることを、人々に信じさせることから始めねばならなかった。

俊成が「人の心」という時、彼は、その心をもって歌を詠んだ多くの先人たちのことを考えていたにちがいない。彼の脳裡には、遠く時代を距てる歌人たちが、ただ一つの「心」（詩的主観）を共有して、互いに手をつないで道を行く姿が見えていたであろう。この超時代的な歌人の精神共同体に参加することが、俊成にとっての「歌の道」であったと言ってよいように思われる。〈道〉は古人の歩いたものであり、自分も歩こうと思えば歩けるものである。つまりこの共同体は時代を超えて開かれており、いつの時代の人もこれに加わることができる。そして参加すると同時に、彼は、時を距てる古人たちと手を携えて歩むことができる。彼はこの時、現在・過去・未来といった歴史的時間とは別の時間を、古人と共に生きるのである。そして詩的主観とは、孤立した魂ではなく、実はこのような詩的共同体をつくり上げているものである。この共同体は自ら言葉によって作り上げた詩的世界を共有し、伝承している。人は、この詩的世界がいかなるものであるかを学ぶことによって、より容易にこの詩的主観を手に入れることができるであろう。いや、天才の外は、このような学習によってしか本当の歌人になる道はない。それゆえ、人は歌人になるためには、語彙と文法を覚えるだけでは不十分であって、古人の和歌（その〈言葉の型〉と〈価値体験の型〉）を通して、この詩的共同主観性を学ばねばならない。そしてこれを手に入れた時、人は詩的共同体に参加する必要にして十分な条件を得るのである。

しかし、この詩的主観とその共同性について、一体何と言えば人は信じてくれるであろうか。俊成は、『摩訶止観』の方便に、一つの解決を見出した。

「さてかの止観にも、まづ仏の法を伝へ給へる次第をあかして、法の道の伝はれることを人に知らしめ給へるものなり。大覚世尊、法を大迦葉《かしょう》に付け給へり。迦葉、阿難に付く。かくのごとく次第に伝へて師子に至るまで二十三人なり。この法を告ぐる次第〳〵を聞くに、尊さも起るやうに……」

『摩訶止観』も、じかには真理を語らない。まず仏法の伝承の系譜を語ることから始めた。俊成は、この二十三人に次々と法が伝えられてゆく、単調な人名簿を読むうちに、はっきりと、そこに一つの精神の共同体が形成されてゆくさまを確認したのではあるまいか。千万言の抽象的な論説よりも、この単調な人名の記録が、疑いようもなく仏教的主観の共同性、即ち仏道というものの実在を証明していると思えたのではないか。「尊さも起るやうに」とは、おそらく、そのような俊成自身の感動から出た言葉である。

俊成は、この方法を歌の道を語るのに応用できると考えた。しかし歌人の名を列ねることは、詩的共同体の存在証明とはならないだろう。仏道の場合、釈迦は、迦葉が自分と同じ仏教的主観をもつことを保証する。迦葉は、阿難がそれを分けもつことを保証する。このようにして、二十三人の仏教的主観は、師資相承という確かな方法によって、同一であることを保証されている。しかし和歌において、たとえば貫之と俊成とが同じ詩的主観を分けもつという保証はどこにもない。

とすれば、人名の系譜の代りに、何があるだろうか。能産である詩的主観の共同性は、その所産である詩作品によって、存在を保証されるであろう。それなら、詩作品の系譜を記述することは、『摩訶止観』が人名の系譜を記述したことと、同じ機能を果たすことができるのではないか。俊成は、先の文を次のように続ける。

「この法を告ぐる次第〳〵を聞くに、尊さも起るやうに、歌も昔より伝はりて、撰集といふものも出で来て、万葉集より始まりて、古今・後撰・拾遺などの歌の有様にて、深く心を得べきなり」

素朴に生きる我々の共同主観性が生活世界をもつように、詩的共同主観性は、詩的世界をもつ。但しそれは詩的言語のみによって構成され、〈言葉の型〉と〈価値体験の型〉の堆積によって意味体系を構築しているような世界である。とすれば、和歌の「姿」と「詞」の系譜を記述することは、詩的言語とその意味とを示すことを通じて、詩的世界がいかなるものであるかを示し、さらにそれを共同してつくりあげた詩的主観の何たるかを示唆するであろう。

「この道の深き心、なを言葉の林を分け、筆の海を汲むとも書き述べんことは難かるべければ、ただ、上、万葉集より始めて、中古、古今・後撰・拾遺、下、後拾遺よりこなたざまの歌の、時世の移りゆくに従ひて、姿も詞もあらたまりゆく有様を、代々の撰集に見えたるを、はし〴〵記し申すべきなり」

改まるのは、むろん「姿」と「詞」だけであって、「深き心」は「時世」を超えて貫道する。時代によって経典・論説はさまざまだが、伝えるべき仏教的主観は一つであるように、〈言葉の型〉と〈価値体験の型〉は時代によって変わろうとも、その種である詩的主観は一つである。詩的共同体に参加した個々の歌人が、先人の築いた詩的世界から何を受継ぎ、何を付加えたかを見よ、そうすれば変わらぬ詩的主観というものが見えてくるだろう、と俊成は言っているのである。

こう考えてくれば、歌の姿の系譜を記述するとは、単に秀歌の実例を並べて手本を示す、というようなものでない。詩的主観が創り出した〈言葉の型〉と〈価値体験の型〉の全体を、つまり新しく創り出した意味の全体を展望するという、壮大な試みなのである。言換えればそれは、詩的共同主観性が、数百年の歳月を費して、詩的言語によって築き上げてきた、もう一つの世界の全体像を、目のあたりに見せようという試みなのである。

俊成は、この画期的な歌論書を、『古来風体抄』、あるいは『いにしへよりこのかたのうたのすがたの抄』と名づけた。従来の歌論書が『――式』『――髄脳』『――歌枕』といった題であったことを思い合わせる時、我々は、俊成の方法意識の明瞭さを知るであろう。

4　虚構と現実

『古来風体抄』は式子内親王の求めに応じて書かれたものであるが、当時、私的文書ならともかく、高貴の人に対して仏道をもちだすことは、縁起でもないこととされていたようである。俊成は先手をうって弁明する。

「歌の心姿、申述べがたしとても、ことに仏道に通はし、法文によせて申なす事や、なほわたくしのためのことなどこそあらめ、君もみそなはさむ事は（中略）そしり思ふ人もありぬべきを」

俊成は、歌道を仏道に喩えて語ることが非常識な冒険であることを自覚していたのである。にも拘らず、彼は『摩訶止観』を引き、仏道を語る。「この心は年ごろも、いかに申述べんとは思給ふるを」(13)という先の言葉を思い合わせるなら、俊成は長年のためらいの後、遠からざる死を予感し（時に俊成八十三歳）一種の決意をもって胸中を披瀝したのだと考えていいだろう。「仏道に通はし、法文に寄せて」語るのは、やむにやまれぬ最後の手段であった。

では俊成は、歌道と仏道がどのような関係にあると考えていたか。それは次の言葉に集約されている。

「歌の深き道も、空仮中の三体に似たるによりて通はして記し申なり」

「三体」は天台教学に言う「三諦」のことである。では、三諦とは何か。空諦・仮諦・中諦の三つの真理を言う。

まず「空諦」とは、一切は空なり、ということである。しかしこれは、一切は無、つまり我々の見出す存在者が実は存在しない、ということではない。諸法の「自性」、即ち各存在者の本質とされているものが、「縁起」によって生じたもの、即ち相対的にあるにすぎない、ということである。天台の三諦論は竜樹の『中論』（中観論）に基づく(14)。ここで中観派の複雑な認識論を正確に説く力が筆者にはあるはずもないが、「空」については、次のように要約して大過ないように思われる。

1、我々がある物を認識するとは、物自体を知るわけではなく、必ず概念の組合わせ（例えば〈褐色〉の〈犬〉）に翻訳して認識するのである。

2、しかし、概念は、物自体のうちに根拠をもつのではなく、我々の意識が世界を統一的に理解するために、一方的につくりあげたものである。(因施設)

3、しかも、概念をつくる時、我々はその意味を相対的に、他の概念との関係において決定してゆくのであって、絶対的に措定される概念というものはない。(依他起生)

4、従って、我々が知ったつもりになっている世界とは、実はあやふやな虚構にすぎない。(一切皆空、色即是空)

例えば、こういうことである。我々はあるものを見て、これ犬だ、その色は褐色だ、等々と言う。そして、ある存在者を認識したつもりになっている。しかし〈犬〉とは白犬や黒犬にも共通なある〈型〉(共相《ぐうそう》)を指すのみであり、〈褐色〉もまた同様に、抽象的な概念にすぎない。しかも、それらの概念は〈犬〉という本質、〈褐色〉という本質がこの世にあるのに応じて設定されたものではない。〈犬〉とは、猫や狼やその他の動物との形の比較の中で、相対的に設定された概念であり、〈褐色〉もまた、赤や黄その他の色との対比において相対的に名付けられているにすぎない。従って、〈犬〉という本質が独立してあるわけではなく、我々の意識の中で、他の動物との区別の仕方が慣習的に成立しているだけであり、〈褐色〉もまた、他の色相との境界が、恣意的に定められているにすぎない(仮名《けみょう》)。つまり、概念は、我々が現象を切分ける時に、その切り方に応じて生ずる断片であり、我々が事物の本質とみなしているものは、我々が世界を解釈するために概念体系を組織した時、その分節の仕方に応じて相対的に生じたものにすぎない。こうして、一切の認識はつくりごとにすぎない。

あるいは、フッサールの用語法を借りて、こう言換えてもよいかもしれない。我々が素朴に現実と信じこんでいる「生活世界」は、我々の「共同主観性」が統一的に構成したものであって、この意味で実在そのものではない。

以上が、一切は空なりという「空諦」である。そして、一切を空と見ることを「空観」という。

次に「仮諦」とは、一切が仮に相として存在することをいう。

これは一切が有、つまり実在するという意味ではない。ただ、有として立現れる、ということである。実は我々は、世界をあるがままになど見ることはできないのであって、常に前もって与えられている認識の枠組に従って世界に向かい、このために全ての事象は、ある〈本質〉として（たとえば〈犬〉として〈褐色〉として）立現れざるをえない。しかも、我々はそのつど感覚与件の集合を分析し、解釈して犬と名づけ、褐色と分類するのではなく、通常それらはまず〈犬〉として〈褐色〉として意識されるのである。もし、見るということを、単に瞼を開いているということではなく、意識において対象を認定することだと考えるなら、我々が見ることができるものは、実在そのものではなく、〈犬〉とか〈褐色〉といった、既にある「仮名」を帯びた現象にすぎない。そして我々にとって、現実とは、このような「仮」の現象の他にはない。

しかし考えてみれば、我々は日々この現象を認識し、世界を辻褄のあったものとして理解し、この上に立って生活を送っているわけだから、この意味で我々の見る一切は現実に存在していると言っても、差支えない（亦有亦空）。別の言い方をすれば、人々の共同主観性によって（偶然的にではあれ）構成された生活世界こそ、我々が確実に認識しうる唯一の現実だということである。人々は、認識の枠組を前もって与えられていればこそ、眼を開けば、疑いようもなく事象が意味をもって立現れるのである（そもそも、我々は何の枠組もなくものを見ることはできない。先天盲の人が手術によって視覚を獲得したあと、形を見分け、事物を認知できるようになるには、長時間の「ものの見方の学習」が必要であるという）。

以上が、一切は仮として存在している、という「仮諦」である。そして一切を仮と見ることを「仮観」という。

では、「中諦」とは何か。「空」でもなく「有」でもなく、その両極の間（空有二辺の中道）に真理があるということである。我々の認識する事象の本質は、全て空であって仮であり、非現実であって現実である、ということである。生活世界は、我々の共同主観性が構成した擬制ではあるが、またそれ故に、我々にとって理解しうる唯一の現実なのだ、ということである。そして、一切が空かつ仮であると見ることを「中観」という。この時、空観と仮観とは、中観と別のものではない。少なくとも、中観の立場に立つ限り、空・仮・中は同じものの三つの言い方にすぎない（即空即仮即中）。従って、この三観は、実は一つの心の三つの働き方にすぎない（一心三観）。

むろんこのような見方で世界を見るためには、主観は、習い覚えた一切の認識の枠組、そしてそれに基く一切の執着から解放されていなければならない。この解放された状態を「止」と呼び、三観を「観」と呼び、これを合せた「止観」を自己のうちに獲得する方法を語ることが『摩訶止観』の主題であった。

さて、俊成が歌の道をこの三諦に似ているという時、それは何をさしているのだろうか。

例えば、歌枕の多くは都を遠く離れてあり、これを詠んで歌をつくる者も、それを聞いて感動する者も、実際にはその光景を見たことがない、という事態がある。しかし、詩作に必要なのは、詩的世界において、その歌枕がこれまでどのような〈言葉の型〉や〈価値体験の型〉と結びついてきたかを知っていることであって、歌枕の現場体験ではない（むしろ、人が歌枕の地を過ぎる時、そこを詠んだ和歌を思い合せることによって、その場を意味あるものとして体験するだろう。歌枕に〈色香〉を与えるものは和歌作品の方であって、その逆ではない）。従って、人が歌枕の歌を新作する時、彼は現場を捜して、未だ人の気付かぬ事象を発見し、これを記述し、その歌枕についての知識を一つ増やす、というようなことをするのではない。彼はその歌枕についての過去の〈言葉の型〉の一部を引用し（類型的縁語、又は本歌取り）、これに新たな言葉を結合することにより、その歌枕に、今一つの〈言葉の型〉と〈価値体験の型〉とを与えるのである。こうしてその歌枕に関する〈言葉の型〉と〈価値体験の型〉とは、生活世界の現場とは関りなく、詩的世界の内部で積み重ねられてゆく。

このような詩的世界を、我々は〈つくりごと〉ということができるだろう。しかしそれは、小説がフィクションである、という意味でのつくりごとではない。たいていの小説は、生活世界の意味を変えることなく（むしろそれに準拠して）、ただ事件だけを案出する。しかし和歌作品は、新たな〈価値体験の型〉をつくることによって「詞」に新たな意味を与え、意味組織としての詩的世界のあり方そのものを変えてゆくのである。生活世界における〈つくりごと〉（小説）は、世界の意味構造を変えることはない（変えても一作品内に限られる）が、詩的世界における〈つくりごと〉（和歌）は、詩的世界をつくってゆくのである。

しかし、一首の和歌が、「詞」に新しい意味を付与し、このために詩的世界の構造が部分的にもせよ変ることができるとすれば、その意味組織は生活世界の意味組織に比べて、かなり柔かく出来ている筈である。

例えば、我々は日常の言葉遣いにおいて、決して花と雪とを混同することはない。むろん、比喩として語ることはある。花が雪の如く降り、雪が花の如く散る、と。しかし我々は、それがその場限りの比喩にすぎないことを知っている。決して翌日から花の姿が雪に変ることはない。そして二つの概念を混同することはない。ところが、詩的世界においてはいささか事情が異なる。貫之が桜の散るさまを「空に知られぬ雪ぞ降りける」と詠んだ時、桜が雪として降るという一つの型が成立する。そして以後の和歌がこの型を引用する時、もはや花と雪との区別はない。詩的世界において、花は雪のように降る（比喩）のではなく、花は雪として（複合）降るのである。また例えば、日常我々は露のような涙（比喩）ということはある。しかし和歌に「袖の露」という時、それは草葉に濡れた袖であると同時に、恋の紅涙なのである（複合）。

だが、そのようなイメージの複合を、人は一体表象できるだろうか。むろんできはしない。ここで、和歌とは「姿」であるという俊成の考えを思い起こそう。つまり、和歌はイメージではない。〈丸い四角〉は、日常言語としては、表象不能である故に背理だが、詩的言語の中にこの種の結合はいくらでもある。和歌における価値体験とは、言葉によってイメージを思い描いて後、そのイメージに感動するというようなものではない。まず、言葉のもつ「姿」に感動するのである。でなければ、見たこともない歌枕が、どうして題材となりえようか。

今一つ例をあげよう。定家が「見渡せば花も紅葉もなかりけり浦の苫屋の秋の夕暮」と詠んだ時、上句のイメージは、ただ茫漠たる空虚にすぎない。なにしろ「無い」と言っているのだから、我々はこの歌に花や紅葉のイメージを重ねて、思い泛べるわけにはゆかない。しかし、「何もない」と言うことと「花も紅葉もなかりけり」と言うこととは、明らかに効果の違いがある。その効果は、夕べの浜の点景にあったかも知れぬ花や紅葉を想像することによるのではない。「花」「紅葉」という「言葉」が担っている一種の〈含み〉によるのである。この〈含み〉は、詩的世界の中で、「花」「紅葉」という〈言葉〉がこれまで結びついてきた無数の〈価値体験の型〉の集積によって生じたものである。この集積のために我々は、「花紅葉」と聞いただけで、一群の価値を受容する準備を心の中に整える。むろん価値体験は実現しないわけだが、過去の「花紅葉」に関わる〈価値体験の型〉を想起する準備だけは果たされるのであって、おそらくこれが、「花紅葉」という〈言葉〉のもつ〈含み〉なのである(15)。そしてこの非顕在的な〈価値体験の型〉としての〈含み〉こそ、「姿」の重要な構成要素なのであろう。つまり、作者は、イメージではなく、この〈含み〉を複合させることによって「姿」をつくるのである。

詩的言語が、その意味をイメージに頼る限り、現実の法理を無視することはできない。「花」は常に「花」にとどまり、「雪」となることは許されない。しかし、詩的言語が、その意味を、生活世界の映像ではなく、詩的世界内部での〈価値体験の型〉に依存する時（顕在的には〈引用〉、非顕在的には〈含み〉、〈言葉〉は日常の規約を超えて自由に結合し、自律的な世界を産出、展開することができたのである。

このように、生活世界とは異なる意味組織をもつ世界という意味で、我々は詩的世界を〈つくりごと〉即ち「空」と呼ぶことができるだろう。しかし、〈つくりごと〉にも拘らず、和歌は我々を感動させる。我々は現実を体験するのと劣らぬ深さで、詩の世界を体験することができる。とすれば、それは我々にとって、もう一つの現実であると言ってもよいであろう。こうして、我々の前に確かに立現れる意味の世界である詩的世界を〈あらわれ〉即ち「仮」と呼ぶことができるだろう。

詩的世界は、我々にとって〈つくりごと〉でありながら〈あらわれ〉、つまり「空」であって「仮」という性格をもっている。しかしこの二つの性格は、決して矛盾したものではない。いやむしろ、詩的世界を、我々にとって意味をもたぬ〈コトバ遊び〉とみなしたり、現実世界の写しとみなしたりといった〈偏り〉(辺)は、かえって歌の真のありようを見損うであろう。仏道において、真実が空有二辺の中道にあったように、詩的世界もまた、非現実と現実の「中道」にあるだろう。それは〈つくりごと〉と〈あらわれ〉とが、実は同じ一つの事を指しているような事態である。とすればここに、「即空即仮即中」という、仏道の三諦と同じ構造が、「歌の道」において成立していることになる。

ところで、生活世界における主観は、自己の見ている世界が、実は空であり仮であることを意識していない。しかし詩的主観は、自己の見ている詩的世界が、実は空であり仮であることを知っているのが普通である。霊感に憑かれた詩人と言えども、まばたき一つで現実の世界に帰りうることを知っているのだから。とすれば、詩的主観とは、常に一種の「中観」を実現している主観であるといえないだろうか。

こう考える時、我々は、比較的容易な詩的主観の達成によって、類比的に、困難極りない仏教的主観の何たるかを知ることができるように思われる。俊成が「これを縁として仏の道にも通さん」と言った時、彼はおそらく歌の心との類比により、自分は「止観」の何たるかを理解した、と言いたかったのではあるまいか。とすれば、和歌は仏道の有力な手段となる。俊成は言う。

「この道に心を入れん人は、万世の春、千年の秋の後、皆このやまと歌の深き義によりて、法文の無尽なるを悟り……」

我々はこう結論してもよいであろう。俊成によってはじめて、詩的主観の超時代的共同性として「歌の道」が意識化され、その主観の伝承が、〈道〉の課題とされた。これに伴って、詩的主観と仏教的主観との構造の類似が明言され、これによって、中古文学界の問題であった仏道と歌道の関係は一つの解決を見た、と。即ち、狂言綺語である和歌は、狂言綺語であるが故に、仏道に最も近い「道」となったのである。

5　作品の自立性

我々は、俊成にとって、「歌の道」とは何であったかを考えてきた。それは、世界に新しい意味を創り出すことのできる詩的主観の継承であった。詩的主観は、新しい〈価値体験の型〉を和歌という作品に表し、人はこれを読んで花紅葉に対する感動的な見方を学ぶ。さて、〈価値体験の型〉は〈言葉の型〉として表記されているのであり、このような〈価値体験の型〉（幽玄・妖艶など）を帯びたものとして立現れる〈言葉の型〉が「姿」なのであるが、俊成のいう「姿」の意味を考えるために、もう少しこの二つの〈型〉について考えてみなければならない。

まず〈価値体験の型〉について考えるために、ここで恵心僧都の逸話を思い起こそう。朝の湖上に霞みつつ行く舟を見て、恵心僧都の傍らの人は、自分の今立っている場をある角度から射抜いた古歌を思い出し、口に詠じてみる。

世の中を何にたとへん朝ぼらけ　漕ぎゆく舟の跡の白波

この時彼は、とりとめのない眼前の状況が、一定の視座の下に言語化されることによって、触媒を投じた化学溶液のように、一挙に明確な形へ集約され、凝固するのを感じるだろう。場は、ある固定した意味をもつものへと変貌し、その意味を体験することを強いるだろう。人は、この歌を詠ずる度に、その都度異なる現実を、同じ〈型〉に従って体験し、現実は同じ「色香」（意味）をもって立現れる。つまり、かつて沙弥満誓がつくりあげた〈価値体験の型〉が、異なる〈主体〉と〈場〉において、反復されるのである（そしてその〈型〉が、この歌の場合、まぎれもなく仏教的主観のある体験を反復させるものであったが故に、恵心僧都は、和歌が「観念」の助縁となると言ったのであろう。むろん、全ての和歌が仏教的体験の型を示すわけではない）。

我々はこの時、眼前の現実を体験しているのか、古歌の表す意味を体験しているのかわからない。おそらく、和歌の示す反復可能な〈型〉に沿って、一回限りの現実を、ある人為的な意味（色香）をもつものとして体験しているのであろう。つまり和歌は、とりとめのない現実状況を、ある意味をもつものへと凝結させる機能をもつ（むろんこの〈意味〉は、言語的概念によって捉えられるものではなく、一つの美的価値として体験できるにすぎない。しいてこれを言語的に分類すれば、「幽玄」「艶」「あはれ」等々の群に分けることができよう。しかし〈甘い〉〈酸い〉といった大雑把な概念では、果物の味を分類することはできても、その一個一個の味を規定することはできないように、一首の歌のもつ微妙な〈味〉は記述できない。ここでいう〈意味〉とは、そのような〈意《こころ》〉の〈味〉なのである）。

同じような機能が、ことわざにもある。我々は複雑な現実を、ことわざを口にすることによって、状況を単純化して理解する。例えば、余りにも果すべき義務が多く、かつ余りにも時間が少なく、気ばかり焦ってやみくもに手をつけようとする時、我々は一つの格言を思い出して冷静に帰ることができる。「あわてる乞食はもらいが少ない」。

しかし、ことわざと和歌とは、その性質を異にする。ことわざは、常に利害の場、ないし道徳上の場（つまりは処世の場）に関り、現実の行為の指針（ないし批評）を与えるものである。だから、その現実の凝結は、処世上の意味を洗い出すような形で行われる。

一方、和歌は、眼前の現実を、美的な場へと変貌させ、むしろ現実の行為から切離す。世界は、処世の場を脱して、非現実な構造（つくりごと）へと結晶化し、人はただ、一歩離れてこれを眺めるだけである（この、脱処世の態度を、なんなら「無関心性」といってもいい）。和歌が現実の場に与えた〈意味〉とは、実は元来詩的世界のものなのである。このような〈意味〉は、人が利害のための行為へと一歩踏み出した途端、失われてしまうであろう。〈つくりごと〉は、ただ佇んで体験する他はない。

ところで、詠歌は、現実状況を必ずしも必要とはしない。いや、むしろ晴の場たる歌会においては、詠歌は空に向って放たれるのが普通であった。この時言い表された〈価値体験の型〉は、いつの日か実現されるかもしれぬ現実状況に先立って存在することになる。言換えれば、現実状況の記述として〈意味〉が語られるのではなく、予めつくられた〈意味〉の事例として、現実状況が、ある〈型〉のもとに捉えられるのである。つまり、詩的世界に属する意味は、これを構成する時にも体験する時も、現実状況という契機を必要としない。それは、現実からは自立して在るのである。

してみると、詠歌によって人が確実に触れるものは、むしろ〈価値体験の型〉（主観の構えとそれが出会う意味の型）ではあるまいか。和歌によって凝結されなければとりとめもない現実よりも、反復可能なほどその輪郭を明瞭にしている〈型〉の方が、かえって手応えの固い存在感をもっているのではないだろうか。

次に、〈言葉の型〉について考えるために、俊成の次の言葉を手がかりとしたい。

「歌はたゞよみあげもし、詠じもしたるに、何となく艶にもあはれにも聞ゆることのあるなるべし。もとより詠歌といひて、声につきてよくもあしくも聞ゆるものなり」(16)

「何となく」とは、歌の言葉の表すところの内容が隅々まで明瞭でなくとも、ということである。即ち、恋のいきさつや自然の光景は不明瞭なままでよい（三十一字という短詩型はもともと詳しい描写・説明に向いていない）。歌は、単に音声的に詠誦されただけで、「艶」なり「あはれ」なりの感を与えるだけの「姿」をもたねばならない、というのである。ここで問題になっているのは、深く考えてはじめて納得されるような内容の奥行ではなく、表面的な言葉の組立て（「詞つゞき」「詞のつゞけ柄」と言われるもの）、即ち〈言い回し〉と、それを物理的に存在させる「声」とである。〈言い回し〉が和歌において重要であるのは当然として、なぜ俊成は、これと同時に「声」のよしあしを問題にしたのか。俊成にとって、この二つが一つの問題の二側面を形成したからに違いない。では〈言い回し〉と〈音声〉とが二面を成すような問題とは何であろうか。〈言葉の型〉の〈モノ〉化、という問題である。

例えば日常の談話において、我々は語られる〈意味〉だけを聞いて、その〈音〉には注意を払わないのが普通である（文を読む時、その〈字体〉に注意を払わないように）。聞き終って、我々は相手が〈何を言おうとしたか〉を理解するが、その時相手の声の抑揚や速度はおろか、その〈言い回し〉（その意味を表現するために、どのような言葉の選択と結合を行なったか）さえ正確には記憶していない。むしろ音声に注意が向けられるのは、それが正常ではない場合（不快な声、聞き取り難い口調、又は余りにも美しい声）である。同様に、〈言い回し〉に注意が向けられるのも、それが正常ではない場合（言い間違い、意味不明な表現、開き慣れぬ方言や俗語や専門語、又は余りにも鮮やかな表現）である。つまり、一般に音声とその言い回しとは抵抗感のない透明な媒体であって、我々は、じかに言葉の意味に触れているように感じている（具象画を見る時、まず我々はそれが何を描写しているかを意識するのであって、それが線や色面によって成っていることに注意を払わないのと似ているだろう。線や色面であることを意識するのは、それらが描写性を損うほどに歪んだり誇張されたりしている場合である）。

ところが詠歌においては、異常に遅いテンポや、談話にはない抑揚のために、音声は一種の抵抗感を生じ、もはや透明な存在であることを止める。通常、多少の速度や抑揚の変化は、聞く者が自己の意識内部で正しく意味が流れるように、その異常性を中和しようとする。また言いまちがいや文法の乱れも、小さいものであれば、前後の文脈から聞き手が修正を加えて、正常に意味が流れるようにしてやる。しかし、中和できぬほどの異常な発声において、聞き手は、音声を無視してじかに意味を理解するといういつもの作業方式がとれず、与えられた音声言語を、一たん〈音声〉として捉え、次にこれを自己の内部で〈言語〉に翻訳しなければならない。

つまり、詠歌は、和歌をまず一個の音声的実体として、人々の前におくのである。人は意味の流れとしてその言葉を理解する前に、その音声的実体としての手ざわりを確かめることになる（当然、声のよしあしは、この手ざわりに影響するだろう）。こうして詠歌は、日常的使用（談話・

散文）においては透明な媒体であった言語に、不透明な、一種の物質感を与え、詩作品を一個の〈モノ〉とするのである。

同様に、〈言い回し〉が余りに異常なものであれば、聞き手はこれを中和することができず、まず〈言い回し〉の全体を、不透明な一個の〈モノ〉として捉えた上で、これを理解可能な意味構造へと翻訳しなければならない。そして和歌は、五七五の定型からして既に耳に立つ〈言い回し〉をもっている。

こうして和歌は、二重の意味で物質感をもっている。一つは音声的実体として（黙読がふつうの現代では、これは詩の必須条件ではない）、もう一つは〈言い回し〉が不透明な〈モノ〉となることによって、である（このために、和歌の「詞つゞき」は「ただものを言う」ようであってはならぬとされていた）。〈言い回し〉自体が自立した存在となるとすれば、当然、その一部といえども他の言葉に置きかえられれば（たとえ同義語でも）、それは別の〈モノ〉となってしまう。この〈言い回し〉が、一定の外形（始めと終りのはっきりした全体性）と内部構造（各要素の緊密な統合関係）をもつものとして捉えられる時、これを我々は、〈言葉の型〉と言うことができる。

こうして、我々は、「詠歌」に際してどのように和歌に出会うかといえば、まず不透明な質料感をもつ音声的形象・及び〈言葉の型〉に、そしてやはり確かな存在感をもつ〈価値体験の型〉に出会うのである。この時和歌は自立的存在となり、一種の〈モノ〉として我々に向かい合う(17)。しかしこの〈モノ〉の知覚において、二つの〈型〉が実は表裏一体を成していて、「詞」と「心」というふうに、別々に分けて知覚されるものではないとすれば、これをひっくるめて「姿」と呼ぶ他はないだろう。つまり、人は、自立的存在である和歌の、全体としての「姿」にまず出会うのである。

言葉が単に透明な意味の乗物であるうちは、我々はそこに「姿」を知覚しない。〈言葉の型〉が「姿」をもつものとして現れるためには、〈モノ〉として我々に対面する必要がある。そのために〈言い回し〉と〈音声〉とが非日常的な〈型〉をとらねばならない。〈言い回し〉の粗雑と、〈音声〉の粗悪は、この〈モノ〉としての存在感に悪い手触りを与えるのである。つまり「姿」が損なわれる。この故に俊成は、歌のよしあしが「姿」によって決定されることを言う時に、詠誦の声の重要さを付け加えねばならなかったのである。

先の俊成の言葉は、こうして、次のようにパラフレーズできよう――和歌は、〈言葉の型〉をただ耳にするだけで、「艶」や「あはれ」などの〈価値体験の型〉が感じられるようでなければならない。つまり、言葉が一つの〈モノ〉となって或る「姿」をもつように〈言い回し〉ができていなければならない。但し、〈音声〉の質はこの「姿」のよしあしに影響する。

我々は、日常の透明な言語使用において、言葉に「姿」を意識することはない。「姿」が意識されるのは、例えば一人一人の人間のように、一定の外形をもつ分割できぬ個体であり、かつ不透明な物質感をもち、しかもそれが一人一人違った様相を示す場合である。俊成が「姿」という時には、和歌をこのような条件を備えたものとして見ていたように思われる。人間の第一印象が常にその人の「姿」であるように、人はまず和歌の「姿」を判断する。さらに「姿」を分析して「詞」を、解釈して「心」を認めるかもしれない（人間を検査してその細部特徴を知り、つき合ってその心を知るように)。しかし、俊成に言わせれば、たとえ「心海より深」かろうとも、「姿」が「艶にもあはれにも」聞えなければ、それはよい歌ではない(もっとも、「心」浅くては、「姿」の艶は覚つかないかもしれないが)。和歌は「姿」によって勝負が決まる、というこの考えは、公任以来の「心」中心主義に反旗を翻えしたものである。また、和歌の成立事情を重視する習性とも相反するものである(これは後、後鳥羽院と定家の確執の一因となる)。

このように、和歌を一個の〈モノ〉とみなし、その「姿」によって和歌の価値が決定されるという俊成の歌論は、しかし、どの程度に革新的であったのだろうか。順序は逆になってしまったが、最後に我々は、俊成に先立つ(及び同時代の)和歌思想を検討し、俊成歌論の意義を測らねばならない。

6 俊成歌論の位置

和歌をいかにつくるべきかについては、当時四つの考えがあった。

第一に、和歌は自己の現実的感情の表出であるとする、貫之以来の説である。しかし、題詠が作歌の主流となっていた俊成の時代、このような自己表出歌は、むしろ例外的存在であった。述懐歌さえ、自身の体験よりは、想定された状況(たとえ自己の状況の拡大、誇張であるにせよ)に立って〈創作〉するのが一般であった(むろん、西行などの例外はあるが)。

第二に、縁語・掛ことばなどの技巧を駆使した「秀句」に頼り、一節《ひとふし》面白い言語趣向を凝らすものがあった。これは実際には少なからず作られていたが、和歌の一つの形と認められてはいても、一般に秀れた作品とはみなされていなかった。和歌の価値は言語遊戯を超えた所にあるとは、(公任以来の「心」中心主義をもちだすまでもなく)共通の了解事項であったようである。

第三に、和歌とは想像力によって新しい美的現象の一型を着想し、そのイメージを「心」(表現内容)として言い表したものであるから、和歌のよしあしはこのイメージの新鮮さ、美しさにかかっている、とする考え方がある。当時の歌論・判詞で頻用される「風情《ふぜい》」とは、この想像された美的現象の型を指している。そこでこの説を〈風情主義〉と呼んでもいいだろう。当時の和歌作法の主流は、題の「本意」(本来の意味、つまりその題材が美的価値をもつゆえん)を考え、その典型的範例となりうる「風情」を心中に創造(想像)することであった。従って、和歌の優劣は、この着想された「風情」が、題の「本意」の範例として、どのくらい適切であるかに依存する面が大きい。

しかし当時は、この風情主義がようやく生産力を失う頃であった。

「拾遺より後其さま一つにして久しくなりぬる故に、風情やうやう尽き、(中略)今はその心いひ尽して(中略)珍しき風情は難く成り行く」(無名抄)

結局、当時の「風情」は類型化に陥って「五七五を読むに七々句は空に推量らるる」ようになるか、ひねりすぎて「風情のいりほが」となることが多かった。とはいえ、なおこの風情主義は和歌思想の主流を成し、俊成がまず対決しなければならぬ説でもあった。

第四に、新鮮な風情で人々に強い印象を与えんとする姿勢を卑しみ、むしろこれという目立つ効果もなく、ただ詞つづきのなだらかさで、何となく美しく感じさせるものがよいとする考えが出てきた。これは比較的新しい考えで、「無文なる歌のさわさわと」詠んだものを秀逸とする。これを仮に〈無文主義〉と呼ぼう(18)。

無文主義は、和歌を、全体として一個の滑らかな物質に仕立て上げることを目ざす。もし詞の一部が耳に立つなら、それは緊密な詞の結合に失敗しているからであり、全体としての姿に破綻をもたらすであろう。作品の〈初め〉から〈終り〉まで、抵抗なく詞が流れる時、作品の有機的統一性が保証され、しかもその詞が全体としてみれば決して日常的語法ではない以上、その詞の連鎖は、一個のモノとしてある「姿」をもち、それなりの雰囲気を放つであろう。

以上四つの考えのうち、第一と第三は「心」に関り、第二は「詞」に、第四は「姿」に関る。そして第一は作者の心情としての「心」に関り、第三は着想された表現内容としての「心」に関る。俊成が主として考慮しなければならなかったのは、第三の風情主義（六条家の顕昭を代表とする）と第四の無文主義（歌林苑の俊恵を代表とする）であったと考えてよいだろう。そして「風情」を〈価値体験の型〉として捉え直し、「無文」なる「詞つづき」を〈言葉の型〉として捉え返し、この二つの型が表裏一体の関係にあるのを見た時、俊成は、風情主義と無文主義とを乗り越えたのである、と言ってもよいだろう。俊成が「姿」という時には、単なる言葉の型ではなく、そのような二重の〈型〉を一身に担うものとして考えられている。

だが、二つの〈型〉が表裏の関係にあるとはどういうことか。

風情主義にとって、和歌は着想された「風情」を言い表すものであった。歌のよしあしは、風情のイメージがどの程度美しいかによってきまる（むろんこのイメージは虚構の世界のものであって、現実的な辻褄を合せる必要はない。「やまと歌のならひ風情を先として実義をたださぬこと多し」顕昭『六百番陳状』）。そしてこの風情は、イメージとして、言語化に先立って作者の心中に捉えられている。つまり和歌の価値を決定する部分の作業は、実際に和歌を詠む以前に終了しているわけだ。あとはこれを言語化する技巧の問題だが、用いるべき語彙も技法も、ほぼ約束事として定まっている以上、多少の修練を積んだ者なら、これはさして難しい問題ではない。まことに長明の言う如く、「詞古りて、風情ばかりを詮と」していたのである。

しかし俊成は、仏教的言語観によって詩的言語を考える。仏教において、事象の意味は、命名という言語行為によって生じたものである。そして和歌をつくるとは、いわばもう一つの命名行為であって、我々が知っていた筈の事象に、我々の未だ知らなかった意味（色香）を与えるのである（命名とちがうのは、それが〈単語〉によってではなく、〈言葉の型〉によってなされることである）。もちろん俊成も定家も、「風情」の着想を作歌に欠かせぬものと考えている。しかし、この時「風情」とは、もはや想像されたイメージであるだけではない。それに対する主観の構えと、主観がそこに見出した〈意味〉（「幽玄」・「妖艶」等）とを同時に含むものである（つまり〈価値体験の型〉）。そしてこの〈意味〉は、実は〈言語の型〉によって、はじめて一つの輪郭を持ったものに凝固する（ちょうど、命名によって漠たる対象が一つの概念に凝固するように）。

こういうことである。我々は先に、歌を見る時、花の特定の相の記述を理解することによってではなく、花を美しいと見る心への共感によって、ある花の美しさというものを新しく学びとるのであるとした。しかし、この「心」は、「美しい」「芳しい」といった言葉によって記述されるものでは決してないであろう。俊成は何と言ったか。彼は古今集仮名序を引いてこう語る。「人の心を種として、万《よろづ》の言の葉とぞ成りにけ」る、と。美に動かされた心が〈美しい花〉を記述するのではなく、美の種の状態にあった心が〈美しい言葉〉と成るのである。ある花の色香（価値体験の型）を創出するとは、〈美しい花〉について詠むことではなく、ある花について〈美しい歌〉を詠むことなのである。ここに散文と詩歌のちがいがあり、また俊成が「姿」を重視した理由がある。散文は何事かを記述してこれを伝達できるが、和歌はその「姿」によって既に何者かなのである。例えば散文は、妖艶なる人、妖艶なる心を描写し記述することができる。しかし一首の和歌は、それ自体が〈妖艶なる姿〉をもつことができる。もしここに二つの文があり、同じ〈妖艶〉を表現内容とし、しかも一方が歌となり、一方が散文（「ただものを言ふ」）にとどまるとすれば、その違いは一方が〈妖艶なる姿〉をもち、他方が記号の鎖にとどまることにある。こう考えると、俊成がなぜあのように「姿」の意義を強調したのかも理解できる。貫之以後、歌論は専ら「心」（表現内容）「詞」「姿」の三概念をめぐって語られてきた。そして「心」を最も重視するのが公任以来の伝統であった。俊成が「姿」を中心に据えたのは、一つの革新であったとさえ言えるのである。

俊成は、実作上の経験から、「心」が制作に先立ってあるわけではないのを知っていたのであろう。例えば妖艶な「姿」をもつ〈言葉の型〉を紡ぎ出すことによって、はじめて作者にも妖艶体験が生じ、歌われている当の現象が、「妖艶」に見えてくるのであろう。それは、ある題材について「妖艶」なる「心」をまず着想し、それを言葉に置換えるというような作業ではない。つまり、〈価値体験の型〉は、〈言葉の型〉の完成を待って、はじめて成立する。それまでは、歌人の心中にあるのは「種」、それもおそらくは、その〈型〉への漠たる志向にすぎない。自分が実現しようとしている〈型〉がどんなものであるかは、彼自身にも、できてみるまでは分らないのである。

まとめて言えば、こうなるだろうか。詩人は、まず漠たる価値体験の形を着想し、これが言葉を招き寄せ、言葉が〈型〉へと凝固すると同時に、この〈言葉の型〉が価値体験を〈型〉へと凝固させる。こうして成功した作品においては、常に、見慣れぬ〈言葉の型〉が、新しい〈価値体験の型〉を帯びる〈モノ〉として創出される。この時、〈言葉の型〉と〈価値体験の型〉とは一体を成すだろう（命名によって創出された〈語〉の、所記と能記が表裏一体であるように）。この、一枚の紙の裏表のような二つの〈型〉を、一つのモノとして透かして見る時、俊成はこれを「風体」といい「姿」と呼んだ。

そして、「歌の道」の何たるかを知る唯一の方法として、この「姿」の創造の歴史を学べと教えたのである。言換えるならば、詩的主観を伝承するためには、詩的言語がいかにして意味を創出してきたかを学ぶ他はない、ということである。

以上のような俊成の考え方は、また定家の出発点でもあったと思われる。彼は〈価値体験の型〉については、非現実的な場の交錯を構想し、〈言葉の型〉については統辞的な混乱によってモノとしての抵抗性を増すことを意図した。むろんこのような歌は難解とならざるをえない。「新儀非拠の達摩歌」との非難を浴び、若き定家は歌壇に孤立したが、一人俊成だけは、その試みの意義を理解していたようである。そして定家は、俊成を超えてどこまで進むことができたか。我々は次に定家の歌論を考えることにしよう。

引用の歌論は、日本古典文学大系、日本思想大系所収のものはそれにより、他は日本歌学大系によった。

（1）硲慈弘『日本仏教の開展とその基調』三省堂、上巻二四頁

（2）前掲書、七〇頁

（3）硲慈弘は次のように言っている。
『本朝文粋』『本朝続文粋』等にをさむる各種の願文、詩序、表白の類のごとき、その多くはまた『法華』とあひ関せざるはないのであって、藤原時代は一にこれ法華経文学の時代をなすと称してよいと同時に、その背景に叡山仏教あり、天台法華のあることは否定しがたい。」（前掲書四五頁）

（4）引用は、この句を流布せしめた『和漢朗詠集』（日本古典文学大系所収）の形によった。出典は『白氏文集』巻七十一香山寺白氏洛中集記の次の条りである。
「我有本願、願以今生世俗文字業狂言綺語之過、転為将来世世讃仏乗之因、転法輪之縁也、十方三世諸仏応知」。
白居易は香山寺に詩十巻を納める前年、蘇州南禅寺等三寺に文集を納めているが、その『南禅院白氏文集記』では、「且有本願、願以今生世俗文字放言綺語之因、転為将来世世讃仏乗転法輪之縁也」となっている。

（5）『梁塵秘抄』口伝集巻第十、岩波文庫、一二一〜二頁

（6）西行もまた、これに似た言葉をのこしている。

「和歌は常に心すむ故に悪念なくて、後世を思ふもその心をすすむるなり」『西行上人談抄』

「悪念」は、「悪事を働こうとする心」ではなく、世俗的煩悩、悟りを妨げる雑念くらいの意であろう。

（7）『古来風体抄』。以下、本章の引用は、特に註記のない限り、全て『古来風体抄』による。

（8）『古来風体抄』は、式子内親王から歌のよしあしは何かと問われたのに答えて書かれたということになっている。ところで当時の言葉の用法を見ると、歌の善悪を知る（歌を見知る、存知）とは、歌の本質を知るということと同義であったように思われる。つまり、歌とは何かを考える際、今日の我々なら、歌の本質とは何かと問題を立ててゆくのに対し、当時は、歌の良し悪しは何かという風に問うのである。従って、式子内親王の質問に対し、公任のように「心深く姿きよげ云々」と言うだけでは答にならず、価値基準の根底にある歌の「深き心」を語らねばならなかったのである。そしてこれが画期的な試みであることの自負は次の言い方に表れている。

「昔も今も、歌の式といひ、髄脳、歌枕などいひて、あるいは所の名を記し、あるいは疑はしきことを明しなどしたるものは、家々、われも〳〵と書き置きたれば、同じことのやうながら、あまた世に見ゆるものなり。たゞ、この歌の姿詞におきて、吉野川良しとはいかなるをいひ、難波江の葦の悪しとはいづれを分くべきぞといふことの、なか〳〵いみじく説き述べがたく、知れる人も少かるべきなり」

（9）『摩訶止観』によれば、仏法の真理を「強いて中道・実相・法身・非止非観等と名づけ」ることはあるが、その究極（旨帰）は名づけることができないという。「言語の道は断え、心行の処は滅し、永く寂なること空のごとき、これを旨帰と名づく」（関口真大訳、岩波文庫上巻、一二二頁）

（10）この句は『摩訶止観』のキー・ワードの一つであり、第一巻だけでも数回現れる。俊成が「色をも香

をも知る人もなく、何をかはもとの心ともすべき」と言う時には、この句が念頭にあったとも考えられる。とすれば、「もとの心」(主観である人の心とも、客観である対象の本意とも解されている)は、「中道」を言おうとしたのかもしれない。

(11) 『摩訶止観』岩波文庫上巻、七九頁

(12) 前掲書、一三〇頁

(13) 「この心」を「今述べた事」の意だとする解釈がある。つまり、「歌はたゞよみあげもし、詠じもしたるに、何となく艶にもあはれにも聞ゆる事のあるなるべし」(同趣旨のことは既に二年前『民部卿家歌合』で述べられている)という文を指しているとするのである。しかし、このあとの文の展開を見れば、この解釈は無理である。「この心」は長年言おうとして言えなかったが、今式子内親王の依頼によって語る機会を与えられた、しかし、「この道の深き心」は到底言語化できないので、姿詞の変遷を記そう、という具合に続いているのである。従って、「この心」=「この道の深き心」は結局言葉にされていないのであり、「今述べた事」(しかも二年前にも述べた事!)と解することはできない。

(14) 天台の空仮中三観は、「因縁所生法、我説即是空、亦為是仮名、亦是中道義」という中論の偈を典拠とする。

(15) 従って、過去に〈価値体験の型〉と結びつくことの少ない詞、たとえば「星」や「ひまわり」では、この〈含み〉をもたぬために詩的効果が弱い。ここから、詞は古きを用いよという方針が出てくるわけだが、これについては定家の章で述べる。

(16) 俊成は二年前に同趣旨のことを『民部卿家歌合』の跋文で語っている。

「(歌は)たゞよみもあげ、うちもながめたるに、艶にもをかしくも聞ゆるすがたのあるなるべし」

はっきり「姿」と言っていることに注目したい。なお二年後の『慈鎮和尚自歌合』十禅師跋文にも次の言葉がある。

「(歌は)もとより詠歌といひて、たゞよみあげたるにも、打ち詠じたるにも、なにとなくえんにも幽玄にもきこゆることのあるべし」

(17) 詩的言語のモノ性(自立的存在性)については、サルトル(『文学とは何か』)をはじめ、既に幾人かが語っている。日本の歌人が、和歌の「さま」(貫之時代)を「姿」(公任以後)と呼び変えたのも、一首の和歌に人と同じ個体性を見たからであろう。さらに佐々木健一は、文学言語の全体にまで枠を広げ、次のように結論した。

「言葉は予在する世界を再現するのではなく、自ら共に世界を生み出し、この言表と世界の一体性によって、言葉に固さを与え、一種の個性的なものに変える。」(「ことばともの」『展望』昭和五十二年六月号所収。傍点原文)

(18) 無文主義がいかなるものかは、『無名抄』の次の俊恵の言葉に最もよく表れている。

「(俊恵)又云、『匡房卿哥』に、

白雲と見ゆるにしるしみよし野の吉野の山の花盛りかも

是こそはよき哥の本とは覚え侍れ。させる秀句もなく、飾れる詞もなけれど、姿うるはしく清げにいひ下して、長高くとをしろき也。たとへば、白き色の異なる匂ひもなけれど、諸の色に優れたるがごとし。萬の事極まりてかしこきは、あはくすさまじきなり。此体はやすきやうにて極めて難し。一文字も違ひなば怪しの腰折れに成りぬべし。いかにも境に至らずしてよみ出で難きさまなり」

物狂への道——藤原定家

序　数寄と道

新古今集の和歌はしばしば十九世紀フランスの象徴詩に比せられる。十三世紀の日本にこれほど斬新な詩法が高度な洗練をもって完成されていたことに人は驚く。しかし、この「新古今風」と今日呼び慣らわされている詩法は、藤原定家という一人の天才によって殆ど独力で切り開かれたものである。中世近世を通じて神格化されてきたこの歌人は、明治以降の万葉讃歌の風潮の蔭に隠れていたが、近年再び人の視線を集めつつある。そして、彼が十七歳の時、源平の戦乱に京中が興奮しているさなか、「紅旗征戎吾が事に非ず(1)」とその日記に記したことは、彼の芸術至上主義を表すものとしてよく引用される。実際、定家が言葉によってつくりあげた世界は、現実の内に足場を持たない。というより、現実を理解する時の態度で彼の歌に接してもその内容は理解し難いし、完全に定家の世界に入りこめば、心は日常世界での正常な働きを失ってしまう。寝覚めの時に定家の歌を思い出せば物狂いになる心地がするとは正徹の言葉だが、これは定家の歌の特質をよく言当てている。人は定家に半ば狂気の詩人、孤高の芸術家を想像するかもしれない。幸い定家の日記『明月記』は家を継ぐ人々の努力によって、今日その大部分が遺されている。我々はこれによって彼の日常の顔を窺うことができる。しかし、ここから抽き出されてくる定家像は、一般に期待される「天才詩人」像とはおよそ対蹠的なものである。官位を求めて奔走し、有力者に縁故を求め、苦しい中から賄賂を捻出し、悪僧を雇って荘園の経営に当たらせせる。一方、因果を信じて熱心に神を頼み、心に任せぬ時は人の呪詛のせいかと疑い、貴人の言葉に一喜一憂し、常に愚痴っぽく、ひがみっぽく、しかも虚栄心だけはむやみに強い。

こうして、『明月記』からは、肝の小さい下級貴族、品位に欠ける俗物という定家イメージができあがり、「超俗の詩人」を期待していた者は、いささか困惑するということになる。しかし日記は必ずしも筆者の人格を全て表すものではない。御子左家の家門を必死で守ろうとしていた「宮廷人定家」と、「歌人定家」とをそのまま重ね合わせてしまうわけにもゆかないであろう。

実は、「歌人定家」を発見し、新古今歌壇を育成し、その後定家と訣別しつつもなお彼に関心を抱き続けた後鳥羽院は、『明月記』とは異なる定家像を書き残している。『後鳥羽院御口伝』にみる「歌人定家」は、まさに傲岸尊大、傍若無人の天才である。しばらくこの書を見ることにしよう。

『後鳥羽院御口伝』は、歌の秘伝書というよりも、殆ど定家批判のために書かれたかのように見える。定家論に至るまでの歌論・歌人評は、そのための前置きにすぎぬようにさえ思える。

そして定家論の部分は、記述の文体、量の多さ（全体の三分の一）、いずれから見ても他とのバランスがとれていないばかりか、ここに至ってはっきりと院の肉声が現れるのである。文体はもはや冷静な批評であることをやめ、一種の告発の口調となる。その始まりの部分を口語訳して引く。

「定家は仕方のない男だ。あれほど立派な父の歌さえ軽く見るほどだから、まして他人の歌など問題にもしない。……作品の価値判定についての自信は大層なものだった。歌の判定をめぐって論争にでもなれば、強引な論理で鹿でも馬と言い張る。傍若無人。他人の言葉を聞こうともしない」(2)

後鳥羽院が腹を立てていたのは、定家の傲慢であったことに間違いない。しかし定家を批判するためには、もっと本質的な所で対決しなければなるまい。つまり、「歌の価値判定についての自信」という、定家の傲慢の基盤を打ち砕かねばならない。原文は「歌見知りたるけしきゆゆしげなりき」。この口吻はかなり皮肉なもので、こういう言いかたの後に続くのは、「しかし定家には少しも分かっていなかった」という全面否定か、「しかしそんなことは少しも重要ではない」という全面無視が普通である。果たして院は、定家評の結論に、「歌見知らぬは事欠けぬことなり」（歌の鑑識眼なぞなくとも一向に差支えない）と、定家の依って立つ自負の根拠を真向から否定にかかるのである。

しかし、「歌のよしあしを見知る」ことは、当時、歌人にとって最も重要な能力の一つと見做されていた(3)。なぜなら、作品の価値判定は、「歌はいかにあるべきか」についてよく知っていなければできない。つまり、歌の道に深い理解がなければできない。それゆえ、道に達しているとみなされる権威者でなければ、歌合の判者は依頼されない。作品鑑識の重要性を否定した時、後鳥羽院は、「歌とは何か」について、定家とは異なる立場に立つことを表明したと言いうる。

ともあれ、その論旨を追おう。まず院は、定家が歌の価値判定において、作歌事情を一切考慮しないことを批判する。そして、次の例をあげる。

紫宸殿前の左近の桜が満開の時、歌人仲間が連れだって花見を催し、歌を詠んだ。左近次将として十年余、年少の貴族に次々と先を越され、官位不遇を嘆いていた定家は、この時次の歌を詠む。

年をへてみゆきになるゝ花のかげふりゆく身をもあはれとや思ふ

（行幸に際し左近次将は桜の下に立つ。みゆきは深雪に、ふりゆくは年旧ると降るにかかる）

詠んだ定家の身の上、詠まれた時と場、そして歌に語られた情景の優美、こう三拍子揃うことは珍しい。「事柄も稀代の勝事にてありき」と院が評したのも言い過ぎではない。後代にまで語り伝えられる逸話・美談となるに十分な資格をもつ歌であった。院はこれこそ「尤も自讃すべき歌」であると考えた。なぜなら、昔から、自讃歌は歌自身のよしあしよりも、作歌事情を含めた全体の「事柄」によるではないか。逆に、作歌事情の異常な歌は、たとえ出来がよくとも自讃歌として勅撰集にいれることを望まない（つまり歌の歴史に残さない）ものではないか。ところが、定家はこの歌をよくないと言う。それも何度も評定の座で言う（ひょっとしたら新古今選歌の場ではあるまいか）。それどころか「我が歌なれども自讃歌にあらざるを（他人が）よしなどいへば腹立の気色あり」というありさまである。これは歌のしきたり（故実）に反するのではないか。このように院は批判する。

この院の批判は変化球のように見える。院は正面から定家の作品判定が誤っていると言うのではない。作品判定とは別の形で「歌はいかにあるべきか」を問題にする観点があるだろうというのである。それについて院がここで「すき（数寄）」という語を使っているのが注目される。定家は、

「すきたるところなきによりて」

というのである。「すき」という語は能因の逸話に多く現れる。それは、常識を逸脱してものに凝ることであるが、ただ、本来の場を離れた所に執するという含みをもつ。それ故、他の本業に忙しい人が和歌に凝るのは「すき」であるが、歌人が和歌に凝るのは「すき」ではない。では歌人が「すき」と言われるのはどんな場合か。有名な歌枕である「長柄橋」の柱の削り屑を袋に入れて大事に持ち歩いた能因のように、歌の本質を外れた所で歌に執する場合である。従って歌人に対し「数寄者」であるとの評価は、その情熱に感心しつつも、若干の軽侮がこめられているのが普通である。では、院は定家を批判するのに、なぜ「数寄」が欠けていることを理由としたのか。おそらく院は定家に能因の如く歌人として数寄者たることを求めたのではない。

院を含めた宮廷貴族の一員として数寄者たることを要求したのである。この時歌は、美しき宮廷生活のための一手段となる。

院にとって、和歌の意義は、その作品としての良し悪しのみに係わるものではなかった（この点については定家ほどよく知っている者はない）。その作品の成立事情、作者の境遇、そういったものを含む〈出来事〉性（事柄）にあった。〈出来事〉とは、現実の生活・社会・歴史に係わるものである。院は、歌が優雅であることよりも、それが優雅な出来事であることを高く評価すべきだと考えたのである。その〈出来事〉が、軍事・政治・経済といった〈実質〉（まめごと）に係わらぬ〈風流〉（あだごと）であるなら、これを愛することは「数寄」である。作品としての完成度だけを問題にする定家に欠けているのは、このような風流心である。

こうして、後鳥羽院の変化球は、案外重大な問題を提起する。院は、歌自体の価値判断を避けて、歌の存在性格を問題にすることにより、自己と定家の立場の違いをはっきりとさせたのである。即ち、定家の問題の立て方は「歌人にとって歌とは何か」というものであり、これは自然「歌の道」の自律性を前提とするために、歌自体の内的特質を問うことになる。一方、後鳥羽院は「宮廷人にとって歌とは何か」という問題の立て方をすることによって、歌が宮廷の生活・社会・歴史に対しどのような〈出来事〉を担いうるかが重要である、と考えることになる。歌は「宮廷物語」の美しい一節にすぎない。それも実質的ではない、「数寄」の風流譚にすぎない。これはむろん、「歌の道」の「家」を継ぐ定家と、帝王後鳥羽院の立場の違いでもある。

しかし、少なくとも我々はここに、定家が和歌をそれ自体として考察し、作者、作歌事情等、一切の背景から切り離そうとしていたことを知る。定家にとって、歌の世界とは、「歌」となった言葉の中にのみあって、外の〈出来事〉の現実は全て無縁のものなのである。定家にとって、和歌は自立した一個の世界であった。そこには独自の基準があり、定家は自分がこれを知っていることを強く確信していた。この別世界に暗い者の言葉は聞くに足りない。たとえ、それが自分の主君であれ、帝王であれ、これについては譲るわけにはゆかない。またたとえ他人の誤解が自分に好意的であったとしても、悪いものは悪いと言わねばならない。こうして定家は「傍若無人」とならざるをえない。

院は、もう一つ例をあげる。最勝四天王院の障子に歌枕の景を描き、それに寄せて十人の歌人に歌を詠ませ、中から秀れたものを選んで障子に書くことにした。この時、「生田の森」について、院は慈円の作を採り定家を落したのであるが、この選は院も認める通り「失錯」であり、明らかに定家の方が勝れていた。もちろん定家は表だって院に不満を言うことなどできない。院は宮廷の最高権力者であり、歌壇のスポンサーである。定家の地位は院によって与えられたものであり、院はいつでもこれを奪うことができる（実際、後に奪うことになる）。しかし定家は黙ってはいなかった。院以外の人々に向っては、はっきりと院の判断の誤りを批判したのである。いや、批判などという生易しいものではなかったらしい。

「所々にしてあざけりそしる。あまつさへ種々の過言、かへりて已が放逸を知らず」

おそらく定家の「誹謗」は、単に院の判定の誤りを言うだけでなく、その誤りを生じた理由、即ち「歌はいかにあるべきか」に関する院の無知を衝くものであったろう。

選択の誤っていたことは院も認めざるをえない。

「まことに清濁をわきまへざるは遺恨なれども」

しかし、そういった判断の誤りは別に問題ではない、と院は居直るのである。

「たとひ見知らずとも、さまで恨みにあらず」

この二つのエピソードから驚くべきは、「歌人定家」の傲慢よりも「宮廷人定家」の無暴さである。歌合において貴人の歌に負けなしとされ、帝王の判定（天気）の絶対とされた宮廷歌壇で、たとえ面罵ではなかったにせよ、院の判断をあちこちで嘲笑誹謗することは自殺行為に等しい。それも、院の口調から察するに、定家の放言は決して内々の場に限られていたわけではなく、宮廷社交界のあちこちで（従って院の耳に入ることが当然予期される場で）なされていたもののようである。つまり院にとってこの噂は、不満家の定家がまた愚痴をこぼしているといった程度のものではなく、院に対する挑戦と受取られたのである。

しかし、この無暴な定家は『明月記』にみられるあの世渡りに心を砕く定家と余りに距っている。一体これをどう考えるべきであろうか。世事にうとい詩人がうっかり口走った放言が、針小棒大に伝えられたのであろうか。いや、社交が当時宮廷人のいわば本業であったことを考えよう。しかも人の口を気に病んでいた定家である。誰にどんなことを言えば、それがどういう経路で、どんな風に院に伝わるか、くらいの計算ができなかったとは思えない。むしろ定家は承知の上で言ったのではあるまいか。言わずにはいられなかったのではないか。とすれば、この時彼は、〈宮廷人定家〉であるよりも〈歌人定家〉であることを選んだのである（もちろん彼は宮廷人であることを捨てたわけではない。彼は宮廷人たちを「歌の道」に引きずりこむことにより、〈歌人定家〉が宮廷の中においてその他位を確保することを戦略としたはずである。従って彼は〈宮廷人〉たるためにも〈歌人〉をやめるわけにはゆかず、また〈歌の家〉を守るためには〈宮廷人〉をやめるわけにはゆかなかった。実際、彼の地位欲は、ひたすら「御子左家」のため、ないし子の為家のためであったと言っても差支えないほどである。定家は昇進に失敗する度に「恥」を訴え、「出家」の意志を日記に洩しているが、もし「家」の問題から解放されれば、彼はもっと早く「出家」して、〈宮廷人〉であることをやめたかもしれない。定家は最晩年に出家するのであるが、それは執拗な世俗的努力の末、ついに正二位中納言の位を得て後のことであった）。

定家の、傲慢を通り越して無暴な態度には、彼の内にどうしても譲ることのできないものがあったことを示している。〈宮廷人定家〉の存在理由は〈歌人定家〉たることにあり、〈歌人定家〉の存在理由は「歌の道」の価値にある。もし「歌の道」が、王権に支配される世俗の世界を離れて自立していることを否定されるなら、定家の拠って立つ足場は無くなってしまう。つまり定家は、自分自身の存在証明を「歌の道」に賭けていたが故に、あのような放言をしなければならなかったのではないか。

「歌の道」の自律性を信じた定家に対し、院にとって歌は宮廷文化の一部、「数寄」の精神の一つにすぎなかった。院が和歌に熱中したのは正治二年以降数年間であり、承元期には既にスポーツ（競馬・鏑馬・犬追物・水練・角力）や蹴鞠に関心が移っていた。定家の子為家は、和歌ならぬ蹴鞠によって院の寵愛をうけ、文才高き雅成親王は、院の意志によって武芸を好むようになった。

おそらく院にとって重要であったのは、「歌の道」を極めて秀歌を詠むことではなく（実際は詠んだけれども）、宮廷事業としての勅撰集『新古今和歌集』を自らの手で編むことであった。完成時に前例のない竟宴を催した（定家は欠席）のはその満足の表れであろうが、この頃を境に院は歌への関心が低くなるのである。おそらく、新古今編集という最大の〈出来事〉を達成したあとでは、個々の歌や歌会は、余りにも小さな〈出来事〉でしかなかったからであろう。

ところで、〈出来事〉の価値は、その社会的・歴史的重みによって測られる。ここに院は、和歌自体の質によってのみ価値を測ろうとする定家に対抗する拠り所をもとめるのである。そして次のように言う。――定家の歌は歌道に通じた玄人でなければその良さが分らない。そのため定家の秀歌として「人の口にある歌」は多くない。それにひきかえ、俊成、西行などの秀歌で「人の口にある歌」は数えきれない。

この論法が定家批判でありうるためには、和歌作品にとって、「人の口」にあることが、単に秀歌であること以上に望ましい事態であるという前提がなければならない。ここで思い合されるのは、『無名抄』に記された俊頼の逸話である。関白忠実の家に俊頼が居合せた時、傀儡が来て歌を唄った。その内、眼の前に作者が居るとも知らず、俊頼の和歌を今様として唄い出した。この時俊頼は、「ついに自分もこれまでになったか」と感動したという。この話を開いた永縁僧正が、琵琶法師に物を与えて、あちこちで自作の歌を唄わせたという後日談もある。この逸話は、歌壇の外にある庶民の口にのぼるほど歌が世に広まることは、歌人にとって大きな名誉とみなされていたことを示している。

しかし歌が庶民に愛されるためには、大衆性を持たねばならない。大衆性をもつためには、分り易くなければならない。だが、定家において、分り易さなどは一顧もされていなかった。いやむしろ、定家が平明な歌を蔑視していたことは、院の次の言葉から察せられる。

「平俗な歌であっても、良いものは良いと私には思われる。定家が、自分と異なる評価をする者を和歌の鑑識眼がないと決めつけてしまうのは、偏狭な態度である。」(4)

おそらく定家は、平俗な歌など喜こんでいるのは歌が正しく見えていない証拠である、といった意味のことを言っていたのだろう。もともと定家は、歌の道の大衆性を否定し、その真髄は少数者にしか理解されないとする(「やまとうたのみち、……わきまへしる人、又いくばくならず」『近代秀歌』)。

つまり、少数の道に達した者(即ち定家自身)にしか作品の正しい評価はできない、というのが定家の立場であり、逆に、大衆に愛され、社会現象の一部と化すことこそ秀歌の条件である、というのが院の立場であった。

そして最後に、院は、歌の鑑識眼など不要であると宣言して、この「口伝」を結ぶ。

「哥見知らぬは、事欠けぬ事也。撰集にも入りて後代にとゞまる事は、哥にてこそあれば、たとひ見知らずとも、さまでの恨みにあらず」

大切なことは、歌を認めることではなく、歌を認められることである。自分の歌が勅撰集に入集して後世に残ること、つまり歴史的存在となることが歌人の目標であって、歌の評価判定を誤ろうとも、そんなことはたいした問題ではない、というのである。

これもまた、当時としては変った考えではない。むしろ当時の歌人たちは、勅撰集に入ることだけを目標として歌を詠んでいたと言ってもよいくらいである。勅撰集入集への執念を物語る逸話はいくらもある。また入集の名誉がいかに大きいかを語る逸話もある（例えば、御牧を馬上のまま過ぎようとして咎められた素意が、「後拾遺作者」と名乗ると黙過された(5)等）。

こうして院は、和歌の価値は（そして歌人の名誉は）、作品が社会的歴史的存在となるところにあるとする。これは、和歌の内在的価値のみを基準とする定家と、真向から対立するものである。しかし、院の立場は、つきつめてゆけば、自分自身の価値判断を放棄するものではあるまいか。むろん、和歌のよしあしに無関心では歌を詠むことさえできないであろうが、その最終判断は他人に（大衆に、勅撰集撰者に）委ねるというものではあるまいか。おそらくその通りである。そしてこれは、当時定家の新風に対し中古の体を守った俊恵の立場でもあった。鴨長明の『無名抄』によれば、師弟の契を結んだ最初に、俊恵は長明に対し、最も重要な注意として、自身の判断を絶対とするな、と教えたという。どれほど上達しようとも、決して「証得」（自分で悟ったと思いこむこと）してはならず、自歌の判断については「我心をば次にして、怪しけれど人の讃めも譏りもするを用ゐ侍るなり。是は古き人の教へ侍りし」といいましめた。

「怪しけれど」と言う以上、この「人」というのは、必ずしも信頼すべき先達とは限らず、むしろ歌壇一般の世評くらいの意であろう。自分より他人の衆評を信ぜよという立場は、人々に認められる歌が秀歌であるという、院の立場に直結する。

こうして我々は、歌の価値判断について、当時二つの立場があったことを知る。一つは、歌について絶対的な判断というものはなく、ただ多くの人に認められ（人の口にある）、後代に認められる（撰集入集）歌、つまり社会性、歴史性を得た歌こそが秀歌である、とするものである。

今一つは、正しい判断というものは一つしかなく、これを決定しうる者は、無知な大衆ではなく、正しく道を伝える者だけである、とするものである（これは必ずしも定家だけではなく、「歌の道」を「家」の伝統とする六条家などでも同じであったろうし、また歌だけでなく、あらゆる「道の家」がそうであったろう。「家元」とは、その決定権を一手に握る者と考えても差支えない。少なくとも、「家元制度」の思想はここにその根の一つを持つ）。

こうして院の立場は、単なる反定家のための居直りといったものではなく、むしろ当時の和歌観の、一つの典型であったことを知る。ただ院の文体が乱れているとすれば、院自身が、文の上ではともかく、実際には定家の正しさを信じていたらしいが故である。つまり院の定家批判は、定家の正しさを認めつつも、しかしそうでない立場もありうると弁明しているかのように見えるのである。

定家の切り開いた新古今風は一世を風靡したが、中でも院は定家の最も秀れた弟子の一人であった。院は、定家の信じていたものを、知っていたのではあるまいか。「歌の道」は宮廷文化をはみ出して、この世の外に自立している。院はその美に魅せられたに違いない。しかしそれを認めることは、この官廷世界を超える価値の世界のあることを認めることになる。現世の帝王も、一たんこの道に入れば、道の師に従わねば道に達することはできない。そしてそれは、定家に従い、定家に屈することを意味する。これは、鎌倉にさえ屈しなかった院にできることではなかったであろう。院は和歌に魅せられながらも、これに距離を置こうとする。あくまで「数寄」の範囲にとどめようとする。歌会は減り、武張った遊宴が多くなる。定家は苛立ち、歌をいい加減に扱う院を批判し、ますます関係は悪化する。そしてついに、定家の不満をこめた挑戦的な歌が引金となって、二人は決裂する。勝負は明らかであって、院は定家から歌人としての活動の場を奪ってしまう。定家は絶望し、院は俗界の政治権力の奪取に自己を賭ける。承久の乱である。しかし、素人の計略はたちまち幕府に砕かれて院は隠岐へ流され、はからずも定家は新宮廷に迎えられて再び歌壇の権威となり、前にも優る大きな地位を確立する。後鳥羽院の下では得られなかった官位と富さえ手に入れる。孤島の院は、かつての自己の最大の〈事業〉であった『新古今集』をとり出して、これの徹底的な再編集を始める。その間にこの『後鳥羽院御口伝』を著すのであるが、院は、遠く定家の権勢を聞きつつも、彼の信ずる「歌の道」を受容れることができない。歌とは、定家の言葉によって全てが決るものではない。社会が、歴史が、それを判定するものだ、と主張する。それは、定家の言う「歌の道」なるものは亡んでも、自分の『新古今集』は決して亡びない、と言おうとしているかのようである。

一方定家は新天皇から新しい勅撰集の単独編集をまかされた。これは歌人として最大の名誉である。だがこの歌集に後鳥羽院の作は一つも入っていない。朝廷は定家の編んだ草稿から承久の乱の関係者の歌をすべて削除したからである。その後定家は親しい友人のために古今の歌人百人とその代表歌とを選んだ。今に伝わる『百人一首』である。そこには後鳥羽院も入っている。その院の歌は、夢のような新古今風を離れて、社会と歴史とに訴えるかのような姿を帯びている。

人もをし人もうらめしあぢきなく世を思ふゆゑにもの思ふ身は

我々はこの辺で院の伝書を措き、定家が院によって遂に歌人生命を断たれる遠因となった「歌の道」の信念とはいかなるものかを考えねばならない。肝の小さい下級貴族をして無謀な誹謗を吐かしめ、「宮廷人」としての地位さえ一たんは棒に振らせたものは、一体何であったろうか。

1　継承と創造

定家が実朝に与えたといわれる『近代秀歌』は、「歌の道」というものの安易でないことを宣言することから始まる。

「やまとうたのみち、あさきに似てふかく、やすきに似てかたし。わきまへしる人、又いくばくならず」

むろん、その道を知りたいからこそ、実朝は定家に尋ねているわけだが、定家は俊成の言葉を引き、結局自分で悟る他はないと突き放す。

「おろそかなる親のをしへとては『歌はひろく見、とをくきく道にあらず。心よりいでて、みづからさとる物也』とばかりぞ、申し侍りし」

我々は、ここに二つの点を注目することができる。

第一に、「歌の道」の何たるかは、知識として学ぶわけにはいかない。知識をいくら積み重ねても、それを知ることはできない。ということである。しかし、それを「さとる」ことはできるという。では、知識として認識することと、「さとる」ことは、一体どうちがうのか。

ここで第二に、「心よりいでて、みづからさとる」という言葉が注目される。「さとり」の種は外から与えられるものではない（つまり、師も書も役に立たない[6]）。それは「心」自身の活動の中で達成される何ものかである。

既に俊成の歌論を検討してきた我々は、定家の言う「親のをしへ」を次のように解することができる。――「歌の道」を知るため必要なのは、歌に関する知識ではない。「さとる」こと、つまり詩的主観を手に入れることである。しかし、詩的主観は言語化してこれを認識することができない。なぜなら詩的主観とは、認識主観それ自体である以上、これを手に入れるとは、ある知識を認識内容として知ることではなく、ある認識形式（日常の世界の観方とは異なる、もう一つの観方）を自身で実現することでしかないからだ。

では、そのような詩的主観は、一体どのような修業によって達成されるのだろうか。幼児期の我々が、既に歴史的社会的に成立していた共同主観性を習得していった、あれと同じ方法をとるしかない。我々は子供の頃、言葉の用法を学ぶことによって世界をどのように概念体系として整理するかを学んだ。つまり、認識の〈型〉の実例を繰返し体得することによって、我々は、世間の人々と同じ認識形式をもつ主観を実現していったのである。詩的主観もまた、〈言葉の型〉

と〈価値体験の型〉（つまり「姿」）の実例を繰返し体得することによって、「心」が「みづからさとる」ことができるだろう。言い換えればそれは詩的世界の色に心を染めてゆくことである。

「常観二念古歌之景気一可レ染レ心（中略）
和歌無二師匠一　只以二旧歌一為レ師　染二心於古風一　習二詞於先達一者　誰人不レ詠レ之哉」
（詠歌大概）

心を詩的に染める（詩的主観の達成）には、古歌（歌の道の代表的作品例）を見てその〈型〉を一つずつ心に刻印し、詩的主観の働き方を追体験によって覚えてゆく他はない。ここから、「歌の道」を教えるために、まず古歌を選んでその姿を示すという方法論をとることになる。『近代秀歌』にも『詠歌大概』にも秀歌例が付属し(7)（量から言えば、秀歌例に本文が付属していると言うべきか）、その風体を見て自ら悟れ、という形になっている。

このような「歌の道」についての考え方、及び歌論書の構成法は、俊成の『古来風体抄』と変るところがない。つまり「歌の道」とは何かという基本的な問題に関して、定家はそのまま俊成を継いだと言えよう。

しかし、俊成がもっぱら「姿」について語ったのに対し、定家は父の言わなかったことをつけ加える。

「ことばはふるきをしたひ、心はあたらしきを求め、をよばぬたかきすがたをねがひて、
寛平以往の哥にならはば、をのづからよろしきこともなどか侍らざらん」（近代秀歌）
「情以レ新為レ先、詞以レ旧可レ用、風体可レ効二堪能先達之秀哥一」（詠歌大概）

「姿」はいずれも秀歌例によって示されている。定家が語らねばならなかった問題は、「ことば」と「こころ」であった。

和歌は、詩的世界の共同性を踏まえて詠まれねばならない。従ってその語彙は、詩的言語として公認されている「詞」の中から選ばねばならない。ところで、我々が、日常に用いている語彙は、現在という平面で輪切りにされている共時的な言語体系であり、もし〈古語〉を交えることがあるとすれば、（リファテールの言うように(8)）その「対比」効果を意識的に狙う場合である。一方、詩的言語は、詩的伝統という縦軸に沿って構成された通時的言語体系であり、数百年前の「ふるきことば」は〈古典〉として、つまり規範的言語として、今なお生きている。もし日常の俗語を交えるとすれば、それは意識的に対比効果を狙う場合である（俳諧歌、ただし定家らは、これを本来の和歌とは認めないが）。

もちろん〈古語〉の全てが詩的言語ではないし、〈現代語〉の全てが非詩的言語というわけでもない。だから定家の言う「ふるきことば」は〈古語〉という意味ではない。俊成は判詞にしばしば「詞存古風」という語を用いたが、この反対語として用いられたのは〈新しい詞〉ではなく、「俗にちかし」というものであった。つまり俊成のいう「古風」とは詩的、「俗」とは非詩的という意味であったと考えられる。

定家にとって、詩的世界が完成されたのは三代集（古今・後撰・拾遺）の頃であったから、「ふるきことば」とは、結局、三代集に用いられている詩的言語ということになる。古いからといって、万葉集の詞は必ずしも詩的言語とは認められないし、まして古事記などに用いられていることは、その詞を和歌に使ってよいという根拠にはならない(9)。

三代集の「詞」だけで一首を構成する時、既にそれだけで、その歌はそのコンテクストである和歌世界を、(その歌が意味をもつための地平として)呼び起こし、読者の意識を日常的コンテクストから引剝す機能をもつだろう。

さらに、その「詞」の一つ一つは、かつて同じ「詞」を用いた和歌の用例から、ある特定のコノテーションを示唆するだろう。(露→涙、もしほ→しほたるる→恋の悲しみに泣く、等々)。

そして、語の連合のある単位(句)が、全く同じ先行例をもつ時、その句は前にそれを用いた古歌そのものを記憶に呼び起こし、かつその古歌の表す〈価値体験の型〉をコノテーションとして与えるだろう。言うまでもなく、これは「本歌取り」のことである。

「ふるきをこひねがふにとりて、昔のうたのことばをあらためず、よみすへたるをすなはち本歌とすと申也」(近代秀歌)

「於二古人歌者一多以二其同詞一詠レ之、已為二流例一」(詠歌大概)

つまり、「ふるきことば」による作歌の典型が「本歌取り」なのである。定家はこの本歌取りについて異常に多くの筆をさく。この技法が定家と共に隆盛し(10)、いわゆる新古今風の一特色となっているとすれば、ここに定家の和歌思想の重要なものがあるとみるべきであろう。そして定家にとって本歌取りとは、まさに「ふるきことば」によって「新しきこころ」を詠む技法であった。

詩的言語も、繰返し用いられるうちにその用法が固定化し、一種の類型的表現が生じる。つまりどのような語と語が結びつくか（統辞関係）が、繰返しのためにある程度予期可能となるのである（その典型が「枕詞」）。しかし、予期された語法の範囲内でのみ一首が構成される時、その歌は陳腐な印象しか与えない。そこで、どこかでこの類型性を破る意外な語の用い方が要請される。いわゆる「珍しき」「目とまる」部分である(11)。しかし、最初使用された時は意外であった言い廻しも、それが他の趣向や情景の表現に応用可能である時、それは（全く同じ言い方ではないにせよ）模倣され、繰返され、やがて沈澱定着して類型化する。こうして昨日の意外な型は今日の類型となる。（尤も、類型化しない言い廻しもある。文法的・論理的違法性が強すぎて応用がきかぬ場合、個性が強すぎて使用を敬遠する場合、余りに名歌ということになっているので借用を遠慮する場合などである。例えば、「年の内に春はきにけり」「月やあらぬ春やむかしの春ならぬ」「ほのぼのとあかしの浦」）。

さて、定家が本歌取りに関して注意するのは、二点である。一つは、本歌取りといっても所詮は別の歌をつくるのであるから、新しい歌に見えないようなとり方をしてはいけない、ということである。ここから、五句のうち引用が三句に及んではいけないとか、場所を置き換えよ、主題を変えよ、という指示がでてくる。今一つは、類型の部分はとってもよいが（例として枕詞があげられている(12)）、意外な型はとってはならぬということである。これにも二種あって、古歌の場合は、現在に至るまで類型化しない表現（例として、右にあげたような句(13)）を取ることを禁じ、近代の歌の場合は、意外性のあるもの全てを禁ずる(14)。七、八十年では、新しい表現は類型化しないためである（ここから、中世の「制詞」の思想が生まれた）。

定家の注意は、二つながら創造性に関っている。前者は、「本歌」は加工を加えるべき素材であって、これに頼りきっては創造にならぬということであり、後者は、創造性は主として意外性の部分にあるわけだから、これを取っては（よほどうまく料理すればともかく）創作ならぬ盗作にすぎぬものになってしまう、ということである。

つまり、「ふるきことば」という素材は、「新しきこころ」によって再加工されなければならない。言い換えれば、「ふるきことば」は、確立され、共有化された詩的世界のコンテクストとコノテーションを担いつつ、同時に、新しい〈言葉の型〉の指定する新しい〈価値体験の型〉を担わねばならない。

こうして、新しい歌を創るとは、定家にとって、新しい〈言葉の型〉と新しい〈価値体験の型〉を考案するというだけではない。継承された「詞」に新しい〈型〉を結びつけることで、その「詞」に新たな角度から照明をあて、その意味を多義化し、かつ〈型〉と〈型〉との関係を緊密にすることであった。この時、詩的言語は新たなコノテーションを吸収して膨らみ、詩的世界は拡大・再編されてゆくだろう。

我々はようやく定家の問題意識を知ることができそうだ。定家にとって詩的世界は、この生活世界の外に立つ一つのコスモスではあったが、それは風景のように固定した姿で対峙するものではなかった。それは、各時代の詩人に詩的主観の何たるかを教えつつ、同時に彼の詩的主観がつくりだした言葉と意味とによって再規定されてゆくような、ある動的な言語宇宙であった。「歌の道」を継ぐとは、そのような詩的言語と詩的主観の相互作用を引受け、詩的世界の不断の生成に参与することであった。

定家の歌論は、多分、こんな風に語っているのではあるまいか。

「歌の道」が何であるかを知りたければ、父俊成の言ったように歌の姿を見て、自分で悟る他はない。しかし、どうすることが「歌の道」なのかときかれれば、こう答えよう。それは、「ふるきことば」に「新しきこころ」を与えることだ、と。

我々は次に、定家の本歌取りの実例をとり上げ、彼がいかに「ふるきことば」に「新しきこころ」を与えたかを見ることにしよう。その検討を通じておそらく我々は、定家の方法が当時行詰っていた風情主義を乗り越えて、和歌創造に無限の可能性を開いたものであったことを確かめることができるであろう。

2　空なる和歌

定家の歌論は、本歌取りに対して異様な比重を与えている。『近代秀歌』では、心・詞・姿についての一般的注意の七倍の文字量を本歌の取り方に費しているし、『詠歌大概』でも、情《こころ》・詞・風体に関する抽象的一般論の後、本歌取りについては句の実例をいくつもあげて説明している。しかも、他の技法については、全く何の記述もない。つまり、定家にとって本歌取りは、単なる技法以上のものであったと考える他はない。〈歌とはいかにあるべきか〉を語ろうとした時、定家は「本歌取り」について語らざるをえなかったし、またそれ以外の詩法を語る必要を感じなかったのである。とすれば（少なくとも『近代秀歌』や『詠歌大概』を著した時期の）定家にとって、〈あるべき歌〉の典型は「本歌取り」に見出されていたと考えられるだろう。
では、定家自身はどのような本歌取りを作っていたか。例えば古今集に次のような歌がある。

さむしろに衣かたしき今宵もや我をまつらん宇治の橋姫

この歌は多くの本歌取りを産んだが、定家にも次の作品がある。

さむしろや待つ夜の秋の風ふけて月をかたしく宇治の橋姫(15)

一見して、語の統辞関係が解体されているのが分かる。「風・ふけて」「月を・かたしく」などという語の結合は意味を成さないし、一首全体の文脈も、なだらかな意味の流れとしてつきあえるような統一性をもっていない（無文主義の対極）。しかし、文脈の中での語の機能が明らかでないということは、逆に見れば、語の意味が文脈による限定を免れるということである。語の一つ一つは裸で放り出されて我々と対面し、その語が含意しうる（暗示しうる）あらゆる意味やイメージの中で浮遊する。そして一つの語が、我々の視点に応じて、同時に多くの意義や面影を帯びることができるのである（「さむしろ」＝寒い、狭筵。「風ふけて」＝夜更けて、風吹きて）。
しかも、統辞関係の解体にも拘らず、その語彙の断片は、十分に本歌を示唆し、その風情を想起させる。文の表面上の非構成にも拘らず、本歌を知る享受者の意識の中では、意味統合は完全に再現されているのである。つまり、既に本歌の風情を知る者にとって、新歌の非文法性は、その風情の喚起を妨げない。

そして喚起された本歌の風情が、文脈として新歌の各語の機能を限定してゆく。「風・ふけて」「月を・かたしく」という非文法的表現も、既に与えられた本歌の風情に付加された新しい風情としてその意味を生ずる。我々は、約束の人を待つうちに更けゆく夜、次第に傾く月、やがて宇治川を寒く吹き渡る風、橋姫の片敷く衣に白く輝く月影などのイメージを本歌の風情を基礎として想像することができるだろう。

こうして我々は、言葉の約束事を破壊したような定家の歌に、本歌以上の精密なイメージが宿されているのを見る。しかし、この効果は、本歌が作者と享受者の共有財産としてあればこそ可能となったものである。本歌という文脈がなければ、解体されて多義性の中を漂う語句は、決してその意味を顕わさないだろう。

「月をかたしく」一句をとっても、本歌を知らぬ者には、片敷くものが「衣」であると分らない。逆に、和歌の言語的伝統に明るい者なら、袖の露に月が映るという類型的趣向を想い出し、橋姫の片敷く衣に落ちる涙の露に月影の宿るさまを想像することができるであろう。

もう一首、例をあげよう。

秋すぎて猶うらめしき朝ぼらけ空ゆく雲もうち時雨つつ(16)

これは一見平明である。文法的にも無理はなく、異常な語の結合もない。しかしその意味はと考えれば、決して一筋縄ではゆかない。

まず、単なる叙景歌とみる場合。

秋は終った。朝の空を行く雲が時雨を降らせている。まるで何かうらめしいことでもあって、涙しているかのようだ。

次に、季節の自然と、それに対する自身の感情（つまり季節感）を詠んだものとみる場合。

紅葉の秋は終ってつまらぬ季節になってしまった。今朝もまた時雨が降っている。あの陰気な雲を見ていると、ますます気分もふさいでくる。

ここまでは、言葉の一般的な意味だけに基く、いわば表面的な解釈である。しかし、二、三句には本歌がある。

明けぬれば暮るるものとは知りながら猶うらめしき朝ぼらけかな（藤原道信「後拾遺」）

大意は、朝が来た以上また夜が来るとはわかっている。わかってはいるが、それでも一時恋人と別れねばならぬこの朝がうらめしい、というものだ。別れのつらさをうたいつつ、今宵への期待と、過ぎた前夜への甘い感傷とが入り混じった名歌である。この本歌を思い合せる時、定家の歌はその意味を一変させて現在進行中の恋の想いを語り始める。本歌の詠んだ情況がそのまま喚起され、これに一層の想いの深さを加えるものとなる。

とうとう別れねばならぬ朝となりました。この別れは一時的なもので、夜になれば又逢えるとはわかっています。わかってはいますが、それでもなお恨めしい想いはどうすることもできません。ごらんなさい。私の悲しみの故でしょうか、秋もすぎてあの空の雲は時雨の涙をそそいでいるではありませんか。

本歌取りの歌としては、これだけ解釈しておけばよいだろう。しかしもう一つ、当時の歌人にとって、朝の雲・夕の雨といえば、ただちに「巫山雲雨」の故事が連想されたにちがいないということがある。「猶うらめしき」、「朝」の「雲」、「雨」。これだけの言葉が揃えば、かつて襄王が、一度かぎりの天人との契りを、巫山にかかる朝の雲、夕の雨を見ては思い返し、もはや二度とかえらぬ逢瀬を懐しんだという逸話が想起される。とすれば、これは終ってしまった恋の歌とみることができるのではないだろうか。そう考えると、冒頭の「秋」がしばしば「飽き」のかけことば（むろん恋人に飽きる、の意）として用いられる類型的趣向が思い合される。

あの人が私に飽き、私のもと去ってから日が過ぎた。しかし今なお私はあの人との契りを忘れることができず、朝の雲を見ると、昔のことが憶い出されて、うらめしくも涙が出てくるのだ。

こうして、この一首は、自然の叙景歌、季節感の抒情歌、相愛の相手への媚を含んだ恋歌、永遠に失われた恋の歌と、四重の解釈が可能となる。新古今時代の歌は意味の多層性をもつものが多いことはよく知られているが、ここまで複雑なものは定家しかない。そして定家の狙いが第三・第四の層にあることは間違いないが、その一つを正解とし他を誤解とするのは、却って的を外れるだろう。おそらく定家は、詞の多義性がもつ可能性を十分に意識した上でこの四重の塔を組み上げている。兼載は次のような正徹（招月）の言葉を伝えている。

「心をふかくよめらむは定家なり（中略）後鳥羽院御歌も三重までは心ゆくなり。四重にあらずとなり、以上招月の語なり」（兼載雑談）

右にあげた二首は、必ずしも定家の代表作ではないが、彼の本歌取りがどのように行われたかを知るには十分だろう。そして、少なくとも、定家において和歌のあり方が既に俊成と異なっていたことはわかるだろう。

俊成において、和歌は、現実を詩的構えによって切り取り、ある型にあてはめるものであった。詠歌は、その〈場〉を一挙に詩的現象へと変貌させ、世界は詩的言語によって意味づけられた。言換れば、「花」も「紅葉」も和歌によってその「色」と「香」を与えられたのである。

しかし定家においては、現実をどう切りとるかはもはや問題ではない。現実がどうありうるかさえ、実は問題ではない。彼が見ているのは、現実の外に立つ詩的世界であって、そこから対し、定家の歌を朗詠してその〈場〉を一定の〈型〉へと凝結させることはできない。定家が〈型〉として定着している言葉や風情を引用し、交錯させるのである。誰も、ある現実の場に構成した〈価値体験の型〉は、現実にはありえないような構造をもっているからだ。いや、おそらくそれは、もう〈型〉でさえないのだろう。俊成歌論を継いだ筈の定家に、一体何が起こったのか。若き定家の二、三の歌を手がかりに、これを考えてみよう。

歌人定家のデビューは十七歳、賀茂別雷社歌合である。この時出詠した三首の中に、次の歌があった。題は花。

桜花又立ならぶ物ぞなき誰まがへけむ峯の白雲

この歌を、久保田淳は「花を白雲に譬える古今序以来の常識に、強い疑問を提起する(17)」ものと見る。そして同様な例として、初学期の歌から次の二首を挙げている。

あまのはらおもへばかはる色もなし秋こそ月のひかりなりけれ
見わたせば花も紅葉もなかりけりうらのとまやの秋のゆふぐれ(18)

いずれも、和歌世界の美の類型が、現実世界とくらべれば〈つくりごと〉にすぎぬことを言明し、両者の隔りを意識化することが一首の眼目となっている。

とすれば、定家の出発点は、他の歌人達とかなりちがうと言えそうである。多くの年少歌人が、いかに和歌の諸類型をマスターし、約束事に叶った歌を詠むかに心を砕いていた時、定家一人は、その約束事《コード》自体を反省することから始めたのである。

我々はふつう、自分たちの使っている言語体系を自明のものとして受容れ、これを反省することはない。外国語を学ぶ時にも、おそらく自明なのであろうと考えて、ひたすら与えられたものを暗記する。同様に、当時和歌を学ぶとは、例えば「峯の白雲」とあれば〈雲とまちがえるほどの桜の花盛り〉を想起するといった約束事を、まず自明なものとして習得することであった。と同時に、〈雲とまちがえるほどの桜の花盛り〉という「風情」を一つの類型として記憶の抽出しに蔵めておき、例えば「花」という題を与えられれば、この類型をまちがいなく言葉に表してみせる訓練をすることであった。しかし定家は、この約束事と類型とが、全くの仮構にすぎぬ、ということにどうやら抵抗をもったのである（と言うのが言い過ぎなら、少なくとも、その仮構性に関心を持ったのである）。

だが定家の歌の師は父俊成であった。とすれば、天台の三諦になぞらえる俊成の歌論を、定家が知らぬ筈はない。彼は自分の疑問が、詩的言語の「空性」の自覚であると、気がついていたであろう。と同時に天台思想を学ぶことによって、「空」かつ「仮」であるのは詩的言語ばかりではないとも気がついた筈である。例えば、『大乗起信論』は言う。「一切の言説は仮名にして実無し」。日常の言語（概念）体系もまた仮構にすぎない。ただ日常言語が生活上の構え（実用的視点）に立つ命名に基くのに対し、詩的言語は美的な構え（無関心的視点）に立つ命名に基くという違いがあるだけだ。いずれも、現実を任意の形に切取って、これに「仮名《けみょう》」を与えるという点で変りはない（また、だからこそ詩的言語も、現実の場を凝結させうるのだが）。

とすれば、この世に本当の言葉と仮構の言葉とがあるわけではない。言葉の全てが、ということは、人が物を考える時決して逃れることのできぬ枠組としての観念体系も、人が喜怒哀楽を汲み出す〈意味〉も、所詮は人間の仮構にすぎない。こう考えた時、定家は〈言葉〉の呪縛から解放されたのではないだろうか。言葉は自明なものとしてあるのではない。それは既に仮構であり、それ故に、さらなる仮構を許すものである。そして、綿密に組上げられた〈古き詞〉の約束事と類型とは、詠歌を拘束するものというよりはむしろ、その現実離れした仮構性を手段として、思うがままに〈新しい意味〉を創造する道を開くものではないか。

「詞は古き歌にならひ、心はわが心より思ひよれるや、歌の本意には侍らん」（千五百番歌合）

定家は、仮構である詩的言語の約束事《コード》を操作して、次々と新しい意味の形をつくり出す。しかし、もうそれは、現実とは少しも対応しない。彼は現実にありうる或る〈型〉を命名することによってではなく、詩的世界の中の〈型〉を操作することによって、新たな仮構を行うだけだからである。例えば、「花」と「紅葉」の語が担う無数の〈型〉の含みを利用して、「花も紅葉もなかりけり」と詠み、「宇治の橋姫」の本歌を利用して「月をかたし」かせたりするのである。

従来の、現実を〈型〉に凝結させるような詩的言語を一次仮構と呼ぶとすれば、定家の、現実と直接関らず、一次仮構を素材として組立てられた言葉のあり方を、二次仮構と呼んでもいいだろう。それは素材である一次仮構に精通しない者には理解不能な言語（達磨歌）である。またそれは、現実の場を決して凝結させることができないために、折に触れて詠歌されることも殆どない歌である（「彼の卿が秀歌とて人の口にある哥多くもなし(19)」後鳥羽院御口伝）。

しかし、二次仮構の歌は、〈言葉の型〉こそその自由さの故に美しいものとなっても、〈価値体験の型〉は極めて曖昧なものとなるだろう。というより、それは〈含み〉（非顕在的な価値体験の型）の錯綜にとどまって、〈型〉にまで凝結しないかもしれない。この時、定家の歌は、詩的伝統の〈含み〉を精一杯に孕んだ「姿」こそ見事だが「心」が見当らないという批判をうけることは、当然に考えられる。

「惣じて彼の卿が哥の姿、殊勝の物なれども、人のまねぶべきものにはあらず。心あるやうなるをば庶幾せず。ただ、詞・姿の艶にやさしきを本躰とする間、その骨すぐれざらん初心の者まねばば、正躰なき事になりぬべし。定家は生得の上手にてこそ、心何となけれども、うつくしくいひつづけたれば、殊勝の物にてあれ」（後鳥羽院御口伝）

はじめから何の心もないことと、「心何と」ないこととは違うと考えるべきだろう。前者は、無能の故に何一つ「心」を着想できないことだが、後者は、「心」が〈型〉にまで凝結しないために、はっきりと把えられないことである。〈型〉にすれば陰翳を失ってしまうような複雑な心を、複雑なままに浮遊させるのは、いわば達人の軽業であって、初心者にできることではないのだ。

この〈型〉として把えることはできないが〈何となく〉あるような「心」というのは、「心あらは」に詠むことを目指していた歌人達を面くらわせた。しかし、やがて定家の方法は新風として認知され、時代によってその名を与えられた。

「幽玄体」である。

3　幽玄体

定家らの新風と従来の歌風とは激しい戦いを展開した。それは単に歌風の争いというだけではなく、御子左家と六条家とが、「歌の家」の主導権を賭けた論戦でもあった。中立の立場を維持しようとした歌林苑派の鴨長明(20)はこの新風をどのように判断していたか、『無名抄』の「近代歌体事」の条りを見ることにしよう(21)。

定家・寂蓮らの「今の世の哥」(新風)は、一般には「幽玄体」と呼ばれていたようである(但し、定家自身が「幽玄体」という時には、全く別の意味である。自身の歌風については、「余情妖艶の体」又は「密宗」の語を用いていたのではあるまいか(22))。そして特に批判的意味をこめる場合には「達磨宗」(禅問答の如く意味不明)と呼ばれていた(23)。「幽玄」と「達磨」のちがいは、意味の不明瞭さを〈奥深い〉と見るか〈支離滅裂〉と見るかのちがいであろうか。一方、従来の歌風(清輔・顕昭らの六条家)は「中古の体」又は「中比の体」と呼ばれていた。これは拾遺集以降の一般的な様式で、「理《ことわり》くまなく現れ、姿すなほなるをよろしとす」るものである。定家の言葉を借りれば「心あらはに詞すなほならんと好み詠む」(千五百番歌合)ものである(定家らがこれを蔑んで呼ぶ時には「顕宗」と言っていたようだ)。

長明は、両者共に『古今集』に発した歌風であり、その「勝劣」を定めるのは意味がないという立場をとる。「上手と秀哥」とは、個々の歌人・作品によるのであって、歌風によるのではない。所詮「よきはよし、あしきはわろき」というわけだ。

しかし、「幽玄体」の出現は必然であった、と長明は考える。なぜなら、「中古の体」(風情主義)は「風情」つまり〈美的現象の型〉の着想に全てがかかっているのに、同じ題で三百年も詠んでいればその型も枚挙され尽くすのが当然で、「珍しき風情は難く成り」、「いはんや詞に至りては、いひ尽してければ、珍しき詞もなく、目留るふしもなし」というありさまになっていたからだ。「中古の体」の人々の会に出れば、詠まれる風情はいずれも想像のつく類型の範囲を出ず、「異なる秀逸ならぬは、五七五を読むに七々句は空に推量らるる」ような代物である。行詰りは、はっきりしていたのだ。

その長明が、新風の拠点、後鳥羽院の和歌所の会に出席して驚いたのである。

「しかるを、御所の御会につかうまつりしには、ふつと思ひも寄らぬ事のみ人毎によまれしかば、この道ははや〳〵期もなく、際もなき事に成りにけりと、恐しくこそ覚え侍しか」

「幽玄体」の歌は、あらゆる和歌の風情の型に通暁したつもりの長明にとってさえ、予想もつかぬ衝撃であった（いやおそらく、通暁していたからこそ、衝撃であった）。

しかしこれは、新しい風情を着想した、というようなものではなかった（長明自身、周到にも「幽玄体」については、「風情」の語を用いない）。「風情」を超える何かを提出することによって、〈風情主義〉の行詰りを打開したのである。「風情」以外の別の世界が開ければ、和歌によって新しいものを創り出す可能性は無限にあるだろう。「この道ははや〳〵期もなく際もなき事に成りにけり」とは、「幽玄体」の歌が、「中古の体」の頼る「風情」とは別のものを歌の「心」として詠み始めた、という事の認識であった。しかしその〈何か別のもの〉は、「風情」に通暁し、歌の技術に熟達してはじめて詠みうるような何かであった。

「此体を心得る事は、骨法ある人の、境に入り、峠を越えて後あるべき事也。其すら猶し外せば聞きにくき事多かり。いはんや、風情足らぬ人の未だ峯まで登り着かずして推し量りまねびたる、さるかたはらいたきこと也」

何か一つ新しい「風情」を着想し、これを「心あらは」に語るだけなら、風情の型に精通していなくとも、つまり「風情足らぬ人」でもできないことはない（というより、〈風情主義〉では、初心者といえどもそう努めるべきとされていた）。「幽玄体」の表すものが「風情」でないことは、これでもわかる。では一体、「幽玄体」の詠むものは何か。『無名抄』中最も有名な一句を長明は語る。

「詞に現れぬ余情、姿に見えぬ景気なるべし」

むろん、これだけでは何のことかわからない。長明は二つの例をあげる。

たとえば、風景。「心なき者」は「目に見える花紅葉」だけを美しいと考える。しかし心ある者なら、「色もなく声もない秋の夕暮の空の気色」に涙するであろう。その淋しい情景に、かえって深く物思うからである。また、たとえば人の心。子供にある心理を伝えようとすれば、こと細かに説明してやらねばわからない。しかし心ある大人にとっては「よき女の恨めしき事あれど、言葉には現さず深く忍びたる気色を」ほのかに察する場合の方が、「言葉を尽して恨み、袖を絞りてみせ」られるよりも、かえって胸が痛むものである。言えぬ心を推量る感情移入の方が、概念によって説明され、涙によって強迫されるよりも、相手の苦しみがいかなるものか、一層深くわかるからである。

この二例に共通しているのは、人は、与えられたものを認識する場合よりも、自分の心で思いやる場合に、より多く感動するということだ。これを逆に言えば、自分で心に思う能力のない者（たとえば子供、又は感受性の鈍い者）には決して理解できぬ種類の美があるということである。そこで長明はつづけて言う。

「この二の譬へにぞ、風情少なく心浅からん人の悟り難き事をば知りぬべき」

さらに長明は、心と風景とについて、今一度別の例をあげ、重ねて「幽玄」の説明を試みる。まず、心について。

「幼き子のらうたきが、片言してそれとも聞えぬ事いひ出たるは、はかなきにつけてもいとおしく、聞き所あるに似たる事も侍るにや」

幼児は自分の心を伝えようとして、これを明瞭に言語化できない。それは発声器官の未熟の故かもしれないし、そもそも自分の思いを概念化できないためかもしれない。しかし、いかに彼の〈言葉〉が支離滅裂であろうとも、彼が何も考えていないということはできない。幼児の「片言」は、彼が懸命に伝えようとする何かがそこにあることを証している。だからこそ、親もまた懸命に彼の〈心〉を理解しようとする。まず、その子がこれまでどんな情況でどんな言葉を発してきたか、その子だけの言語習慣（つまりコード）を思い起こすだろう。しかし、結局〈言葉〉だけに頼っていたのではわからない。親は、〈言葉〉や表情や身振などの表現と、場の情況の全体とから、幼児の身になって、その〈心〉を推量ろうとするだろう。つまり、自分の〈心〉を働かせることによって相手の〈心〉を知ろうとする。この時幼児の「片言」は、大人の雄弁よりもかえって訴えるところが大きいのではあるまいか(24)。

次に、風景についてはこんな風に言う。

「霧の絶え間より秋山を眺むれば、見ゆる所はほのかなれど、おくゆかしく、いかばかり紅葉わたりて面白からんと、限なく推量らるる面影は、ほとほと定かに見んにも優れたるべし」

この例を、一般的な言い方に直せば、こうなるだろう。

ある美的対象が遮蔽物によって隠され、部分的にあるいは不明瞭にしか見えない時、人間の心理は、却ってそれに向かって動機づけられ、その美を想像しようとするのだが、想像においては限界というものがないため、実際にそれを見る以上の美的体験を得るものだ。これを詞にあてはめれば、表現が曖昧である時、読者はその隠れた意味へと強く動機づけられ、自身の想像力によって、言語が表現しうる以上の美を喚起する、という事になるだろう。

言いたいことが全て言葉に表れてしまうなら、詩が散文に勝る理由はない、と長明は言う（「いづくかは、歌、たゞものをいふに勝る徳とせん」）。つまり詩の存在理由は、明解な散文（「すべて心ざし詞に現れ」る文）では表現できないものを、曖昧性によって表現できるという点にある。この方法によって詩人は、自分でも明瞭に摑みきれない、まして言葉には整理しきれない思いを語ることができるだろう（「心も及ばず詞も足らぬ時、是にて思ひを述べ」）。

むろん詩の言葉は、ただ曖昧でさえあれば、読者が勝手に一人相撲をとってくれるというものではない。〈隠された心〉が確実にあることが必要だ。作者にも〈心〉が何やらわからぬようでは、「無心所着」の歌になり、「か様の列の哥は幽玄の境にはあらず、げに達磨宗とも、是をぞ云ふべき」という次第になる。

この〈隠された心〉こそ「詞に現れぬ余情」や「姿に見えぬ景気」となるわけだが、これは作者の作歌過程においては、（たとえ明瞭な輪郭をもっていないとしても）確実に作者の内にあった「心」であり「思ひ」である。読者は、自身の想像力（ないし創造力）によって、この言語化以前の過程を思いやり、その「心」ないし「思ひ」を自らの内に喚起する時、それは「余情」となり「景気」となって感じとられるであろう。そして、この「詞に現れぬ余情」と「姿に見えぬ景気」とは、おしつつまれた女心や霧の向うの紅葉のように、実際に認識された姿よりも深く心に沁みるであろう。なぜなら、彼が感動している対象は、与えられた観念の形ではなく、自分自身が全力を尽して創り出したもの（又は創りきれなかったもの）なのだから。

こうして、長明の考える「幽玄体」とは、和歌の産出過程そのものを、読者（又は聴衆）の内部で繰返させるような歌の様式である。これは、読者が和歌のコード（「詞」と「心」の関係の総体）に精通していなければ、そして「詞」をたよりに深くその「思ひ」を想像するだけの心的能力がなければ、理解できないものである（「風情少なく、心浅からん人の悟り難き事」）。しかし、読者にそれだけの参与を前提するならば、和歌の詠みうる「心」は無限となるだろう（「期もなく際もなき」）。なぜなら、和歌の「心」は、もはや有限な「風情」の型ではなく、さまざまの型と詞とが渦巻く、言語化以前の心的状態なのだから。

そして、このような心の動きそのものを表現内容とする時、これが最も効果をあげるのは、錯綜し、矛盾し、決して結論というもののない心情を詠む場合である。たとえば、恋の「思ひ」を詠む場合である。我々は、ようやく定家の「有心」について語ることができる。

4　有心体

七十歳の西行は、自らの和歌生活の総決算として二つの自歌合を編み、これを伊勢神宮に奉納することを思い立った。その判を託したのは、歌壇の重鎮俊成と、身の不遇を嘆いていた二十六歳の定家である。先輩歌人をさしおいて任されたこの仕事は分に過ぎたものであり、おそらく定家は心血を注いで批評にあたったにちがいない。僅か三十六番の『宮河歌合』の判が、度重なる催促の後、ようやく西行のもとに届けられた時には二年余を経ていた。

既に病床にあった西行は、まず人に読ませてこれを聞いた。聞くこと三度。ついに自ら頭をもたげ、休み休み、二日がかりで読み通す。そして溢れんばかりの感動を定家にあてて書き送った。とにかく会って、詳しく話を聞きたい、と西行は熱望する。

「若し命いきて候は必ずわざと急ぎまゐり候べし」（贈定家卿文）

願いは実現しなかった。半年後、西行は世を去ったからである。

西行は何に感動したのか。手紙の中で、とくに西行が取上げたのは次の歌の判詞である。

世の中を思へばなべてちる花のわがみをさてもいづちかはせむ

定家は評して言う。

「左歌世の中を思へばなべてといへるより終りの句のするまで句ごとに思ひ入りて、作者の心深くなやませる所侍れば、いかにもかち侍らむ」

西行は『贈定家卿文』に言う。

「この御判の中にとりて、九番の左の、わが身をさてもという歌の判の御詞に、作者の心深くなやませる所侍ればとかかれ候。かへすがへすおもしろく候ものかな。なやませると申す御詞によろず皆こもりてめでたくおぼへ候。これ新しく出で来候ぬる判の御詞にてこそ候らめ」

西行は、「作者の心深くなやませる所侍れば」という判定基準の採用を、全く新しいものと見たのである。それまでの和歌批評は、詞づかいの見事さ、趣向の面白さ、イメージの美しさ、全体の情趣の味わい等、要するに作品の出来栄えを問題とするものであって、作者の心の深さや様態を問題にはしない。しかし定家は、作品の「姿」でも「心」（表現内容）でもなく、「作者の心」（表現者の意識）に注目し、その結果「なやませる」という前例のない批評用語を用いることになったのである。

新しい批評用語が語られるためには新しい批評基準が立てられねばならない。そしてそのためには、新しい和歌の見方が、つまり新しい和歌思想が生まれなければならない。定家は西行の作品と格闘するうちに、前例のない観点から和歌を語りはじめた。そして西行は、（既に『二見浦百首』などに定家が新しい歌の姿をつくりつつあることを見ていただけに）ついに定家が、はっきりと新しい和歌思想を「なやませる」という語に集約してみせたことに感動したのである。

むろん、青年定家の判詞を、そのまま後年の「有心体」と結びつけることは危険である。定家と西行の歌風のちがい、また定家自身の歌風や和歌思想の変化ということも考慮しなければならないからだ。ここでは、西行が、「作者の心深くなやませる所侍れば」という定家の言葉に新しい和歌観の誕生を認め、これに感動したという事実だけを確かめて、次に、実際に定家が「有心体」について語るところを聞くことにしよう。

和歌の様式を十種に分類した定家は、『毎月抄』において、「有心体」がその最要の位置にあることを宣言する(25)。

「さてもこの十体の中に、いづれも有心体にすぎて哥の本意と存ずる姿は侍らず」

そして、作品の価値は、もっぱらこの「心」の深さにかかっていると言う。

「されば、よろしき哥と申し候は、哥ごとに心のふかきのみぞ申したためる」

「心」は有るだけではなく、深くなければならない。しかし、意図的に深い心を詠みこもうとすれば、これはかえって達磨歌に陥る危険があることを付加える。

「あまりに又ふかく心をいれんとてねぢすぐせば、いりほがの入りくり哥とて、堅固ならぬ姿の心得られぬは、心なきよりはうたてみぐるしき事にて侍る。このさかひがゆゆしき大事にて侍る。」

達磨歌と紙一重の様式といえば、定家らの新風、長明のいう「幽玄体」に他ならない。とすれば、定家が「有心体」と言う時には、まず自分たちの新しい歌風（今日のいわゆる「新古今風」）を考えていたことは間違いない。つまり「有心体」とは（少なくとも『毎月抄』当時の定家にとって(26)、「心あらは」で「理《ことはり》くまなく現れ」る「中古の体」とは反対のものであった。

では、「有心体」の「心」とはいかなる意味であろうか。それは、叙景歌の題材が自然の光景であるように、「有心体」の詠む題材が人の〈心〉であるということだろうか。たとえば忠岑十体の「写思体」のように、人の思いを描写したものであろうか。とすれば、恋や述懐(官位不遇を嘆くのがふつう)の歌は、全て「有心体」ということになってしまう。しかし定家はこんなふうに言う。

「恋・述懐などやうの題を得ては、ひとへにただ有心の体をのみよむべしとおぼへて候。此体ならではよろしからぬ事にて候べきか」

考えてみれば奇妙な言い方である。およそ〈心中の思い〉を語らぬ恋・述懐の歌というのは考えられない。しかし定家のこの言い方は、恋・述懐の歌が、決して自動的に「有心体」になるわけではないことを示している。〈心中の思い〉を語る時には、「有心体」という様式で語らねば、よい作品にはならないと言っているのだ。つまり、歌の内容が〈恋する心〉や〈嘆く心〉であるというだけでは「有心体」にはならない。

我々は、この頃の和歌の「詞」が、こみいったコノテーションを負っていたことを思い出さねばならない。さまざまな〈心中の思い〉の型は、それを表す短い「詞」をもっていた。別れた人を思うなら「朝の雲」と言えばよかった。待つ心なら「宇治の橋姫」と言えばよかった。こぼるる涙には「露」と、紅涙をしぼる悲しみには「色かはる」と言えばよかった。与えられる題が伝統の枠の中のものである限り、用いるべき「詞」も〈心中の思い〉の型も、たいていは豊富な在庫で間に合ったのである。歌人は、〈古き詞〉とそれの表す〈思いの型〉を操作すれば、恋でも述懐でもたちどころに詠むことができた。というより、普通に詩的言語を題に沿って組合せれば、よほど下手かよほど趣向に凝りすぎぬかぎり、そこには〈恋する心〉なり〈嘆く心〉なりが、歌の意味内容として現れてくるはずであった。当時、詩的言語の記号体系はそこまで行ったのである。

しかし定家は、このような〈古き詞〉の表す「心」を「有心体」の「心」とは認めない。つまり「有心体」にいう「心」とは、操作対象としての〈思いの型〉ではない。言換えれば、「詞」という記号が担っている意味としての〈心中の思い〉ではない。

とすれば、それは作者自身の〈心中の思い〉であると考えるほかはない。つまり「有心」とは、「歌の心」ではなく、「作者の心」の問題である。ここで我々は、「作者の心深くなやませる」という定家独創の判詞を思い起こそう。当時の一般的作詩法が「詞」を操作して「歌の心」を組み立てることであったとすれば、西行の和歌は、「作者の心」の深く悩む過程のうちに紡ぎ出された言葉であった（「こと葉にて心をよまむとすると、心のままに詞の匂ひゆくとは、かはれる所あるにこそ」『為兼卿和歌抄』）。

では、定家の「有心体」は、歌人の実体験している心情を詠むものであろうか（それなら紀貫之の歌論と同じになる）。いや、定家の恋の歌の多くが、女性の心を詠んだものであるという一事をとっても、そのようなことはありえない。恋であろうが述懐であろうが、そこに詠まれているのは、実体験としての〈心中の思い〉ではなく、常に虚構の〈心中の思い〉であった。

しかもそれは、虚構でありながら、確実に定家の心中にある思いであり、そこから和歌を産出するような「なやませる」過程である。

つまり「有心体」にいう「心」の所有者は、現実に生活を送っている（生活世界の）歌人その人ではなく、ただ詠作時に、いわば虚像として生ずる「作者」（詩的主観）にすぎない。そして「作者の心」とは、和歌の産出過程においてのみ生じている、虚構の、しかし動的な生命をもって「深くなや」むことのできる「心」である。我々はこのような「心」をとりあえず〈詠みつつある心〉と呼び、「詞」の意味として表現された「歌の心」を〈詠まれた心〉と呼んで区別することにしよう。即ち、「有心体」とは、能産的運動としての〈詠みつつある心〉をもって、所産的内容としての〈詠まれた心〉を産出するような和歌の様式である。

これを長明の歌論にあてはめれば、「中古の体」とは〈詠まれた心〉を明瞭に表現することを目指すものであり、「幽玄体」とは輪郭も定かでない〈詠みつつある心〉の運動を読者の心中に再現することを目指すものである、と言えるだろう。

ところで、定家十体のうち、他の九体は〈詠まれた心〉から見た分類である。従って、

「此有心体は、余の九体にわたりて侍るべし。其故は幽玄にも心あるべし。長高にも又侍るべし。残りの体にも又かくのごとし。げにげにいづれの体にも、実は心なき哥はわろきにて候。」

ということになる。

もちろん、歌人自身の現実の思いが、そのまま〈詠みつつある心〉となる場合はあるだろう。西行に多く、また慈円にもしばしば見受けられる所である。しかし定家にとって、〈詠みつつ

ある心〉は、自身の現実の想いとは関りなく、想像力によって産み出された、仮構の心の働きであった（ここに西行と定家の分岐点がある(27)）。

「恋の歌をよむには凡骨の身を捨てて、業平のふるまひけむ事を思ひいでて、我身をみな業平になしてよむ」（先達物語）

むろんここに言う業平とは、歴史的人物としての業平ではない。伊勢物語という詩的世界の主人公としての業平である。言換れば、恋の型の様々を美しく演じてみせた、神話的存在としての業平である。定家は、恋における業平の非凡なふるまいを想像するのであって、決して（自然主義の小説家がするように）業平家の凡庸な台所まで想像したりはしない。おそらく定家はこんな風に言おうとしたのである。

恋の歌を詠むには、恋する心がどんなものか、まず思い浮べねばならないが、自分の恋愛経験に基いてこれを考えようなどとすれば、どうせ凡庸な恋愛しかしたことがない以上、みすぼらしい歌しかできやしない。もしいい歌を詠みたいなら、例えば、この上なく繊細な心をもった男がこの上なく悲劇的な恋愛をしたらどうなるか、そういった理想的なケースを想像しなくてはならない。現実にありえようがありえまいが、精一杯に想像力を働かせて、恋の神話を心の中で生きてみるということが、実は恋の歌を詠むということなのだ。だから、「我身をみな業平になしてよむ」とは、もし自分が業平の立場におかれたなら〈自分の心〉は何を思うだろうかと想像することではない。もし自分が〈業平の心〉をもっていたら、と想像することである(28)。想像が成功する時、〈自分の心〉はその席を〈業平の心〉に乗っ取られるであろう。〈詠みつつある心〉が仮構の心であるとはそのような意味であって、この状態を傍から見れば、一種の憑き物が憑いた状態（狂気・霊感）に見えるかもしれない。むろんそのような心的状態を維持することは、（〈自分の心〉による単なる想像とちがって）極めて困難なわざである。

「（有心体は）きはめて思ひえがたゝ候。とざまかふざまにてはつや〳〵つゞけらるべからず。よく〳〵心をすまして、その一境に入りふしてこそ稀にもよまるる事は侍れ」

ここで問題は、どうやって「心をすまし」「その一境に入りふ」すことに成功するかということだ。定家は〈詠みつつある心〉を仮構するコツを語る。

「哥にはまづ心をよくすますは、一の習にて侍る也。我心に、日ごろおもしろしと思ひ得たらん詩にても、又哥にても心におきて、それを力にてよむべし」

秀れた漢詩や和歌は、心の働き方のある理想型を示しているだろう。それに自分の心を同化させてゆけば、ついには自身の心も日常のあり方を忘れて、品位の高い、あるいは「あはれ」の深い働き方を始めるであろう。こうして先人の〈詠みつつある心〉を媒介として、自身も現実の心を離れ、〈詠みつつある心〉の仮構に成功することができる。

しかし、これもできないほど、心が乱れていることもあるだろう。

「蒙気さして心底みだりがはしき折は、いかにもよまんと案ずれども、有心体出来ず。それをよまん〳〵としのぎ侍れば、いよいよ性骨も弱りて無二正体一事侍る也」

こういう時は、「有心体」を詠もうとすることよりも、まず自分の心を整調し、〈詠みつつある心〉が発生しやすいようにしてやることが必要である。定家は懇切丁寧に教える。

「さらん時は、まづ景気の哥とて、姿詞のそそめきたるが、なにとなく心はなけれども、哥様のよろしくきこゆるやうをよむべきにて候。當座の時、殊更心得べき事に候。かかる哥だにも、四・五首、十首よみ侍りぬれば、蒙昧も散じて、性機もうるはしくなりて、本体によまるる事にて侯」

『詠歌大概』に「古歌の景気を観念し心に染むべし」とあったのを思い合せれば、ここの「景気」も風景の意ではなく、気分とか心の調子の意であろう。まず詩的世界の雰囲気をもった歌をつくっていれば、次第に心は日常性を離れた働き方をするようになる。そうすれば追い求めて得られなかった〈詠みつつある心〉は自然に実現するであろう、というのだ。

こうして、「有心体」の「心」である〈詠みつつある心〉とは、生活者である歌人の心でもなく、歌の意味内容としての〈詠まれた心〉でもなく、想像力によって（又は一種の憑依によって）一時的に生じた仮構の「作者の心」である。それは生活世界を生きることはできず、ただ仮構の詩的世界のみを生きる詩的主観である(29)。我々は、この三つの「心」を次のように整理することができるだろう。

1、歌人の心＝現実感情―実生活の体験から生ずる
2、作者の心＝〈詠みつつある心〉―想像力により仮構される
3、歌の心＝〈詠まれた心〉―詞の表す意義として構成される

〈詠みつつある心〉の、矛盾錯綜する「もみもみ」とした運動を、できる限り「詞」にとど

めようとすれば、自然〈詠まれた心〉は多義化せざるをえないだろう。また、意図的に〈詠まれた心〉を曖昧化する（おぼめかしてよむ(30)）ことによって、読者の意識を〈詠みつつある心〉に向けさせることもできるだろう。それは、従来の「心あらは」な歌とは反対のものである。

結局、長明の「幽玄体」と定家の「有心体」とは、同じものを指しているのである。長明は「作者の心」が隠されていることに注目し、定家はそれが仮構の〈詠みつつある心〉であることを強調しようとしたために、二つの異なった名称が生じただけである。この観点のちがいは、〈詠みつつある心〉を読みとらねばならぬ読者と、作り出さねばならぬ作家の、立場のちがいによるのであろう（長明は、定家らの新風のよき理解者ではあったが、詠み手ではなかった）。つまり新風は、その制作面においては、想像力によって〈詠みつつある心〉を仮構すること（有心）を特徴とし、享受面においては、作者の内にあって詞の上には現れぬ（幽玄）〈詠みつつある心〉を、想像力によって再現することを特徴とするのである。

ところで、多くの小説家は、成功した作品においては、自分の想像力によって作り出したはずの登場人物が、作家の意図を離れて一人歩き始めるのを経験するという。この時以後作家は、いわば自分の意志を捨て、登場人物の意志に従って筆を進めるのである。定家が業平の身になる時にも同様のことが起こるだろう。ただし、小説の中の登場人物は、生活世界の約束事に従ってものを考えるが、定家の想像する業平は、詩的世界の約束事に従ってもの思うであろう。つまり、定家が仮構しようとするのは、現実を生きうる業平ではなく、一個の詩的主観としての業平である。従ってそれは、業平でなく、源氏でも平中でもかまわない。というより、業平というのは一つの喩えであって、定家が自ら変身しようとしているのは、宣長風に言えば「もののあはれ」を知る心（詩的主観）なのである。それは、「あはれ」深く、または妖艶に錯綜する思いの過程の果てに、一つの新しい〈価値体験の型〉を産出しうるような、ある理想的な「心」である。この「心」は、言うまでもなく、「歌の道」に伝承されてきた「心」である(31)。

成功した小説の登場人物が勝手に歩きはじめるように、詩的主観もまた、定家の意志を超えて、自律的にものを思いはじめるであろう。しかもその運動の原理は、現実の（つまり生活世界の）心の働き方とはかなりちがうものとなるだろう。ちょうど夢が、超現実的ではあっても、ある確かな原理に基いて展開し、人には制御できぬ自律性をもっているのに、それは似ているかもしれない。さらに言えば、それは人が自ら招き寄せる狂気の一種なのかもしれない。

逆に読者から見れば、語が語の境界を越え、観念がこの世のものとは別のしかけで織られているかのような定家の歌は、覚醒の時よりも、意識が夢と現実のはざまにある時に、最もよくその〈詠みつつある心〉を辿れるように思われる。しかし、そのような心に自己が同化するとは、心が別の世界の住人になってしまうということである。

「寝覚などに定家の哥を思ひ出しぬれば、物狂ひになる心地し侍る也」（正徹物語）

「歌の道」は、俊成にとっては仏法の「悟り」に通じる道であった。しかし定家にとっては、「物狂ひ」に至る道であったのかもしれない。

結び

我々はもう一度俊成の和歌観をふり返り、定家と対比することにしよう。

俊成は、「歌の道」が天台止観にいう「空仮中の三諦」に似ているとした。人のもつ諸観念が、虚構（空）でありつつも現実に対し意味を与え、その結果我々に理解可能な生活世界が共同主観的に立ち現れる（仮）ように、詩的言語もまた、虚構でありつつも現実に対し美の〈型〉を与え、その積み重ねからもう一つの世界である詩的世界を構築した。人は、生活世界（世間）を生きながらも、時に実利的関心を遮断し（出世間）、その〈場〉を一個の美の〈型〉に集約する和歌を想起（さらには詠歌）することによって、そこに価値（色香）を体験することができる。つまり、同じ一つの現実が、主観の構えによって、生活世界の意味と、詩的世界の意味と、どちらでも表すことができる。「仮名《けみょう》」である和歌は（「仮名」である一般の言説同様）このような形で、現実との相関を保っていたのである。

しかし定家が、「詞」は既に共有されているものを用いるほかないが、「心」は自分で創り出すべきであると説く時、詩的言語はその性格を変える。彼はもはや現実を素材として詞を仮構するのではなく、既に仮構された詩的言語を素材として、さらにもう一段の仮構を行うのである。こうして定家の「詞」は二重仮構となる。

俊成においては、元来言語体系の一部であった詩的言語は、世間的な言語宇宙をはみ出して、未だ言語が触れていなかった実在にぶつかり、これに意味を与えようとする。つまり、人が経験しうる現実を、詩的言語によって再編しようとする。一方定家においては、詩的言語は、自らの運動によって世間的な言語宇宙を逸脱するが、決して実在にはぶつからない。それは夢のように、現実と関ることのできぬ原理に従って意味を構成する。そこで再編されるのは、現実ではなく、言語、つまり人間の抱きうる諸観念である。

この関係を図式化して言おう。まず、俊成の場合（図1）。実在の世界を〈法界〉とすれば、その一部分として、我々の理解しうる世界としての〈仮名界〉がある。この〈仮名界〉は、我々の生活世界の寸法に合せて仕立てられた言語宇宙であり、従って我々の世界についての知識が再編される時（例えば科学的発見などにより）、この〈仮名界〉も再編される。この意味で、不動の〈法界〉に対し、歴史的社会的産物たる〈仮名界〉は動的であると言ってよい。

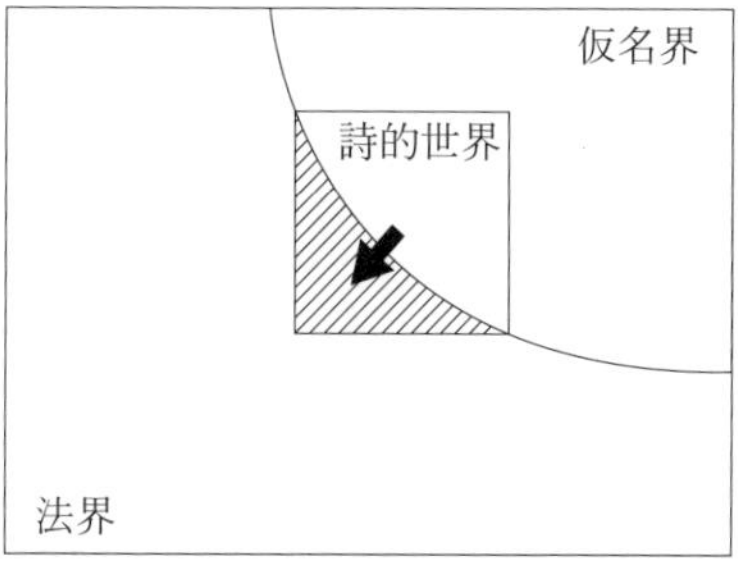

図1

さて、元来〈仮名界〉の一部であり、やはり動的である〈詩的世界〉は、自らの意味創出活動によって、既成の言語宇宙を超脱しようとする志向をもっている。そこで〈詩的世界〉は〈仮名界〉から〈法界〉へと進出し、生活世界における意味とは別の意味を与えることによって、実在を我々の現実（仮名界＋詩的世界）のうちにとりこむのである。こうして、〈仮名界〉に属さずして、しかも我々がそこに意味を見出すことができた領

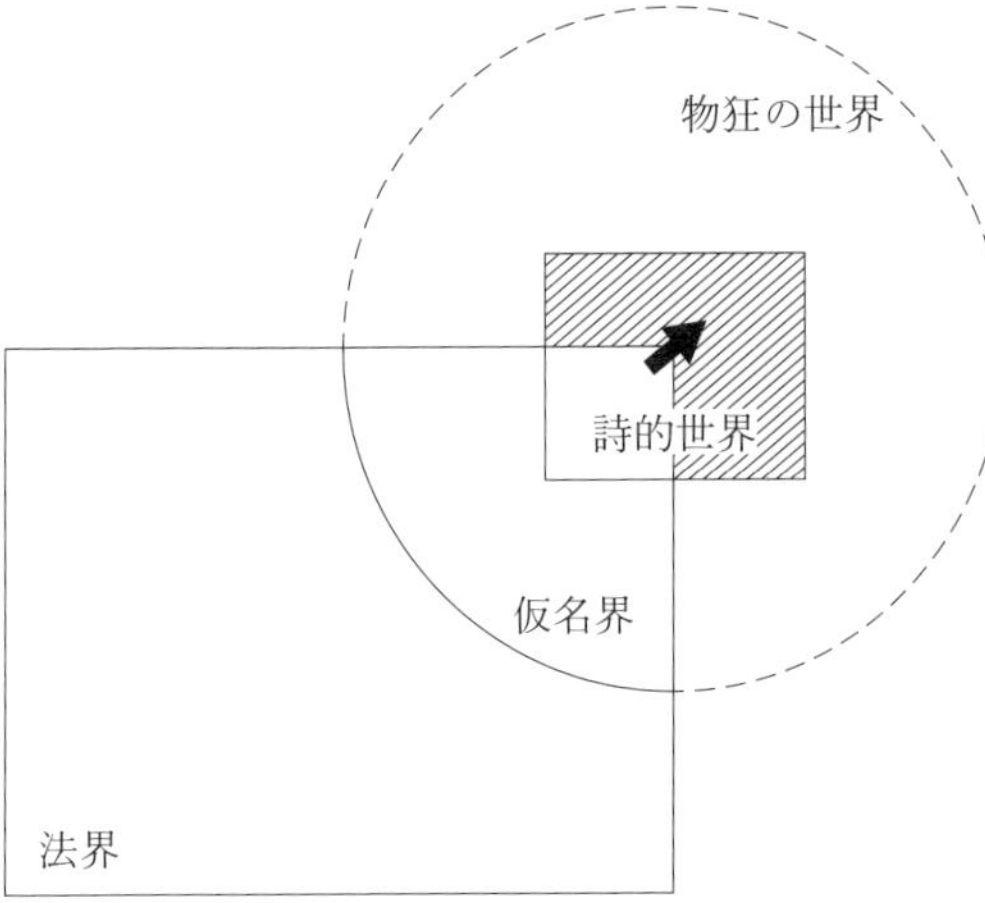

図２

域（斜線部）を、我々は俊成における美の領域（花紅葉の色香）と言ってよいであろう。

一方、定家の場合（図２）。〈仮名界〉は〈法界〉の一部であると同時に、人間の抱きうる観念の世界（円内）の一部である。しかし、人間の抱きうる観念のうち、〈仮名界〉のもののみが、実在と対応する故に（従って行為と対応しうる故に）現実的（正気）とみなされ、残り（点線弧内）は夢想ないし狂気の所産とみなされている。だが〈仮名界〉を超脱しようとする〈詩的世界〉は、〈法界〉へは向わず、この〈物狂の世界〉を目指すのである。そこで、無意味とされていたものを再編し、新しい意味を構成することによって、我々の〈つくりもの〉である〈意味〉の世界を拡げてゆくのである。こうして、〈詩的世界〉に属しつつ〈仮名界〉に属さぬ領域（斜線部）を、我々は、定家における美の領域（新しき心）と言ってよいであろう。

しかし〈物狂の世界〉の言葉に確かな意味をもたせるためには、それらの言葉を支える確かな心が（たとえ、正気の目からは異常であるにせよ）なければならない。ここに、「詞」の仮構に先立って、まず「心」を仮構する必要が生ずる（後期の定家は、「詞」の新奇な用法よりも、むしろこの「心」の仮構に関心の焦点をおいた）。

こうして、定家の歌は、「心」も「詞」も現実との関りを失って、虚空に漂う。もはや彼の歌を想起して、〈場〉を美の〈型〉に集約することはできない。〈詩的世界〉は〈法界〉の基盤を離れ、自律的に新しい意味を創出し、その世界をますます深化拡大してゆく。と同時に、自ら虚構（空）であり、ただ主観のある構えに対しての現象（仮）にすぎぬことを、その現実への非関与性によって、ますます明らかにしてゆく。定家の歌は人の口にのぼらず、折に触れて詠歌されることも稀となる。

定家は、むしろ和歌は現実と関るべきでないと考えていたのではあるまいか。たとえば和歌の詠まれたいきさつを重視する後鳥羽院に対し、その不興を買うことを承知しながら、和歌が現実によって規定されるのを拒否した(32)のもその表れではないか。院は難ずる。

「惣じて彼の卿が哥存知の趣、いさゝかも事により折によるといふ事なし」（後鳥羽院御口伝）

また、和歌が現実に及ぼす効力を信ずることは、貫之以来歌道に携わる者の必須要件（少なくとも建前）であったし、和歌の功徳を言うためには「力をもいれずして天地《あめつち》をうごかし、目に見えぬ鬼神をもあはれとおもはせ」という古今集序の一文を引くのが、その常套の手段であった。しかし定家はこれをはっきりと否定する。

あめつちもあはれ知るとはいにしへの誰がいつはりぞ敷島の道（三宮十五首）

では、定家にとって、現実はどのような相を呈していたのか。

「末世之狂乱至極、滅亡之時歟」（明月記）

これに似た言葉は、定家の日記には数多い。おそらく彼の末法思想は身についたものであったし(33)、彼にとって現実は、夢に劣らぬほど無秩序な、そして狂気以上に野蛮な姿を示していた。同じ空なる世界であるなら、まだしも「歌の道」の方が、確かな意味の世界を築き上げているのではないか。彼は「道」に精進した。しかしその結果としての世間における成功に、何か意味があるとは信じていなかったようである。

苔の下にうづまぬ名をばのこすともはかなの道や敷島の歌（韻歌百廿八首）

だが定家は、「道」の人であると同時に、「家」の人であった。彼は「家」を保ち、家族を守るため、自らもこの「狂乱」の世界に身をもって付き合わねばならなかった。それも、「歌」を最大の武器として（この面では、歌人としての世間的成功は大きな意味をもっていた）。

定家は（しばしば臆測されるような）現実逃避の詩人では決してない。結果的に言えば、彼はかなりしたたかに世間を渡ったと言えるだろう。しかしその日記は、自己と社会とに対する嫌悪と呪詛の言葉で満ちている。そして捨てるべき世を捨てないのは、ひとえに子のためであると繰返し告白する。

定家が出家できたのは、ようやく子孫の安泰が確かめられ、「家」への義務を果たした七十二歳の時であった。法号は「明静」。言うまでもなく、俊成も引用した、あの『摩訶止観』冒頭の一句にもとづく。

「止観明静、前代未聞」

（1）「世上乱逆追討雖満耳不注之。紅旗征戎非吾事」『明月記』治承四年九月

（2）「定家はさうなき物なり。さしも殊勝なりし父の詠をだにもあさ〳〵と思ひたりし上は、まして余人の哥、沙汰にも及ばず。（中略）哥見知りたるけしき、ゆゝしげなりき。たゞし引汲の心になりぬれば、鹿をもて馬とせしがごとし。傍若無人、理《ことはり》も過ぎたりき。他人の詞を聞くに及ばず」『後鳥羽院御口伝』日本古典文学大系65。以下本節の引用は、注記のない限り同書による。

（3）例えば、俊成の『古来風体抄』はその序文に「（昔から諸家に歌論は多いが）たゞ、この歌の姿詞におきて、吉野川良しとはいかなるをいひ、難波江の葦の悪しとはいづれを分くべきぞといふことの、なか〳〵いみじく説き述べがたく、知れる人も少かるべきなり」とあるように、歌のよしあしの分かれ目を伝えることを課題として意識している。説き述べがたく、知る人も少ないのは、それが歌の道の本質に関るからである。定家も、「凡そ哥をよく見わけて善悪をさだむる事は、ことに大切の事にて候。（中略）おそらくは寛平以往の先達の哥にも善悪のおもひわかたん人ぞ哥のおもむきを存ぜるにては侍るべき。かくしれるよしには申し侍れども、愚老もつや〳〵わきまへたる事侍らずこそ」（毎月抄）と、歌の善悪の判断能力を道に達した証左とする。但し最後の部分は文飾上の謙遜である。また順徳院は後鳥羽院の

第三子であるが、次のように言う。「歌を心うることは、よむよりは大事なり。（中略）歌を見しり心うること、この道の至極なり。たとへば、管絃は堪能と耳きくこととは、各別なるなり。歌もよくはよめども、心を知らぬ人おほし」（八雲御抄）。つまり、歌のよしあしがわかる（見知る）とは、「歌とは何か」がわかっている（心うる）ことであり、秀歌をつくる力よりもむしろこの理解力を得ることが、道に達することであると見做されていたのである。

（4）「凡そ顕宗なりとも、よきはよく愚意にはおぼゆる間、一筋に彼の卿がわが心に叶はぬをもて左右なく哥見知らずと定むる事も、偏執の義也」。なお「顕宗」については注（22）参照。

（5）『袋草紙』日本歌学大系第二巻三八頁。

（6）定家の影響下にあった順徳院も次のように言う。「歌をよむことは心のおこるところなり。更に人の教へによらず。されば父堪能なりといへども、子必ずしもその心をつがず。師匠風骨あれども、弟子又その体をうつすことなし」（八雲御抄）

（7）『毎月抄』に秀歌例がないのは、先に『定家十体』を送付済みであるためだろう。

（8）リファテール『文体論序説』福井芳男他訳、朝日出版社、五六頁。

（9）当時、万葉集の詞は、まだ詩的言語として洗練されていないと考えられていた。「上古の歌は、わざと姿を飾り、詞を磨かむとせざれども、世もあがり、人の心もすなほにして、たゞ詞にまかせて言ひ出せども…」『古来風体抄』「万葉の比までは、懇なる心ざしを述ぶるばかりにて、あながちに姿、詞をば選ばざりけるにや、と見えたり」『無名抄』
また同時に、時代によって詩的言語自体にも変化があることも意識されていた。「この集（万葉集）の頃までは、歌の詞に人の常によめることゞもを、時代の移り変るまゝには、よまずなりにたる詞どものあまたあるなるべし。もろこしにも、『文体三たびあらたまる』など申たるやうに、この歌の姿詞も、時代の隔たるに従ひて変りまかるなり」『古来風体抄』

「哥の習ひ、世に随ひて用ゐる姿あり、賞する詞あり。しかれば、古集の哥とて皆めでたしと思すべからず。これは古集の哥を軽しむるにはあらず。時の風の異なる故なり」『無名抄』

定家自身は、『詠歌大概』で三代集を基準とする。

「詞不レ可レ出二三代集一先達之所レ用新古今古人歌同可レ用レ之」

ただし、『毎月抄』では「すべて詞に、あしきもなくよろしきも有るべからず。たゞつゞけがらにて、哥詞の勝劣侍るべし」という立場をとり、万葉風の歌も初心者に禁じるだけである。とはいえ、詩的言語とそうでない詞の区別ははっきりとあった。

「すべてよむまじき姿詞といふは、あまりに俗にちかく、又おそろしげなるたぐひを申し侍るべし」

「稽古の後」万葉風をよむ際にも、この禁を犯すことは許されないのである。

(10)「本歌をとる事万葉の歌を古今にもとりて侍れども、むかしはまれに見ゆ。正治建仁の比よりさかりになれり」『愚問賢注』

石田吉貞によれば、かつては「古歌を取ることは、一般に不可として居り、それを詠歌の方法として是認してゐるのは、ほぼ俊成からである。(中略)それが画期的に盛になったのは正治の頃からで、その中心となったのは定家である」という。(『藤原定家の研究』文雅堂銀行研究社、五九二頁)

(11) 現代の修辞学でいう「距たりécart」にあたろう。

(12)「たとへば、『いその神ふるきみやこ』『郭公なくやさ月』『ひさかたのあまのかぐ山』『たまぼこのみちゆき人』など申すことは、いくたびもこれをよまでは歌いでくべからず」『近代秀歌』

「あし引の山ほとゝぎす　みよし野の芳野の山　久かたの月のかつら　郭公なくやさ月　玉ぼこの道ゆ

き人如レ此事全雖二何度一不レ憚レ之」『詠歌大概』

(13)『年の内に春はきにけり』『そでひぢてむすびし水』『月やあらぬ春やむかしの』『さくらちるこのしたかぜ』などはよむべからずとぞをしへ侍りし」『近代秀歌』

「としのうちに春はきにけり　月やあらぬ春やむかし　さくらちる木のした風　ほの〴〵とあかしの浦　如レ此類雖二二句一更不レ可レ詠レ之」『詠歌大概』

(14)「今の世に、かたをならぶるともがら、たとへば世になくとも、きのふけふといふばかりいできたるうたは、ひと句もその人のよみたりしと見えんことを、かならずさらまほしく思ふたまへ侍るなり」『近代秀歌』

「近代之人所二詠出一之心詞雖レ為二一句一謹可レ除二棄之一七八十年以来之人哥所二詠出一之詞努々不レ可レ取二用之一」『詠歌大概』

(15)「花月百首」建久元年定家二九歳。いわゆる「新儀非拠達磨歌」の時代であり、本歌取りはまだ多くなかった。なお「風ふけて」の一句は『無名抄』にも幽玄体の「珍しくよめる」詞の例に引かれている。

(16)「道助法親王家五十首」建保六年定家五七歳。後期の円熟期に当たる。

(17)久保田淳『新古今歌人の研究』東京大学出版会、五〇七頁

(18)「見わたせば…」の歌については、浅沼圭司も次のように言う。

「その不在が驚きをもって確認されたのは、具体的な花や紅葉では無論なく、花や紅葉のイマージュなのでもなく、これらの歌語によって代表的に示される歌語の体系、歌の世界、さらには美の理念ではなかっただろうか。」(『映ろひと戯れ』小沢書店、二六頁)

(19)後鳥羽院はその理由を、「案内も知らぬ者などは、かやうの哥をば何とも心得ぬ」ためであるとしている。しかし我々は、院の考えた因果関係の正否は棚上げし、院が認めた二つの事実、定家の歌は素人には理解されていないという事と、人口に膾炙していないという事に注目したい。

(20) 厳密に言えば、歌林苑派の長明は、反幽玄派に属するであろう。しかし長明は、一方に立って六条家又は御子左家と戦うことをせず、両者ともに良いものは良いという、第三者的立場を守る。
(21) 以下本章の引用は、全て『無名抄』による。
(22) 『定家十体』(真偽両説あり)においても『毎月抄』(ほぼ定家作と認められている)においても、「幽玄体」は十の歌体の一つであって、新風とは何の関りもない。『近代秀歌』では、貫之の詠まなかった「余情妖艶の体」を復興したのが『いまの世』のうたであるとするから、自身の歌風については、この言い方が最もよく特質を表していると考えていたのだろう。また、新風を「密宗」と呼んだ用例はないが、対立する歌風を「顕宗」と呼ぶ用例はある。ここから久保田淳は次のように推定している。
「旧派は新風和歌の晦渋さを、しばしば『達磨に霞む』と言って非難したのではなかったか。(中略)そして、達磨と罵られた新風作者の側には、良経の作に見られるように、向うが達磨と渾名するなら、いっそこちらから密宗と名乗って出ようという気持が働いたのではないか。そして、旧派を呼ぶに、その対立概念である『顕宗』という語を以てしたのではないであろうか。」(『新古今歌人の研究』七六四〜五頁)
(23) 定家自身も『拾遺愚草』員外に言う。
「自二文治建久一以来、称《シ》二新儀非拠達磨歌《ト》一、天下貴賤《ニ》被レ悪《セ》、已《ニ》欲《ス》二弃置《テカレント》一」
(24) 正徹は「幽玄体」の説明に、『無名抄』のこの部分を引いている。つまり、定家の「妖艶」と長明の「幽玄」を同じものと考えているのである。
(25) 以下本章の引用は、註記のない限り、全て『毎月抄』による。
(26) 現在伝わる『定家十体』と『毎月抄』とが共に定家の真作とした場合、有心体の概念に距りがあることは、石田吉貞の指摘する通りである(石田はこれを、「定家の歌論意識の変遷」と見ている。『藤原定家の研究』参照)。『定家十体』において「有心体」は、ただ胸中の吐露という程の意味で用いられていたのではあるまいか。この時「有心体」は、十体の中で特別の地位を占めない。『毎月抄』に至って定家は自分の理想とする歌のあり方に「有心体」の名を冠し、十体の中で特別な地位を与える。定家の歌風について、一般に前期は「妖艶」後期は「有心」を特徴とすると言われているが、これは、自己の新風を「余情妖艶体」という形式として旧風と区別した前期から、自己の目標を「有心体」という内容の深さにおいた後期という展開に対応していると考えることはできないだろうか。

(27)『兼載雑談』に「慈鎮、西行などは歌よみ、其の外の人はうた作りなりと定家の被」書たる物にあり」というのは、これと関係があるか。なお、『井蛙抄』にも、慈鎮、俊成はうたよみだが「定家などは智恵の力をもてつくる歌作なり」と書いた定家の手紙があるという。文脈から見れば、「歌よみ」こそ本物の歌人という自己批判だが、慈鎮宛の手紙だけに、定家の自己卑下が社交辞令であることも考慮しなければならず、額面通りに受取るわけにもゆかない。

(28)『為兼卿和歌抄』にも、定家の言葉として、同趣旨の記述がある。

「上陽人をも題にて、詩をもつくり、哥をもよまば（中略）心に入れて、さはありつらむと思ひやりてよめるは、あはれもまさり、古哥の体にも似る也。猶深くなりては、やがて上陽人になりたる心地して（中略）能々《よく》なりかへりてみて、其の心よりよまん哥こそ、あはれも深く通り、（中略）されば恋の哥をば、ひきかづきて人の心に代りても、泣く〳〵その心を思ひやりてよみけるとぞ」

「猶深くなりては」という一句に注目すれば、単に「思ひやりて」詠むことと、「上陽人になりたる心地」で「其の心より」詠むこととには区別がある。前者では、詠んでいるのは、上陽人を思いやっている定家の心だが、後者では、いわば定家に降霊した上陽人の心である。（ここでいう「古哥の体」とは、おそらく『近代秀歌』にいう、「寛平以往」の「余情妖艶の体」であろう）。なお、「なりかへり」を中心とする為兼歌論については、拙著『縁の美学』（勁草書房）を参照されたい。

(29) 西行のように、世界をはじめから仮構としか見ない「出世間」の人にとっては、二つの世界の区別がない以上、また「歌人の心」と「作者の心」との区別がないかもしれない。

(30) 「上手のわざとこゝまでと、詞をいひさす哥侍る也。あきらかならずおぼめかしてよむ事、これ已達の手がらにて侍るべし」『毎月抄』

(31) ただし、定家にとってこの「心」は、「寛平以往の歌」に見られる「余情妖艶の体」を産み出した「心」であり、貫之以後絶えていたのを自分らが復活させたものであった。『近代秀歌』の前半は、定家らの新風が決して「歌の道」の伝統に背くものではなく、「花山僧正、在原中将、素性、小町がのちたえたるうたのさま」の復活であることの主張にあてられている。

(32) 定家は、実話をそのまま詠んだ歌に対し、これに批評を加えたり、価値判断をしたりすることを拒否した。『宮河歌合』の三二番は、ただ次のように記す。

「左右ともに為二旧日之往事一。故不二加判一」

(33) 定家が末法思想や百王説などを信じていたことについては、石田吉貞『藤原定家の研究』第一篇第三章に詳しい。

Ⅳ

不思議界の陀羅尼

捨てはてて身は無きものと思へども、
雪の降る日は寒くこそあれ、花の降る
日は浮かれこそすれ　　　　――芭蕉

「あはれ」と「艶」——心敬 I

序

連歌は、歌（短歌）をもととして発展したものである。従って、歌の道の遺産をそのまま継承している。出来上った作品を見れば、題材、用語、技法、そして何よりも美意識において、歌と区別をつけることができない。しかし制作者にとって、この二つには大きな違いがあった。

歌は三十一文字で一個の作品として完結し、その全てを一人の作者が制作する。連歌は、一首の半ばを前句として与えられ、作者はこれに制約される。さらに、連歌は五十韻なり百韻なりの全体でまた一個の作品となるため、各々の句は、その一部として負うべき諸制約がある（連歌の式目、即ち諸規則は煩瑣にして量厖大である(1)）。かくして連歌の作者は、その着想、用語、構成など、要するに、心・詞・姿の全てにわたって大きな制約を受ける。言葉によって一つの世界を創造するという視点から見る時、歌の自由に対し、連歌の制約は殆ど致命的とさえ言える。晩年の定家が連歌を好みながらもこれを一切家集に収めなかったのは、連歌を歌と並ぶ自己の作品とはみなさなかったためであろう。連歌は、あくまでも座興の域を出なかったのである(2)。

では、なぜ建武以後、連歌は「京鎌倉ヲコキマゼテ、一座ソロハヌエセ連歌、在々所々の歌連歌、点者ニナラヌ人ゾナキ」（二条河原落書）とまで云われるほどの大流行をみたのか。まさにこの座興、即ち社交的性格の故であった。二条良基は、連歌を歌と区別して「当座の興」(3)と断定し、これを一種のパフォーマンス芸術とみなしている。連歌の成功失敗は、句の良否よりも、まず興趣ある座の成立いかんに関る。この時、終演後に残った百韻の歌巻は、作品というよりも、むしろその形見にすぎない。

このように考えてくれば、制作時における連歌の制約は、座の全員が共通の問題を共通のルールで考えるための必須要件に転換する。そして一句の価値は、その場の同席者の期待との相関によって測られる。前句に対し、座の全員が、次の句のいかにあるべきかについて思いをめぐらす、その期待にどの程度応えているか、またそれをどの程度超えているか。かくして、句の付合の離れ技を演ずるために作者は工夫を凝しはじめた。連歌は、詞の多義性（掛詞）と相関性（縁語）を駆使して形を整えるゲームとなった。つまり、前句に対し、いかなる詞を用うべきかをまず案じ、次にこれを用いていかなる内容（心）を詠みうるかを考えるのが、一句を仕立てる主な方法となった（たとえば、「小僧北野に詣ず」と言えば「大仏南都にあり」と即座に応ずる(4)ことのできる機智が、ここでは重要なのである）。これは、古今集以来、まず心を種として詞を詠み出すべしとされた歌(5)とは、全く逆の制作態度である(6)。やがて、歌と連歌の違いが強調されるに従い、ついには歌を学ぶことは連歌に有害であるとまで言われるに至った(7)。

このような当時の連歌観を強く批判し、歌と連歌とは一つの道であると主張したのが心敬であった(8)。では、その論拠は何か。心敬は、双方に十体の別があるとか、いずれも疎句に秀句が多いなど、歌と連歌の共通点を指摘する。しかしこれは、心・詞・姿にわたって連歌が歌の遺産を引継いでいるためであって、当然のことである。問題はそれらの用い方であって、その際の制約は既に見たように歌と同じではない。つまり、心・詞・姿という従来の歌論の枠内にとどまる限り、心敬は歌と連歌の同一性を証明することはできない。

ここで心敬は、心・詞・姿のさらに根底にあるものに注目し、これが一つであることによって、歌と連歌が同じ一つの道であることを言おうとした。即ち、作者の「胸の内」である。心敬にとって、「歌道」(心敬が「歌道」という時には歌・連歌の双方含む)とは、言葉の在り方に関る道であるよりも、まず「胸の内」の在り方に関る道であった。秀れた句とは「胸より出たる句」であり、何よりも大切な修業は、「胸の修業」である。

ここに、「歌よみ」と「歌作り」のちがいも生ずる。「歌作り」とは詞をもって操作的に歌をつくり上げる者であり、「歌よみ」とは胸の内から吐き出された言葉によって飾ることなく歌をよむ者である。この基準を用いれば、定家・家隆さえなお「歌作り」であり、慈鎮・西行こそが「歌よみ」であるという(9)(慈鎮・西行共に僧であるのは偶然ではあるまい)。そして西行が「不可説の上手」であるのは、彼の「世俗の凡情を離れたる胸の内」のためであるという(10)。

心敬にとって「歌道」とはまず「胸の内」の在り方に関る道であると先に述べたが、ここで次のように言換えてよいと思われる。心敬にとって「歌道」とは、まず「胸の内」が「世俗の凡情」を離れて、別の境地に至る道である、と。

では、その別の境地とはいかなるものか。心敬は、この道を歩む際の手だてを、繰返し「無常」という語を用いて説く。そのあらましを言えば、歌道を志す者は、まず世間の無常の、夢・幻の如きであることを深く心に感じとるべきであり、そのために胸の修業をすすめて艶なる心に達し、その境地から偽りなく胸の内を詠み出さねばならない、というのである。

この「無常」の強調という一事をとっても、心敬において歌道と仏道との距離の近いことが想像される。しかしここから先は、心敬のテキストの解釈を試みつつ、これを通じて、彼が何を問題とし、何を伝えようとしたのかを考えることにしよう。

1　幻の程のよしあし

『さゝめごと』は上下二巻に分れているが、はじめは上巻のみで完結したものであったと思われる(11)。その結び、即ち上巻の終章で、心敬は、自分がそれまで語ってきた歌道の意義について、根本的な疑問を投げかける。歌道とは、はかない人生のうちの、無意味な戯れにすぎない。このようなものにかかずらうことは、むしろ正しい生き方(仏道)の妨げになるのではないかと(これは、中世に流布した狂言綺語思想そのものである)。原文を引けば以下のようである。

「このさま〴〵の跡なし事も、朝の露・夕の雲の消えせぬ程のたはぶれ也。はかなきすさみなる哉。仏の御法をだに心にとめぬれば、凡に落ちぬる、と申すとかや。此の道を悟り知らむよりも、たゞいま当来すべき一大事因縁を尋ねあきらめ、ながく生死をこそ捨てたく侍れ。いたづら事に光陰を消ちて闇きに入り侍らむこと、八千度悔いてもあまりおほく侍るかな」

しかし、と心敬はつづける。仏教の基本的立場から見れば、一切の現象に価値の差別はない。仏道も歌道も所詮は変らぬ幻のいとなみ、良きものと悪しきものの区別にこだわるなら、それも又一つの迷いにすぎない。

「しかはあれど、猶深く思ひとき侍れば、いづれの法いかなる教へにも、ながく凡聖のへだて侍らず。さま〴〵の方便の門にまどひて、目前の十界をはなれて、三世にめぐると見る人こそおろかに侍れ。それも明らかなる眼よりは同一性なれば、あやまる道なかるべし。もとより太虚にひとしき胸の中なれば、いづれの道をもてあそび、いかなる法をつとめても、其の相とまるべきにあらず。三世に主なき萬法なり」

ここで心敬は、「諸行無常」(其の相とまるべきにあらず)・「諸法無我」(三世に主なき萬法なり)・「涅槃寂静」(太虚にひとしき胸の中)(12)の三法印を示し、仏教の見地に立つ(三法印は仏説の証。経論の中にこの三者が説かれていれば仏教に属し、無ければ仏教に非ずとされる。つまり仏教思想はこの三命題に集約されている)。この時、彼にとって立現れる全ての現象は価値を離れているはずである。少なくとも、是非善悪に関する日常的基準は意義を失い、従ってそれに基く判断は一切中止されているはずである。ところが、こうして一切の価値的差異を棚上げした心敬は、心に奇妙な疑問を懐くのである。

「たゞ幻の程のよしあしの理《ことはり》のみぞ、不思議のうへの不思議なる」

全てが幻であることを承知していながら、なお一つの「ことはり」があって「よしあし」の判断が生じるのはなぜか、心敬にもわからない。「よしあし」は歌論にしばしば用いられる語で、勿論歌の「よしあし」を指す。これを「見分け」ることは、昔から歌道の大事とされてきた(13)。心敬も「心ざし浅くさかひに入らぬ人」には歌のよしあしはわからないと考えている(14)。

従って、心敬において、歌のよしあしの判断は、二重の意味で一般の価値判断とは位相を異にする。第一に、仏教的な意味であらゆるものの幻にすぎぬことを前提としている。つまり、日常の価値判断がもはや機能しない場においてなされた判断である。第二に、「人の句をきゝしる」には修業工夫の上、「さかひ」に入らねばならない。つまり、この判断は、日常の世界で既に与えられていた基準によるものではない。

この価値判断は、芸術作品の価値判断なのだから、これを一種の美的判断と呼んでも差支えないであろう。そしてこのような美的判断の生ずる事態を、一種の美的体験とみなしても差支えないであろう。ここで「一種の」と言うのは、美的判断や美的体験が一般的にこのようなものであるかどうか疑わしいからである。この美的判断は、日常の判断を捨てて(出世間)なお可能な判断であり、かつ日常(世間・世俗)の心では不可能な判断である。この美的体験は、一切の価値の差別を超えた時、もう一つの価値の差別が現れるという体験である。この異様な事態を何と言えばよいのか。心敬は「不思議のうへの不思議」としか言うことができない。これを仏法からは何と解釈できるであろうか。心敬は解決を放棄して、先の文をこう続ける。

「それも天然法爾、あなむつかしの心づくしや。何事もさもあらばありなむ」

説明がつこうがつくまいが、美は今ここに紛れもなく現れている以上、ただそのような事実のあることを、そのまま受容れるほかはない、ということである。このような言い方は、心敬の知る限りでの仏教理論の中に、これを説明できる言葉のなかったことを示している。他の章段では絢爛たる（時には執拗な）博引旁証を説得の手法としている権大僧都心敬にしては、これは珍しい措置である。それだけに、この一文は心敬の本心の吐露と考えることができる。

従来の歌論の多くが、いかにして歌道を仏道の論理に組込むかに腐心してきた（つまり仏道をかりて歌道を権威づけようとしてきた）のに比べ、問題を投げ出したまま考察を放棄する心敬のこの態度は異様である。むろん心敬とて、他の場所では歌道の説明に仏道の言葉を、それも多量に用いている。ただ、終章にこのような形で語られたこと、つまり、従来の歌論の筆者たちに比べ仏教学に格段の知識をもつ心敬に至ってはじめて、歌における美的判断の特異性が自覚され、それが解釈不能な事態として語られたことが注目されるのである。そしてこの特異性こそが、心敬にとって歌道が特別の道たりうる根拠であった。

この一種の美的判断（又は美的体験）の何であるかについて心敬は解明を放棄しているが、それに至る過程ないし方法については、実は繰返し語っている。というより、それに至る道こそが、心敬の考える歌道なのである。そこで我々は、次にこの道の過程を取り上げて考えることにしよう。順を追って進んでゆけば、その終点に、もう一度この美的判断（又は美的体験）が姿を現すはずである。

その前に、まず心敬は「歌道」をいかなるものと考えていたか。曰く、

「御法の門に入りて心の源をあきらめむにも、此道をまなびて哀れふかきことを悟らんにも……」(さゝめごと上)

つまり、仏道は心源の究明を目的とし、歌道は「あはれ」を悟ることを目指す。また曰う、

「此の道は、無常述懐を心言葉のむねとして、あはれ深きことをいひかはし、いかなるえびす鬼のますら男の心をもやはらげ、はかなき世の中のことはりをもすゝめ侍るべきに」(同)

つまり、「あはれ深きこと」を言うのが、歌道の本来のいとなみである。

即ち、「歌道」は「あはれ」を知るための道であり、歌は「あはれ」の表現である。とすれば、我々が先に「一種の美的判断」(又は美的体験)と述べた、その「一種の美」を、心敬は「あはれ」と呼んでいたと考えてよいであろう。おそらくこの「あはれ」は悲哀や同情ではあるまい(勿論、楽しげに浮かれた気分ではありえないが)。それがいかなるものかはまだわからないが、とりあえず、一種の感動を指すと考えておこう(「あはれ」とは、もと心の衝撃を表す感動詞であった(15))。

かくして我々の課題は、次のように言換えられる。——「あはれ」を知るに至る道は、心敬によればどのようなものであったか。

しかし、問題が「よしあし」から「あはれ」に移れば、「あはれ」は歌の上のみにあるわけではないことを考慮しなければならない。歌に詠み出された「あはれ」は、もと作者の「胸の内」にあった「あはれ」であろう。とすれば、「あはれ」は作品の内だけでなく、作品の外の、我々が生きるこの世界(世俗、という意味ではない)にもある。ただ、その「あはれ」が見えてくるためには、「胸の修業」が必要であるとしても。

さて、この「あはれ」を知る過程が次章の主題となる。

2 無常とあはれ

「あはれ」を知る道のいかなるものかを考えるため、よい手がかりとなる一文がある。

「たま〳〵世俗をはなれ侍は、偏に心地修業の学問法文などこそ物うくとも、せめて、此道などに、心をものどめ、艶にして、無常をもすゝめ、一粒の涙をも落し、物のあはれをも知るべきに」（老のくりごと）

「心地修業の学問法文」とは、心の源を究明する仏教の学問修業である(16)。しかし、仏道は困難な道であって、鈍根の者には容易に至り難い（心敬の立場は自力行の仏教である(17)）。そこで、仏道の代役をある程度まで務めうる道として歌道がとり上げられている。問題は、どの程度まで、またどのような意味で、歌道が仏道の代替となりうるか、である。右の文から見る限り、「物のあはれ」を知る点に代替の意義がある。では、「物のあはれ」を知ることは、仏道にとって、いかなる意味をもつのか。いや先走ってはならない。我々の当面の課題は、「あはれ」を知るに至る過程の考察である。

右の一文に見る限り、その階梯はいかなるものか。

仏道にせよ歌道にせよ、まず「世俗をはなれ」ることが全ての前提である。しかし、出世間とは、世間の社交的生活から身を引くことだけを意味するのではない。何よりも、世間的な心を捨てることを意味する（生活の出世間は心の出世間のための一条件にすぎない）。世俗の生において、心は、様々の世間の約束事に縛られ、追い立てられている。そのような世俗からの心の脱出が、まず求められているのである。

「心をものどめ」すなわち、心をのどかにすることは、その時の心の解放状態を言うと考えられる。しかし、約束事からの解放と言っても、仏道の出世間を範にとる以上、それは生ぬるいものではありえない。従って、ここで言う「約束事」とは、単に日々の行為に関するものだけではなく、認識や判断に関る全ての約束事を意味する。良識とか常識と呼ばれているものはもちろん、通常真理と呼ばれているものの全て、さらには凡そ言語によって理解されている世界構造の全て、要するに日常我々が行使している物の見方、考え方の全体を指す。つまり、心を束縛する約束事とは、心の働きを妨げるものを言うのではなく、むしろ心の働き方の方式・枠組そのものを言うのである。かくして、各人が生れて以来（時代や地域による差はあれ）世間から習得してきた認識と判断のシステムを棚上げし、いわば白紙となった心の状態が「心をものどめ」という言葉の指す事態である(18)。

しかし、この白紙の心は、何も見ず、何も感じないというわけではない。むしろ、この解放された心は、外界の事象にも、内部に湧く思いにも、歪みなく反応するであろう。色眼鏡をとり去った眼には従来隠されていた色が新鮮な力をもって現れるように、このどこまでも柔らかな心には、あらゆるものの相がそのまま沁みこんでくるであろう。このような心の状態を、心敬の言う「艶」と考えてよいであろう（「艶」は、心のみならず外界の相にも用いられているが、いずれの場合も〈心に深く沁み入る〉という事態を言表するために用いられている)。

さて、心が「世俗をはなれ」、「のどめ」られ、「艶」となることによって、「あはれ」を知るための準備は整えられた。次に、「無常をすゝめ」るとは何か。これは、はかない事象に無常を感じることではない。無常観を深めることである。即ち、従来のものの見方に代えて、新たなものの見方を体得してゆくことを指している。この無常には二つの側面がある。一つは世間の無常、今一つは自己の無常である。「世間の無常変遷」は、平家の盛衰や桜の花に見られるような、あらゆる存在者の生滅変化の運命を指す。自己の無常とは「当来の一大事」、即ち死が常に限の前に待ち構えている事態を言う。とすれば、無常とは、まもなく無に帰る我が、末期《まつご》の眼を以て、万象の絶えざる変化の相を眺めているという有様を意味する。末期の眼にとっては、既に全てが夢のように思えるであろう。しかも常なる姿を持たぬ万象は、これまた幻と見えるであろう。こうして「無常を思ひしたゝめた」心には、一切が二重の意味で夢・幻と見えてくる。無常観とは、「世の中の幻のうちに去り来れる」と見ることである(ここから「我のみならず万象の上の来りし方去れる所」の究明が心敬にとって問題となるが、これは当面の我々の課題ではない)。

さて次に、この無常を観じる心が「一粒の涙」を落すという。これはいかなる涙か。心は既に世俗のしがらみを脱し、世の幻を思いしめている。とすれば、この涙は、無常故の衰亡(平家の没落や桜の散ることなど)を憐れみ悲しむためではない。無常観とは、そのような衰亡をも、又幻と見るものである。この涙は悲しみの涙ではない。では我々は、悲しみのほかに、どのような涙を落すであろうか。感動の涙、感涙というものがある。

しかし無常観を深め、世を夢幻と見る心が、涙を落すほどの感動を体験するとは、いかなる事態であろうか。少なくともそれは、世俗の内の心の動きとは性格を異にするであろう。

我々は、ここに一つの例を想像してみよう。

季節は秋。夏の充溢は過ぎて、自然は生命力を急速に衰えさせている。時は夕暮。世界は一日の営みを終えて動きを止めようとしている。水辺に立てば、冷気には既に生の気配がない。陽光はもう物の姿をはっきりと分節できず、事象は融けあって渾沌に帰ろうとしている。まもなく万物は闇と沈黙の中で一つになってしまうであろう。ここに一人の僧がいる。彼は何を感じているか。彼は既に世俗の心を捨てている。心に映る相は幻であり、色は即ち是空なりと観じている。そして再び物騒がしい煩悩の世界に帰らずにすむことを願っている。とすれば、彼にとって、空間と時間とが凝固してゆくようなこの静寂は、むしろ安らぎを与えるであろう。この時、心と世界の平安を破って、一羽の鳥が飛立つ。羽音に驚いて目を上げれば、まだほの明るい空に翔ける一つの影がくっきりと、ある。彼の心に波が立つ。この驚きはしかし、一種の感動を伴っている。彼は寂静を求めてここへ来た。彼の願いのままに全てが死にかけた世界に、突然躍り出た生命の輝きは、しかし、一切は空なりという命題の意味を疑わしめるほどの力をもっていた。存在が新たな力をもって蘇える。世界は既に寂静ではない。夕暮の微光のうちに無限の微妙な相貌が彼を取巻いている。

ではこの僧は感動と同時に煩悩の世界に帰ったのか。そうではない。彼の感動は、世俗における喜怒哀楽の情とは別のものであるからだ。彼は、世俗の心を捨ててもなお（いや捨てたが故に）、一種の感動の可能なことを知る。このような感動を何と呼べばよいのか。「あはれ」というほかはないであろう。もし彼が歌を詠もうとすれば、喜怒哀楽に動かされる世俗の心を捨てた後、なお存するこの「あはれ」という現象の不思議を主題とすることになろう。そして次のような歌が生れる。

心なき身にもあはれは知られけり鴫立つ沢の秋の夕暮

我々は、この時の西行が「一粒の涙」を落していたと想像することができる（「心なき身にもあはれは知られけり」と「幻の程のよしあしの理のみぞ不思議の上の不思議なる」とは、その契機が自然と歌というちがいはあれ、結局同じ事態を指している）。西行は、まさに「無常をすゝめ」、美の立現れる一瞬に「一粒の涙」を落し、「あはれ」を知ったのではないか。

だが、この肝心の転回点の一瞬に西行が体験したものを指す言葉を、我々はまだ持っていない。それは一種の美の立現れであり、一種の意味の誕生であり、一種の存在の蘇生であるが、このような不器用な言葉では、彼の見たものの性格をうまく言い当てることはできない。そこで我々は、芭蕉の見事な言葉を、とりあえず借用することにしよう。西行がこの瞬間に見たものは、「物の見えたる光(19)」である。この「物の見えたる光」に対する感動が「あはれ」である。従って「あはれ」を知るとは、「物の見えたる光」を経験することである(20)。

ここで「あはれ」を知るに至る過程をもう一度まとめておけば次のようになる。

まず歌道を志す者は、世俗を離れ、即ち日常の意識態度を捨てて、「心をのどめ」る。この心の解放状態は、しかし事象に対するしなやかな感受性を保っている。これが心の「艶」である。そして「艶」なる心とは、いつでも「あはれ」を感受できる心である。無常観を深めることは、世俗を離れてこの「艶」に達するために最もよい「胸の修業」である。この艶なる心に、一瞬「物の見えたる光」が立現れる。人は思わず「一粒の涙」を落し、この感動を「あはれ」と呼ぶ。彼は日常のくらしにおける喜怒哀楽を捨てて、はじめてこのような「あはれ」のあることを知る。

心敬は、西行が「不可説の上手」であるのは、その「世俗の凡情を離れた胸の内」の故であるとした。またその胸の内の吐出の故に「歌作り」ならぬ「歌よみ」であるとした。心敬にとって、西行は数少ない「あはれ」を知る歌人であったといえる。

このように考えてくると、「あはれ」は、仏道において到達すべきある境地に近いものではないかとの疑問が生ずる。『さゝめごと』は、西行の言として「歌道はひとへに禅定修行の道」との文を引いている。心敬は、これを文字通りに受けとっていたと思われる。

3　えんふかきことはり

「物の見えたる光」が立現れるのは短い時間である。では、その時間が過ぎると同時に、「あはれ」は失われてしまうのであろうか。心ずしもそうではあるまい。心敬が、ここで「物のあはれ」と言い、他では「世のあはれ」とも言っていることに注意しなければならない。ここに「あはれ」の一般化という問題がある。

なるほど「物の見えたる光」は一時的なものであるかもしれない。しかし、この時、世界はその全体の意味を変えてしまうのである。「あはれを知る」とは、一つの事象だけが「あはれ」に変貌することではない。同じ事象を見る眼が、それを「あはれ」なるものとして見る見方を手に入れることである。認識対象ではなく、認識形式の転換なのである。それ故、赤い色眼鏡を手に入れた者が、いつでも世界を赤みを帯びたものとして見ることができるように、一度「物のあはれ」を知った者は、見る物の全てに「あはれ」を見出すことが可能である。ただそれらの「あはれ」のうちに、とりわけ心に沁みる「あはれ深き」ものとそうでないものの差があるとしても（これはその時の事象と心的状態が「えん」であるかないかによる）。

こうして、一つ「あはれ」を知ることは、「物のあはれ」「世のあはれ」を知ることに他ならないであろう。この時、色眼鏡にあたるものは無常観である。即ち、「無常」観という世界の見方と、「あはれ」という世界の見え方と、「涙」という心の反応とは、切り離せない関係にある。涙の代りに言句を以て反応すれば、これは「無常述懐」の歌となるであろう。心敬にとって、歌の道とはそのようなものであった。

「此道は、無常述懐を心言葉のむねとして、あはれ深きことをいひかはし」（さゝめごと上）

もう一度繰返せば、この無常は、自己と世界と、両者の無常を指すものであった。そして「あはれ」とは、「物の見えたる光」に対する一種の感動ないし驚きであって、自身や他者の哀亡を悲しむことでも憐れむことでもなかった。たとえば、花は咲いて散る。咲くことが幸で散ることが不幸なのではない。咲き散るという生の全体の、この世界への出現が不思議なのである。自己は生れて死ぬ。生れたことが幸で死ぬことが不幸なのではない。生死というこの在りようの全体が不思議なのである。とすれば、咲き散る花にこの私が一喜一憂するのが「あはれ」ではない。そのような花の存在に、このような私の存在の向き合っていることとの不思議に対する嘆声が「あはれ」なのである。このような無常観に立つ「心」より生じた詞のみが、本当の「感情《かんせい》」（感動）を与えることができる。

「此世の無常変遷のことはり身にとをり、なにの上にも、忘さらん人の作ならては、まことには感情あるへからす、詞は心のつかひといへり、けにも、只今きえ侍らん此身の不思儀《ママ》をわすれて、有相道理の上のみの作にては、ひとり結構なることはりならすや」（岩橋下）

「有相道理」とは、現象の表面だけを捉えて十分合理的と満足している態度、つまり我々の日常的な世界観を指す。胸の内がそのような世俗の水準にとどまっているうちは、決して「感情」ある歌は生れない、つまり「あはれ深き」言葉で人の心をうつことはできず、自己満足に終るのみである。これは「艶」なる歌の反対である。

「あはれ」が心に深く沁み入って、一種の意味充実感が生じることを、心敬は「艶」という言葉で表した。心をのどめ、「あはれ」に対して開かれている状態が「心の艶」であり、「あはれ」が感得されやすい事象の状態が艶なる「さま」(21)であり、実はこの「あはれ」がよく見れば万象全てに現れているという真理が「えんふかきことはり」であり、人の心に沁み入ってこの「あはれ」を感得させる歌や句が「艶なる歌」「艶なる句」である。そうであるとすれば、歌道とは、詮ずる所、「艶」を学ぶ道である。

「この道に入らむともがらは、先づ艶をむねと修業すべき事といへり」（さゝめごと下）

歌道に入ろうとする者は、「心の艶」を修業して「えんふかきことはり」を知り、艶なるさまを詠んで、「艶なる歌」「艶なる句」を作らねばならぬ。言換えれば、「胸の内」を修業して「無常のことはり」から「世のあはれ」を知り、「一粒の涙」を催させる「あはれ深きこと」を詠んで「いかなるえびす鬼のますら男の心をもやはらげ」る歌をつくらねばならぬ（心敬が生きた時代は、既に戦乱の世、即ちますら男が歴史の主人公たる時代であった）。

こうして歌は、「有相道理」の世間を生きる人々に、「あはれ」を媒介として「えんふかきことはり」を教えるものである。もちろんそれは「おぼろげにては」理解できるものではないが、歌の道を歩めば、やがて悟ることができるであろう。「えんふかきことはり」は月・花の上にのみあるものではないから、月・花によって「あはれ」を知った者は、次は万象の上に同じ「あはれ」のあることを見るであろう。また、月花ばかりでなく、折節の自然の全てが、道を求める心に対しては、「あはれ」を知る契機となりえるであろう。

「たゝ哥は、節物の雲風草木にむかひ、眼前の心をうこかさは、かならす道にいたるへし」

（所々返答）

逆に言えば、この「えんふかきことはり」を悟る殆ど唯一の手段が歌であり、これを学ばなければ、人は「有相道理」の世界観の中に生きて、もう一つの世界を知ることなく終るであろう。

「此道にうとき人は、四のときのうつりゆき、万堺の上に、色々さま〴〵のえんふかきことはりをもしらす、た丶壁にむかひて甕をかふりて、一生をくれりなといへり」(岩橋下)

心敬にとって、歌の表す世界は、世間の現実に対する虚構の世界ではない。むしろ、「有相道理」の世界こそ虚構であり(世間虚仮)、この「えんふかきことはり」の世界こそ真実であった。では、さらに一歩進んで、この世界を虚仮に対する実相と言ってよいであろうか。ここで我々は、先の課題に立戻らねばならない。仏道の代替として取上られた歌道は、いかなる意味でその代替となりうるのか。

歌が問題となった出発点を振返ると、諸行無常・諸法無我・涅槃寂静の三法印であった。三法印とは、仏教の教説であることの証である。天台三大部の一つ『法華玄義』にも、次のように云う。

「諸小乗経。若有二無常無我涅槃三印印之。即是仏説。修レ之得レ道。無二三法印一即是魔説」

そして心敬は、この三法印実現のあとになお現れる「不思議」として歌の「よしあし」という現象を提示した。この「よしあし」は「あはれ」の有無に基くものであり、「あはれ」は万象の「えんふかきことはり」による。従って、我々が当面している問題を言換えれば、次のようになる。――諸行無常・諸法無我を観じた太虚の如き寂静なる精神に対して、なお立現れる「えんふかきことはり」とは、仏教の立場から見て、何を意味するのか。

ここで、先の『法華玄義』の引用文を見よう。三法印とは、実は小乗仏教のしるしである。大乗仏教のしるしではない。そしてこの文の続きは以下のようである。

「大乗経但有二一法印一。謂諸法実相名二了義経一。能得二大道一。若無二実相印一是魔所説」

世の無常であることを知り、それらを夢幻（無我）と観ずるだけでは、小乗の境位にとどまる。無常無我の万象がそのまま「実相」として立現れてこなければ、大乗の仏道（大道）は完了しない。とすれば、「えんふかきことはり」と「諸法実相」とは、形式上同じ位置にある。そして、ここまでくれば、両者は同じものであると考えて差支えないと思われる(22)。

しかし、それならばなぜ、無常を観じた後に現れてくるものを心敬は「幻の程のよしあしの理のみぞ、不思議のうへの不思議なる」と言って、はっきり「実相」であることを言わなかったのか。『さゝめごと』終章の主題は「歌」という人のわざ（作品）に関するものであって、万象のあはれについてではないからである。万象の「えんふかきことはり」が実相であるとしても、それを言葉に表した歌は、また別のものである。そしてそもそも、実相は言語化不能（言語道断、不立文字）であるというのが仏教の立場である。詩歌が実相を表しうるという教説は、仏典にはない(23)。むしろ、詩歌は仏道を妨げる「狂言綺語」であるというのが、当時一般の思想であった。それゆえ、仏教者として、仏教の立場から（ということは、伝統的経論を典拠とする限りではということであるが）歌道を語ろうとしたこの終章に於ては、心敬は歌が実相と関ることを断定することができない。ただ、人が実相を見るべき段階で歌のよしあしを見分けることができるという事実を、論証不能ながらも、「それも天然法爾……何事もさもあらばありなむ」と述懐しうるのみである。心敬は、自身の経験の事実報告によって、論理に代えたのである（しかし、仏教に多少知識のある者が読めば、暗に「実相」を指していることはわかるとの期待はあったかもしれない。たとえば心敬はわざわざ「不思議のうへの不思議」と繰返す。人は、真如実相の法界の別名が「不思議界」であることを思い出すであろう)。

一般の言語では実相それ自体を語りえないというのが仏教の立場であるが、ただ密教において、真言(陀羅尼)は真如実相を表す記号であるとされている。ただしこれは一種の呪文であって、我々に理解可能な言葉ではなく、通常言語を素材とする詩歌と同一視されることはない。しかし、歌道の側からは、歌こそ実相を表す言葉であるとの意見が現れても不思議はない。『さゝめごと』は経信の言として、次のように伝えている。

「真如実相の理、三十一文字におさまれり」

もちろん経信は歌人であって高僧ではないから、仏教者としては、この言葉の権威に頼ることはできない。だがおそらくは無住の『沙石集』を念頭に、心敬は自明のことのように断定する。

「本より歌道は吾が国の陀羅尼なり」(さゝめごと下)

(1) 連歌は想の展開を楽しむため、同字・同意・同事の重複を嫌う。ここに、何をどの程度禁ずるかの規定が必要となる。その大筋は次のようである。まず、句材を光物(日・月など)・山類(岡・滝など)・恋・無常等に分類し、さらにこれを体(本体的・固定的なもの)と用(付随的・作用的なもの)に分類する(例えば、岡は山類の体、滝は用、床は居所の体、庭は用)。そしてこれらの語句が、何句以上の間隔で用いることを許されるか(例えば、光物は三句を隔てる)、又は百韻の内で何度まで用い得るか(花は三句まで、山は数度用いるも可）等が定められる。この種の規則は、実地に問題が生ずるごとに新たな規定が付加されるのが常であり、ついには専門の連歌師も暗記困難なほどになった。山田孝雄・星加宗一共編の『連歌法式綱要』は元禄十一年刊の『産衣』を改修したものであるが、小西甚一によれば、その量は概算三十四万字にのぼる（『宗祇』筑摩書房）。

（2）『明月記』等から、新古今の有力歌人たちが数多くの連歌を詠んだことは確実であるが、それがどのようなものであったかは菟玖波集に収められた断片から推測する他はなく、百韻のまとまった形では今日に伝わっていない。これは、歌については私家集を編んだ歌人たちも、連歌作品の伝承保存には熱心でなかったことを示している。なお、定家の頃の連歌規則は後代ほど複雑ではなかったと思われるが、賦物（鳥魚・国名など、句に詠みこむべきもの）が課されていたため、制約はむしろ大きかったといえる。

（3）「凡そ連歌は此の比の姿は本にてあるべきなり。（中略）この比のやうに、心をまはし詞をみがきて、当座の興を催すやうなる事は、翁いまだ聞き侍らざりき」『筑波問答』

「たとへば田楽・猿楽のごとし。連歌も一座の興たるあひだ、只当座の面白きを上手とは申すべし」『十問最秘抄』

「歌の道は秘事口伝もあるらん。連歌は本より古の模様さだまれる事なければ、たゞ当座の感を催さんぞ興はあるべき」『筑波問答』

（4）「前句の寄様《よりざま》」の例として『さゝめごと』に引かれたもの。

（5）「やまとうたは、人の心を種として、よろづの言《こと》の葉とぞなれりける」『古今集』仮名序

（6）「古人の句は、言葉姿をばかたはらになして、心を深く付くると見え侍り。（中略）近比はたゞ言葉どもを取り分けて付けたるのみなり」『さゝめごと上』

（7）「かたつ山里などに連歌を好む人、歌を嫌ふあり。『歌をよめば此の道損じ侍る』などと申す。如何」『さゝ

めごと上』

心敬は、否定すべき意見を、田舎・山里の人の説として引く。従ってここで「山里」の人というのは、連歌のあるべきようを知らぬ人という程の意であって、文字通り山里に住む人ではない。『さゝめごと』で執拗な程に、歌・連歌を別の道とする説に反駁を加えている所から見て、むしろ右の意見は当時一般に流布していたものと思われる。

(8) 註7に引用した問に対する答として、

「露ばかりも隔てなき道なるべし。近来ひとへに歌の心をうかゞひ知らぬ人の、二つの道に思ひ分けたるより、連歌の眼は失せて、ただふつゝかに並べおきたる物に成り行き侍り」『さゝめごと上』

「連歌と歌、各別の道に取りをける、つたなきことの最一なるか」『老のくりごと』

(9) 「定家・家隆をさへ猶歌作りと仰せ給ひしとなり。慈鎮・西行をこそ歌よみとは仰せられしか」『さゝめごと下』

これは定家の書簡を念頭に置いたものであろう。心敬の弟子兼載は、おそらく心敬から伝え聞いたのであろうが、次のように語っている。

「慈鎮、西行などは歌よみ、其の外の人はうた作りなりと定家の被レ書たる物にあり」『兼載雑談』

しかし定家書簡に西行の名はなかったようである。心敬が依拠したと思われる頓阿の『井蛙抄』では次のようになっている。

「京極中納言入道殿被レ進二慈鎮和尚一消息云、御詠又は亡父歌などこそうるはしきうたよみの歌にては候へ。定家などは智恵の力もてつくる歌作なり」

俊成を西行に差替えたのが心敬自身であるか否かはわからない。しかし、慈鎮・西行こそ歌よみと心敬が考えていたことは信じてよいであろう。

(10)「西行上人を、もろ〳〵の明聖に越えて不可説々々の上手、例の人丸の再誕とのみ勅定ありしも、たとへば、世俗の凡情を離れたる胸の内を仰侍なるべし」『老のくりごと』

(11)『さゝめごと』の諸本には、版本系と類従本系の二系統がある。木藤才蔵は、前者を草案本、後者をその改編本とし、草案本は初め上巻のみで完結していたとする（『校注さゝめごと』六三書院・日本古典文学大系『連歌論集俳論集』解説）。湯浅清は後者が心敬の原型に近く、前者は宗祇による改編とする（『心敬の研究』風間書房）。ここでは木藤説に従う。なお本稿の『さゝめごと』の引用は、木藤才蔵校注の日本古典文学大系本による。これは草案本である。

(12)涅槃は太虚の寂静に喩えられる。
「広大空寂名曰二虚空一。涅槃空寂復如レ是」『宝積経』
「灰レ身滅レ智趣二其涅槃一。如二大虚空湛然常寂一」『菩提心論』

(13)一七五頁注（3）参照。

(14)「わか句を、面白つくることは、万人の上なり、道をしり侍らんは、一人も、かたかるへく哉、けにも句は、わか心のまゝにつくれはよろしきも侍るへし、他人のむねのうちの、さらに格外ならん趣向を聞あきらめ侍らんはかたかるへし、（中略）されは人の句をきゝしるほとの好士は、世々其名かくれす、おほろけにはありかたき事也」『岩橋下』
「いづれの道も、心ざし浅くさかひに入らぬ人の、知るべきにあらず。不堪無智の輩も、親句・平懐体などはさもこそ侍らめ。けだかう幽遠の心をば、おぼろげの人の、悟り知るべきにや侍らざらむ」『さゝめごと上』

(15)岩波古語辞典によれば、あはれとは「感動詞アとハレの複合。はじめは、事柄を傍から見て讃嘆・喜びの気持を表わす際に発する声」と云う。日本国語大辞典では「うれしいにつけ、楽しいにつけ、悲しいにつけて、心の底から自然に出てくる感動のことば」とし、数種の語源説を紹介しているが、要するに、感動・感嘆・嘆息の声ということである。

(16)「三界唯心。心名為地」『心地観経』

『さゝめごと』にも「御法の門に入りて心の源を明らめむ」とあるように、全現象の生ずる地としての心の源を究明し、虚妄発生の根を断つことが解脱に通ずると考えられていた。

(17)「以覚心原故名究竟覚。不覚心原故非究竟覚」『大乗起信論』

著書から判断する限り、心敬の仏教は、天台・密教・禅を矛盾なきものと併せた伝統的日本天台である。但し、易行を認めないわけではなく、悲門(念仏)も智門(天台・禅)も、到達点は同じであるとしている。

(18)天台止観の「止」に当たる。

(19)「句作りに師の詞有り。物の見えたる光、いまだ心に消えざる中にいひとむべし。又趣向を句ぶりに振り出だすといふ事有り。是みな、その境に入って物のさめざるうちに取りてすがたを究むる教也」『三冊子』

(20)喜海の『栂尾明恵上人伝記』には、西行が明恵に語ったと称する歌論がある。もとより西行自身の言とは信じられないが、当時の西行解釈の一つとしては意義を認めてもよいであろう。そしてここで語られる西行の作歌態度は、我々の解釈に符合するものである。

「西行法師常に来て物語して云く『我歌を詠ば遥に尋常に異り、華郭公月雪都て万物の興に向ても、凡所有相皆是虚妄なる事眼に遮り耳に満り。又詠出す所の言句は皆是真言に非ずや。華を詠とも実に華と思事なく、月を詠ずれども実に月と思はず。只如﹂此して縁に随ひ興に随ひ詠置ところなり。紅虹たなびけば虚空色どれるに似たり。白日かゞやけば虚空明なるに似たり。然ども虚空は本明なる物にも非ず。又色どれる物にも非ず。我又虚空の如なる心の上にをいて、種々の風情を色どると云へども、更に蹤跡なし。此の歌即是如来の真の形体なり。去ば一首詠出ては一体の仏像を造る思をなし、一句を思詠ては秘密の真言を唱るに同じ。我此歌によりて法を得事あり。若こゝに至らずして妄りに人此道を学ばゞ邪路に入べし』と云々。さて詠ける、

山深くさこそ心はかよふともすまで哀はしらん物かは

喜海其座に在て聞及しまゝ注《ス》レ之《ヲ》」

西行は見る物凡てを虚妄とし、なおかつ花を詠み月を詠む。しかしこの花も月も、我々が日常言語で理解している月や花の観念とは別のものなのである。彼が詠むのは、出会い（縁）と感動（興）により流れ出る言句である。だがその言句が指しているのは、彼の前に立現れた、ある〈光〉（紅虹・白日）であって、万人共有の言葉が指しているような〈物〉ではない（〈光〉は虚空に現れる。〈物〉は実は存在しない）。従って彼は自分の歌を「真言」（真如実相を表す言葉）と呼ぶ他はない。つまり西行は、万人の見る月や花をではなく、「如来」として立現れた光（明にして色どれる虚空）を、月・花という語を用いて詠んでいるのである。

西行においては、歌の契機としての美的体験と、真如実相の体験とが同じものになっている。というより、彼は、歌道によって得たある体験を、仏道によって体得すべきもの（法）と同じと信じたのである。最後の歌は、新古今集にも収められた西行の真作であるが、これは西行の物語の要約として引かれたのであろう。そうであるとすれば、一首の意味は次のようになる。

歌の道は風雅であり、もののあはれの世界らしいと、人々は適当に推量しているが、実際に歌を学び、その境地に至ってみなければ、「あはれ」の深い意味はわかりはしない。

かくして、喜海の描く西行にとって、この「あはれ」はもはや現世のものではない。これを歌に詠めば、それは「真言」となる他ないようなものである。

(21)「艶なるさま」という用例が見当たらないので、艶なる「さま」と記した。但し、「さま」について「艶」と評した用例はある。

「七草などは、二葉三葉、雪間より求めえたるさまこそ艶に侍るに」『さ、めごと上』

(22)「あはれ」を知ることと実相を見ることとが同じものであるとすれば、これは天台止観の「観」にあたる（註18参照）。又これは喜海の伝える西行歌論とも通ずる（註20参照）。

(23) 一切の言説は勝義諦の立場から見れば同じ程度に真実である、との論はある。例えば法華経、法師功徳品に、

「諸所説法。随二其義趣一皆与二実相一不二相違背一若説二俗間経書。治世語言。資生業等一皆順二正法一」

俊成は『古来風体抄』に右の後半を引き、狂言綺語の批判に対し和歌を擁護している。しかしこの文は、あらゆる言説が同価値であることを説くものであるから、和歌否定論への反駁にはなっても、積極的に和歌の意義を主張する典拠とはならない。当然ながら、心敬はこれを採らない。

＊ 本章の『さゝめごと』の引用は日本古典文学大系に、『老のくりごと』は日本思想大系に拠り、他の心敬の著作は『心敬集論集』（吉昌社）に拠った。

冷えたる世界——心敬 II

序　花紅葉と氷

「氷ばかり艶なるはなし」(1)

心敬のこの一句は、中世の美意識を語る時、最もよく引かれる言葉の一つであろう。中世後期の芸術論にみられるある傾向を端的に象徴しているためである。古今集以来、美を代表する言葉は「花紅葉」であった。これに対し、「氷」を美の代表として選び直した、という点に、この心敬の一句の意義がある。中世後期とは、花紅葉の美を、決して否定するわけではなく十分に認めつつも、これに氷の美を対置し、しかも後者の優位を初めて公然と主張した時代であった。

この新しい美意識を表す言葉は数多い。言換えれば一定していない。「やせさむき」「ふけさえたる」「冷えやせたる」「しをれたる」等々。そのニュアンスは各々異なるが、これらを一貫するある美意識の傾向を、今日「冷え」と呼び慣している。「冷え」は、ある種の美的理念を表す語として取扱われている、と言ってよい。

ただし、中世当時の人々は、氷を典型とするこの美意識が新しいものであることを自覚してはいたが、これを「冷え」という一語に集約はしなかった。「冷え」の語は、数多くの類似の述語の中から、それらを包括的に表すのに最も適当なものとして、後代に採られたものである。「冷え」の主唱者とされる心敬においてさえ、「冷え」は必ずしも特別な言葉ではない。連歌論中でのその使用度数九回は、「寒き」の十回、「痩せ」の十一回と殆ど変らない(2)。また単独で用いられることは少なく、「冷え寒き」「冷え痩せたる」等のように、他の語を併せ用いることが多い。すなわち、「幽玄」や「艶」などとは異なり、まだ自立した用語としての地位を確立してはいなかったのである。

しかし論述の便のためには用語の設定が必要である。我々はこれを習慣に従い「冷え」と呼ぶことにしよう。「冷え」の美は、個々の現象の相貌に応じて「からびたる」「やせさむき」等々と述語づけられる。自然の事物としては「氷」をその典型とする。これに対し、「花紅葉」を典型とする従来の美意識の志向するものを、仮に「うつくし」と呼ぶことにしよう（これもただ当座の論述の便のためであって、中世当時「うつくし」の語が伝統的美的理念を指す用語として一般に用いられていたということではない。「うつくし」の語の採用は、心敬連歌論中に、「うつくし」と「からびたる」とを対置している個所のあるのに拠る(3)）。

「冷え」のいかなるものかは、「うつくし」と対比することによって了解しやすいであろう。「うつくし」は華麗優艶な花紅葉に代表される美であり、「冷え」は清澄凄冷な氷に代表される。「うつくし」が感性を直接刺戟する官能的な快であるとすれば、「冷え」は身の引締る緊張と、もの思いを招く感動である。前者が人の心を融かすような美であるとすれば、後者は人の心に沁みこむような美である。美である以上、共に日常の関心の世界の外へ人を連れ出すとしても、「うつくし」のもたらすものが、この世ならぬ世界へ誘いこまれるような一種の酩酊感であるとすれば、「冷え」のもたらすものは、突然ベールが取払われ、眼前に常にありながら見えていなかったこの世の真実が瞭然と立現れるような覚醒感である。

この「冷え」について語るのは、もちろん歌論だけではない。心敬以前に、既に世阿弥が「冷えたる曲」(4)を無上の能としている。茶の湯は、今日では「わび」がその理念ということになっているが、村田殊光の手紙には「冷え枯るゝ」(5)の語があり、武野紹鷗は「枯れかじけて寒かれ」(6)と教え、千利休の高弟山上宗二は利休の茶を「冬木也」(7)と評している。すなわち当時の茶の湯は「冷え」を目指していたと言いうる。また長谷川等伯は、梁楷《りょうかい》の農夫の絵を取上げ「ヒエタル体、スキナリ」(8)と評する。こうして、中世芸道の代表的分野である歌・能・茶・画に於て、いずれも「冷え」への志向を認めることができる。

そして、各分野の当時の論を見る時、「冷え」について二つの自覚が共通してあったと考えられる。一つは、これが従来の美意識に対する反逆であること、従って「冷え」の特質を明らかにするには「うつくし」と対置することが不可欠であるという自覚。これは「冷え」が多く「うつくし」との対比において語られていることからわかる。今一つは、この「冷え」が各分野に共通してあるという自覚。これは、自らの分野の「冷え」を説明するために、他の分野の「うつくし」と「冷え」の関係を引きあいに出すことからわかる。心敬は、絵画に喩えて、金箔と極彩色の濃《だみ》絵に対する墨絵をあげる(9)。能の金春禅鳳は茶の湯の道具に喩えて、金属製の唐物に対する無釉焼き締めの備前陶器をあげる(10)。さらに注目すべきは世阿弥で、芸道ならぬ自然を引き、「花」に対する「しをれたる」を言う(11)。

こうして「冷え」は、中世後期における芸術と自然と、両面にわたる美意識の反逆的定立であったと言えよう。しかし、中世人が、多くの美の中でその重点を「うつくし」から「冷え」に水平移動させたと見るのは、十分な説明とは言えないであろう。むしろ、彼らは新しい物の見方を創建したのであり、この視点に拠る以上、新しい美を唱えるほかはなかったと考えるべきではなかろうか。つまり、「うつくし」の価値が減じたのではなく（花紅葉の美は依然として認められている）、「冷え」が価値をもつ、別の世界の捉え方を中世は獲得したのである。

この間の事情を最もよく表すのが心敬の連歌論であると思われる。以下我々は、心敬の「冷え」に焦点を絞って、その考えの筋道を辿り、「冷え」が価値をもたざるを得ないような心敬の世界の捉え方を索るとともに、それが歌の姿の「冷え」といかに関るかを検討する。

1　心のあり方

日本の和歌史を通じて最も崇拝された歌人は藤原定家であろう。彼の歌は、中世近世を通じ、六百年余の間歌よみの手本とされた。その定家の歌の風体を、中世は「幽玄」と呼んだ。すなわち、中世の歌人にとって、「幽玄」とは理想の風体ということとほぼ同義であった。しかし、定家の歌のいかなる点に価値を見出すかは、人により異なる。ここに「幽玄」という語の意味が、人によって異なる理由がある。

定家の歌の特徴は二つある。歌を、その詞・心・姿の三方面から考えるという伝統的な分け方に従えば、一つは主に姿に関り、一つは心に関る。「心」とは、この場合、一首の歌の表す意味内容である。「姿」は、一首の外見上の印象をさす。すなわち、詞とその配列がもたらす、イメージや音の連なりに対する全体的印象である。従って、一面から見れば、姿の知覚は、既に漠然とではあれ心の把握をいく分かは伴っていると言える。しかし歌の心とは、印象の受容からさらに一歩進んで、読者自身が思いをめぐらすという能動的参与をまって、はじめて追体験されるものである。それ故、姿の知覚は誰しもほぼ似たようなものであるが、心の理解の深さは、読者自身の思いがどこまで深く至りうるかという能力と相関する（逆に言えば、余りに深い、又は世の常ならぬ心を詠む歌は、正しく理解されることが少い）。

さて、姿の面から見た定家の歌の特徴は、数多くの優美なイメージが一首の内に籠められていることにある。しかも、そのどれか一つを核として統合されるというよりも、各々のイメージが等価な重さをもったまま錯綜する。次々と重ね合される官能的なイメージに、読者は一種の酩酊感を覚える。多くの人が定家に見出した「幽玄」とは、これであった。

定家の歌の、心の特徴は、解決不能な悩みに囚われた詠み手の心が、どこまでも深く思い乱れることである。できるだけ深く内に沈むもの思いを詠もうとした定家にとって、明瞭な輪郭をもった感情や意思は、おそらく浅いものに見えたのであろう。真黒な絶望にも至らず、きっぱりとした判断にも至らず、抑えきれぬままにただ錯綜する心の混乱状態、当時の言葉を使えば「もみもみ」(12)とした、ないし「もふだる」心を定家は詠んだ。それは時には狂気にも近い心の働き方を、自らの内に喚び起こすことがある。正徹が、「寝覚などに定家の哥を思ひ出しぬれば、物狂ひになる心地し侍る也。もふだる体を読み侍る事、定家の哥程なる事は無き也」(13)というのは、このような定家の歌の特徴を示すものである。

こうして、姿と心と、二つの定家の歌の特徴に対応して、二つの「幽玄」説が成立つ。当時一般の幽玄説は、優美なイメージを一首の中につめこむ「姿」を言うものであった。しかし正徹の弟子であった心敬は、幽玄とは「心」の深さの問題であるという師の立場を継承する。心敬は言う。

「古人の幽玄体と取りおけるは、心を最用とせしにや。大やうの人の心得たるは、姿の優《やさ》ばみたる也。心の艶なるには入りがたき道なり」(14)(「優ばみたる」とは優美の意と解してよいであろう。厳密に言えば、優美らしく見せてはいるが実は優美に至らない、という皮肉なニュアンスを含むが、これは心敬のレトリックである)。

そもそも、心敬は歌の姿に「冷え」を願って「うつくし」(優美)を願わない。つまり歌の姿のあるべきさまについて、二つの考え方があったわけである。一つは当時一般の説であって、「うつくし」を志向し、一つは心敬らの「冷え」をめざすものである。前者は定家の歌の姿をまねるものであり、この姿の実現がすなわち「幽玄」の達成であると考える。後者もまた「幽玄」を願うことに変りはないが、定家の歌の姿を継がない。「幽玄」とは心の問題である以上、姿の「うつくし」はその必要条件ではないと考えるからである。すなわち、歌の姿は「冷え」ていても、心さえ「艶」であるならば、それは「幽玄」となりうる。

では、心敬と定家と、二人は歌の心について同じものを目指したのであろうか。歌の価値が「うつくし」き姿によってではなく、心の深さによって定まるとする点で、二人は通ずると言ってよい。しかし、詠まれた心の内容を見る時、定家の「もみもみ」とした心と心敬の「心の艶」とは同じものではない。後者はむしろ姿の「冷え」を伴わざるを得ないような心である。

定家の詠んだ心は、主として恋の思いであり、さもなければ、旅・老年・官位不遇などの嘆きである。悩みの種は世俗世界の中のものであり、殆ど誰にも覚えのある、少くとも想像のつくものであった（又、そうでなければ題詠はできない）。歌人にとって、問題は何を悩むかではなかった。題として与えられた悩みの種について、どこまで深くもの思うことができるか、であった。すなわち、「もみもみ」と心を揉むことである。

一方、心敬が主として詠むべきテーマと考えたのは、無常と述懐である。言うまでもなく、無常とは、物のありさまは絶えず変化し、今有る物もやがて無となるという、仏教思想における存在の理法を指す。述懐とは、兼載の『梅薫抄』に「うき世」、「世を捨る」、「命」、「身をいとふ」等が「述懐のことば」として挙げられている(15)ように、はかないこの世を生きる限りさけることのできぬ心の苦しみについて、心情を吐露することである。そして無常と述懐とを根底においてつなぐものは、正に自分自身が無常の存在であるという事実である。この見地に立てば、全ての無常の歌は同時に述懐とならざるを得ず、全ての述懐はまた無常を語らざるを得ない。実際、心敬が歌人の心構えとして繰返し説いたのは、自己の死を常に意識せよということであった。

明日にも死が訪れるかもしれぬ、と意識する時、人は世俗の欲に囚われることがなくなる。いや、万象と自己との無常を思い知るなら、「自己」というものへの執着（我執）からさえ解放されるかもしれない。この時、心は透明な、「清き」ものとなる。これが心の「艶」なる状態である(16)。

このような艶なる心がもの思う時、それはもはや定家のような、恋の思いに乱れる「もみもみとしたる」心ではありえない。人と自然と、一切の事象が「あはれ」なるものとして心に沁み入ってくるような、出世間者の感興である。思いの深さは、もはや悩みの深さではなく、無常観の深さであり、「あはれ」の深さでなければならない。

こうして、定家と心敬と、二人の思いは方向を異にしつつ、それぞれの極限を目指す。単純に図式化するなら、定家の「もみもみ」とした心は「物狂」を目指し、心敬の「艶」なる心は「悟り」を目指した、と言ってもよいであろう。

ここで叙景歌について考えてみなければならない。歌には、恋や無常など人の思いを直接に訴えるもののほか、四季の自然を主題とするものが伝統としてある。これらの歌における心とは何を意味するであろうか。実は、和歌において、もの思う心と四季の景物とは無関係ではない。恋人を憧れる心と月花の美を憧れる心とは同質のものであり、紅葉の色は恋ゆえの紅涙の色と同じとみなされてきた。この相関のゆえに、歌人は、自分の思いを花紅葉に託して歌うことができたのである。

では、万象を無常と見る心にとって、自然はいかなる思いを託すものとして立現れるであろうか。心敬に

雨に落ち風に散らずば花も見じ

という発句がある。この句を心敬は自註して言う。

「花はあだに散しほれ侍ればこそ、心なき世の無常をもすゝめ侍れ。もし散らぬものならばうたて侍るべし。」(17)

もはや心敬にとって、花は盛りを賞でるものでもなく、散る姿を惜しむものでもない。それは、世俗の生活に囚われて、自身の何であるかに鈍感になってしまった人間にも、ふと無常を感じさせるがゆえに意味をもつ。従って、花は散らねばならない。散って、我々にもの思わせねばならない。

しかし、自然が艶なる心の思いを託すべきものであるなら、それは必ずしも花紅葉を代表としないであろう。心敬はむしろ水、とりわけ氷や霜や露などこそ、人の心に沁み入るものであると考える。

「げにも、水程感情《かんせい》深く、清涼なる物なし。(中略)又氷ばかり艶なるはなし。刈田の原などの朝薄氷、ふりたる檜皮の軒などのつらら、枯野の草木などに露霜の氷りたる、風情面白くも艶にも侍らずや」(18)

花紅葉のように官能的な美しさによって人の心を乱す景物よりも、氷や霜のように「冷え寒き」景物こそ、世俗に囚われて生きる人の眼から、色欲すなわち利害関心といううろこを落し、ものの真実に目覚めるきっかけとなる、ということであろう、花紅葉も氷も、共に現世からの離脱を誘う美であるとしても、いわば前者は酔うことによって、後者は醒めることによって、それを行うのである。そしてこれは、定家のもみもみとした心が物狂へと至り、心敬の艶なる心が悟りへと至る、方向のちがいに対応していると言えるであろう。

2　詞の構成

心敬の弟子に宗祇がいる。弟子は師に自作の批評を乞う。

　山ふかみ木の下みちはかすかにて

という前句に、宗祇は

　松が枝おほふ苔のふるはし

と付けた。心敬は宗祇宛の手紙でこれを批判する。

「松が枝は、前句の木をあひしらひ給候歟。松が枝、こけなどをも打捨て給て、たゞ橋一すじにて、山ふかき木の下路はすごく侍べく哉」(19)

また、その直前にこうも言っている。

「拙者ごときの好士、一にて作たて侍へき句にかならず二三のものをとりこみぬる、病侍る歟。此所を、いかにもまもりて、たゝ物一色にてしたてたく哉」(20)

宗祇の句には、「松が枝」「苔」「古橋」、三つの句材が散りばめられている。心敬は、これを一つに制限せよ、その方が深山の「すごさ」が感じられる、と言うのである。しかしこのような批判は、おそらく宗祇の予期したものではなかったであろう。なぜなら、当時の連歌界では、むしろ、花紅葉に代表される伝統的な句材を、縁語などを利用して、数多く一首のうちにとりこむことが、「いろどり巧み」な歌として評価されていたからである。心敬の次の言葉は、宗祇さえも染っていた当時の風潮に対する批判である。

「優ばみたる句とまことに艶なる句と(中略)分別最用なるべし。心言葉すくなく寒くやせたる句のうちに秀逸はあるべしといへり。(中略)姿ふとりあたゝかなる句のうちには、ありがたく侍るべし」(21)

句材の数を絞り、寒くやせたる句でなければ、まことに艶なる句には成りがたい。姿太り暖かなる句は、優ばみたる句にしか成らない。秀逸の句を願うなら、言葉を絞るのと取りこむのと、二つの制作方法がもたらす違いをはっきりと認識しておかねばならない、ということである。要するに心敬は、二つの句作法を区別し、その一方に立って他方を非難しているのである。

しかもおそらくは、心敬の採らなかった方式こそが、むしろ当時の主流であった。

ここで我々は、心敬以前の歌論をも参照しつつ、歌ないし句を詞によって構成してゆく際の、二つの方式の違いを問題として取り上げることにしよう。先まわりして言えば、一つは心をもととするもの、今一つは詞をもととするものである。

通常我々が文を読んで何らかの心情を内に喚び起こすには三つの型がある。一つは記述された事柄について、ある感情的反応を示す場合であり、政治の不正を新聞で読んで義憤を感ずるなどがそうである。しかしこれは一般に、和歌や連歌のめざすものではない。我々は、一首又は一句の内に、あらかじめ封じこめられている「心」を理解（ないし解釈）しようとするものである。そしてこれに二つの型がある。一つは、それを制作した時の、作者の心を追体験しようとする場合である。この心は、実生活に基づくものであるか想像によるものであるかはともかく、制作時の作者の心中にあったものである。これを、作者の〈原体験としての心〉と言ってもいい。今一つは、作者の心と関りなく、詞自体の力によって、読者に喚び起こされる情感である。詞は一般に、歴史的社会的理由によって、既に何らかの情緒や雰囲気を身にまとっている。中でも歌語は、その伝統によって多くのイメージや情感を孕んでおり、その組合せは、和歌をよく知る者に対し、何らかの気分を生ぜずにはおかない。これを〈詞の含意する心〉と言ってもよい。

もちろん秀れた歌人は、この二つ、〈原体験としての心〉と〈詞の含意する心〉とを同時に考慮して歌を詠む。すなわち、自分の心を正確に読者の内に再現させるため、一つ一つの詞の重みを掌で測って、その組合せの効果を計算する。定家の言う「心を本として詞を取捨せよ」(22)とはそのような意味であり、このような作り方で詠まれた歌が「有心体」である。

しかし、詞の効果の計算に巧みであれば、それだけでも歌を作ることはできる。中世の歌論書『悦目抄』は次のように教える。

「歌をよまんには歌を先だつる事あるべからず。先づ題につきて縁の字をもとめよ。(中略)縁の字なくば、縁の詞を尋ねて置くべし。縁の字、詞を求めずして、歌を先だつる事は、材木なくして家をつくらんがごとしと云へり」(23)

「縁の字」とは今で言う掛詞、「縁の詞」とは縁語のことである。つまりこの教えは、歌を作る際は、一首全体の構想に先立ち、まず与えられた題の下で利用できる縁語や掛詞を捜し、これを一首の趣向の中心として全体を構成せよというものである。この時、歌の「心」は選ばれた縁語や掛詞で表しうる範囲内のものに限定される。この歌が一つの統一された「心」を得るとしても、それは作者の心中に抱く心を反映するためではない。作者が行うのは、一首の詞の細部を、その効果を測りつつ、さまざまに差し換え、試行錯誤によって最も効果の高い詞の組合せを発見することである。この時作者にまず求められるものは、何事かについて人よりも深く物思う能力ではなく、可能な詞の組合せの中で、何が最も深い心を表しうるかを判断する批評家の能力である。

こうして二つの異なる歌のつくり方がある。京極為兼の言葉を借りれば、一つは「心のままに詞の匂ひゆく」ものであり、今一つは「詞にて心をよまむとする」(24)ものである。又、為兼のもう一つの言い方を引けば、「その気味になりいりて成す」ものと「義にてなす」ものとである(24)(「義」とは詞のもつ意味を言う)。

為兼は定家にならい、「心」をもととする詠み方をよしとしたが、一般には、「詞」によって「心」を試行錯誤のうちに構築してゆくものが多かったと思われる。理由の一つは、定家の歌自身が詞の錯綜の美しさに依っていたために、模倣者らは、その底にある心よりも姿の特徴に注目し、詞の美しい錯綜が幽玄であると考えた、ということがある。また一つには、心の深さはしばしば他人に理解されないが、洗練された技巧は誰の目にも明らかであるため、歌会での作品評価が、詞の技巧を操る者に有利という傾向を生じたことがある。すなわち、「幽遠なる」歌は理解されず、「色どり巧み」な歌がもてはやされるというのが一般の状況であった(25)(さらに言えば、心の深さは学習によって容易に身につくものではないが、詞の操作技術は修業によって確実に上達する、ということもあろう。人は、できないことよりもできることに身を入れ易いものである)。

この二つの制作方式の違いは、そのまま連歌にもあてはまる。そしてこれは「付合」、すなわち前句に句を付ける付け方の違いとして論じられ、それぞれ「心付の句」「寄合の句」と呼ばれた(26)。心付の句とは、前句の条件の下で、まず表現すべき心を胸中に喚び起こし、この「心を本として詞を取捨」するものである。寄合の句とは、前句に花とあれば梅・桜、紅葉とあれば鹿・時雨など、縁語をまず設定し、これを中心として一句の趣向を仕立てるものである(27)。詞を本として句を構成しようとする寄合の句は、自然多くの詞を取りこんで、趣向の巧緻を誇る句となる。心敬は、これを「結構」(28)の句と呼ぶ。縁語による詞の結びつきなどを利用して、一句を建築のように組み上げた句、というほどの意味である。

心敬の立場は言うまでもないであろう。彼は語る。

「心付ならぬ句あるべからず」(29)

心付の句は、一つのイメージなり気分なりに収斂するよう詞が選ばれるものであるから、通常、縁語を頼らない。

「大かた秋といへる句に、雁、鹿、露などにて、心はより侍らねとも、付る好士おほく見え侍る歟、まことに心深くより侍る句は、縁語をはなれて、ひとへによせ侍るへく哉」(30)

さて、ここまでくれば、心敬が宗祇を批判した意味は明らかであろう。宗祇の句は「結構」の句であった。縁語と、詞の含意するものの組合せとによって一句を構築しようとする姿勢は、心の深さを求める作者のものではない。もし「山深き木の下路」の寂寥を確かに「心」として摑んでいれば、それはたとえば「古い橋」一つをイメージの中心として詞が選ばれてゆく筈である。

心敬の批判は、句材が多いという結果に対してではなく、詞によって句を「結構」しようとする方法に対してであった。それゆえ、もし、一つの「心」を表すための必然として松や苔が詠みこまれたのであれば、心敬はこれを咎めなかったと思われる。心敬自身の句、また心敬が賞讃する古人の句は、必ずしも句材一つのみで作られてはいないからである(しかし句材を一つに制限せよという指示は、極めて有効であると思われる。句材が一つしかない時、第一に「結構」の句作を諦めねばならないからであり、第二に「心」を詠もうとしない限り一句の全体を統一するのは難しいからである)。

要するに心敬の句作法は、「詞」を先立てるものではなく、「心」を先立てて詞を選ぶものであった。そして、心付の句は、一つのものに思いを深めるがゆえに、自ずと句材の数は膨らまず、「言葉少く」「やせた」姿の句となるであろう。

3　世界の見え方

ところで、「山深き木の下路」という題材に或る「心」を生ずるためには、回想の裡であれ想像の裡であれ、「山深き木の下路」が心を動かすに足る何らかの意味をもって立現れてこなければならないであろう。例えば、心中に「山深き木の下路」のイメージが一種凄艶なる気味を帯びて立現れ、作者の心が自らこれに戦慄する、というように。この時、作者の内に喚び起こされた「心」は、彼自身が「山深き木の下路」をどのような構えで喚び起こしたかを反映している。言換えれば、作者がある題材にどのような「心」を着想するかは、彼がどのような世界観の下にその題材を思い描いたかによる。

たとえば心敬は、「山深き木の下路はすごく侍るべく哉」と語る。実際に心敬は山路を何度も歩いていたであろうし、その印象は決して「すごく侍る」ばかりでなく、ある時は明るく、ある時は暖く、ある時は陰湿にと、様々の相貌を見せることを知っていたであろう。しかし心敬にとって、「山深き木の下路」は「すごく侍る」べきものであった。現実の様々な経験を棚上げして、「山深き木の下路」をそのあるべき姿において心中に喚び起こせば、心敬にとって、それは「すごく侍る」ものでしかなかったのである。つまり心敬にとって、〈すごさ〉がこの題材の「本意」である。

歌論用語としての「本意」(31)とは、ある題材が最も美しく、或は最も感動的に立現れる時の、人々に訴えかける意味、と考えてよいであろう。すなわち、美的感動という観点から見た場合の、それぞれの事象が人に対して持つ、本来の意味、ということである。花には花の、紅葉には紅葉の「本意」がある。一般に歌は、その題材の「本意」を表すべきものとされる。従って、「春の曙」を淋しいと詠み、「秋の夕暮」を楽しいと詠む歌は、(たとえ作者の実体験であろうと)「本意」に非ずとして却けられたのである。

この「本意」は、和歌の伝統によって定められ、人々に自然の見方を教える規範となっている、という自覚が歌人にあったことは、留意しておかねばならない。藤原俊成は『古来風体抄』で「もとのこころ(本意)」について次のように記している。

「春の花をたづね、秋の紅葉を見ても、歌といふものなからましかば、色をも香をも知る人もなく、何をかはもとのこゝろともすべき」(32)

歌人が花紅葉の美を歌に詠む時、人々は初めてそのような美の存在に目を開く。そして歌に詠まれた美が、その花や紅葉の「本意」として人々の共通の美意識となってゆく、ということである。古今集以来の和歌の伝統は、数多くの「本意」を紡ぎ出し、相互に連関して、「本意」の体系とでも言うべきものを作り出した。これを一口に、和歌世界、と呼んでもよい。この世界を構成する各項は、月や花など、現実世界と同じものだが、それらのもつ意味は、磨き抜かれ研ぎ澄まされて、現実離れのした美と感動とを伴っている。現実の秋の夕暮は、和歌世界の秋の夕暮ほど涙を誘うものではありえない。

しかし和歌を知る人は、和歌世界を現実世界に投影し、その「本意」を現実の内に見出そうとするであろう。この時「秋の夕暮」は物悲しく見えるであろうし、後日人に語る時には「涙を催した」とさえ言うかもしれない。そしてこれは、当人にとっては嘘ではないのである。秋の夕べは物悲しくあるべきだと思う人にとって、記憶の中で実際の秋の夕べが涙を誘うほど物悲しいものになったとしても不思議ではない（この和歌世界の自然観は、今なお我々日本人にその影響を残している。例えば「月見」「花見」について語る時、――その実態は猥雑な酒宴であるとしても――何かしら自然の精華に触れる行為のようにそれを語らないであろうか）。

もちろん心敬も、この和歌世界の物の見方を受継いでいる。彼が月を見、花を見る時には、常に和歌の伝統によって示された「本意」が見え隠れしていたであろう。しかし「山深き木の下路」の「本意」を「心細く」でもなく「淋しく」でもなく、「すごく侍る」とした心敬の見方は、伝統的な和歌世界のそれと、いささかずれているのではあるまいか。つまり、仏法の教える本当の無常観の何たるかを知っていたこの天台僧の眼には、「自然」の本意はやや異なった味わいを持っていたように思えるのである。

例えば、先に引いたように、「雨に落ち風に散らずば花も見じ」と詠む。心敬とて、人を誘い酔わせるような桜の美しさを知らぬはずはない。しかし、自然は無常の象徴として立現れる時こそ感動的である、というのが心敬の見方なのである。花は人の理解の及ばぬ理法によって偶然に生じ、人の願いを無視して自ら衰亡してゆく。花だけではない。この世に永遠の存在（常住）というものはなく、全てが偶然に現れ、消えてゆく。そして自己という存在も、又例外ではない。自身の知らぬ理由によってこの世に生まれ、生の意味を知ることなく死んでゆかねばならない。すなわち生死輪廻の中にある。この輪廻を断って生死を超えることが仏法の目的であるが、歌道もまたこれと別の道ではない、と心敬は考える。修業の心構えを問われて、無常に思いを致すことを勧めつつ、彼はこのように述べる。

「我のみならず、万象の上の来たりし方去れる所こそ、尋ねきはめたく侍れ」(33)

このような構えをもって自然に向えば、自然の「本意」は、現象として最も美しい時ではなく、むしろ存在のしくみそのものを我々に示唆する時に見出されるであろう。花であれば満開の時よりも散りしおれたる姿であり、月ならば隈なき満月よりも雲間の月である。要するに自然は、心を奪い包みこむような、暖かい姿（花紅葉）として現れる時ではなく、冷え寒きもの（氷）として現れる時、その背後にある「万象の上の来たりし方去れる所」へと人の思いを誘うことによって、その「本意」を実現しているのである。

心敬にとって、世界は、透徹した眼を以て見るならば、冷え寒き姿をしているものであって、これが美しく暖く見えるとしても、それは非本来的な一時の外見にすぎない。

この世界の暖い姿と冷い姿との関係は、極彩色の大和絵（はくだみ、すなわち金箔を用いた濃絵《だみ》）と中国の水墨画（墨絵から物）との関係に当たると考えてもよい。

「ちかき世の風雅も、大たち、しろつくり、鶏うつほのみとみえ侍り、自他の好士面白奇特の所までを、きゝ得見しり侍る哉、色とりはくたみのみにて、さらに一ふしの墨絵から物は見えすと也」(34)

近頃の風雅は華美や珍奇の趣向を誇示することらしい、言わば極彩色の濃絵ばかりで水墨画が見当たらない、と心敬は嘆いているのである。

濃絵の画家に、花紅葉に対する新しい眼は必要ではない。花紅葉を散りばめる際、形と色の配置がもたらす効果の計算に巧みでさえあればよい。金箔や色彩の鮮烈は、確かに我々の感性を撃ち、我々を酔わせるであろう。

しかし、水墨画家に色という武器はない。彼は、山水（即ち自然）とはいかなるものかについての把握がなければ、筆を下すことができないであろう。現実の山水の相は様々だが、墨絵に表されるものは、その内の一相ではなく、言わば現実諸相の原型であるような山水の相貌である。我々は、何もない空間に山水という存在が立現れてくるのに立会うのである。秀れた水墨画は、その冷え寒き姿によって、存在が相として我々に出逢うということの秘密を我々に洩しているように思われる。

心敬は、無常観に立って世界の真の相貌を見ようとする。「山深き木の下路」という言葉から心敬が思い泛べるイメージは、「すごく」ならざるを得ない。それは、絵に表そうとすれば、金箔を用いた濃絵によっては表し得ず、水墨画によってなら表しうるようなイメージである。このようなイメージのもつ「心」を言葉で表そうとすれば、それは自ずと「心言葉少く、寒くやせたる句」となるであろう。すなわち、「冷え」たる句である。

結び

中世に二つの美意識があった。仮にこれを「うつくし」と「冷え」と呼ぶとすれば、「うつくし」は花紅葉に代表される伝統的な優美であり、「冷え」は氷に代表される、中世に至って特に主張された美である。この二つの美意識の対置は、歌・能・茶・画の諸芸道に、又自然について語られている。連歌において殊にこれを論じたのは心敬であり、彼は句の姿から「太り暖かなる」句と「寒くやせたる」句とを対置する。この違いは、前者が「詞にて心をよまんとする」のに対し、後者が「心をもととして詞を取捨する」という制作方式の違いに由来する。そしてこの方式の違いは、前者が姿の「いろどり巧み」なる状態を「幽玄」とするのに対し、後者が「心の艶」なる状態を「幽玄」とするのに由来する。しかし、心敬の考える「艶」は、定家の「妖艶」と同じものではない。

心敬の言う「心の艶」とは、自己の死を意識しつつ生きる者の、ある透明な心境である(35)。それは、万象が無常であると見えてくるような、そして無常であるが故に「あはれ」と見えてくるような境地である。このような作者が、自己の思いを詠み出そうとすれば、「無常・述懐」の歌とならざるを得ない。自然の風物を詠もうとすれば、美しいが皮相な現象ではなく、去来する万象の基本構造を見据えざるを得ない。この時、花紅葉さえも、その「うつくし」さの故ではなく、雨に落ち風に散るがゆえに、心に沁みるものと見えるのである。この時、世界の相貌は、「冷え」ているがゆえに「艶」なるものとして立現れるのである。

最後に、我々は、心敬が歌道のめざすべき究極を「艶」という言葉で表していることに注意しなければならない(36)。なぜなら、一見した所では、「艶」という言葉の語感は、定家や正徹の「妖艶」と結びつきこそすれ、「冷え」や「やせ寒き」とは結びつきそうもないからである。しかし、心敬の「艶」は、「妖艶」とは全く異なるものであり、それは、無常を知る者の眼に見えてくるようなものである。このことは、心敬の無常観が、単に無常にとどまる虚無的なものではなかったことを意味している。花は無常ゆえにその美を減じるのではなく、むしろ一きわの輝きをもって立現れるのであり、心敬はその感動を「あはれ」と呼び、その性質を「艶」と述べるのである。そこにあるのは、何事かの断念ではなく、何事かの発見である。世界の相貌が「冷え」ているとは、単に日常の意味や色を失っているというだけではなく、それにも拘らず、いやまさにそれ故に、新たな存在の光を帯びて立っている、ということなのである。心敬が天台宗の権大僧都であったことを思えば、このような見方の根底に、「色即是空」「無常無我」の虚無観にとどまる小乗仏教を乗り超える大乗仏教の思想を見出すことは、それほど見当違いでもあるまい。すなわち、「空即是色」また「諸法実相」(37)。

(1) 『ひとりごと』日本思想大系23、岩波書店、四六九頁

（2）『さゝめごと』（日本古典文学大系66、岩波書店）・『老のくりごと』（日本思想大系23）・『ひとりごと』（同）・『所々返答』（心敬集論集、吉昌社）・『岩橋下』（同）・『私用抄』（連歌論新集、古典文庫）の用例。但し、引用歌等、歌論に関らぬものは除く。

（3）「初心の時からひたるかたをこのむへからす候。たゝしくうつくしくすへし」兼載『心敬僧都庭訓』続群書類従一七巻下、一一二二頁

（4）『花鏡』日本古典文学大系65、四三二頁

（5）『珠光古市播磨法師宛一紙』（「心の師」の一紙）茶道古典全集第三巻、淡交新社、三頁

（6）「心敬法師連歌ノ語曰、連歌ハ枯カシケテ寒カレト云、茶湯ノ果モ其如ク成タキト紹鷗常ニ云ト、辻玄哉云レシト也」『山上宗二記』茶道古典全集第四巻、九七頁

（7）「宗易茶湯モ早冬木也、平人ハ無用也」同右一〇〇頁

（8）『等伯画説』日本思想大系23、七〇〇頁

（9）『所々返答』心敬集論集、二二五頁

（10）「結構見事申さば、是までにも被レ申候、金の風呂、鑵子、水さし、水こぼしにてあるべく候へ共、泌みはせまじく候。伊勢物備前物なりとも、面白く工《たく》み候はゞ勝り候べく候」『禅鳳雑談』日本思想大系23、四九四頁。なお四八九頁にも同旨の文あり。

（11）「この萎れたると申こと、花よりも猶上の事にも申つべし」『風姿花伝』日本古典文学大系65、三六六頁

（12）「定家は（中略）やさしくもみ〳〵とあるやうに見ゆる姿、まことにありがたく見ゆ」『後鳥羽院御口伝』同右一四八貫

（13）『正徹物語』同右二二一頁。なお、「揉むといふは、責むる心をだやかならざる義なり」『塩嚢鈔』（岩

波古語辞典による）
（14）『さゝめごと』日本古典文学大系66、一二六頁
（15）『梅薫抄』連歌論新集、古典文庫、二〇一頁
（16）『さゝめごと』前掲書、一七五〜六頁
（17）『芝艸』心敬集論集、八頁
（18）『ひとりごと』日本思想大系23、四六九頁（読点は引用者が改めた部分がある。）
（19）『所々返答』前掲書、二一八頁
（20）同右、二一七頁
（21）『さゝめごと』前掲書、一二八頁
（22）『毎月抄』日本古典文学大系65、一三〇頁
（23）『悦目抄』日本歌学大系第四巻、風間書房、一四八頁
（24）『為兼卿和歌抄』日本古典文学大系65、一六一頁
（25）「田舎ほとりの人は、句の太みつまずきたるをも、色どり巧みなるを事として、姿・言葉づかひの幽遠の句をばかたはらになし侍り」『さゝめごと』前掲書、一七八頁。「幽遠なる本意の哥を詠めば、人が心得ずして恨みにて有る也」『正徹物語』日本古典文学大系65、二二一頁
（26）『老のくりごと』日本思想大系23、四一八頁
（27）同右、四一八〜九頁
（28）『所々返答』前掲書、二一一頁
（29）『老のくりごと』前掲書、四一八頁
（30）『所々返答』前掲書、二一五頁

(31)「本意」については岡崎義恵の研究がある。「本意と本情」岡崎義恵著作集第三巻

(32)『古来風体抄』日本思想大系23、二六二頁

(33)『さゝめごと』前掲書、一四六頁

(34)『所々返答』前掲書、一二五頁

(35) 芥川龍之介の遺書に「末期の目」という言葉で語られているものが、これに似ている。「僕の今住んでゐるのは氷のやうに透み渡つた、病的な神経の世界である。（中略）自然はかう云ふ僕にはいつもよりも一層美しい。君は自然の美しいのを愛し、しかも自殺しようとする僕の矛盾を笑ふであらう。けれども自然の美しいのは僕の末期の目に映るからである」（或旧友へ送る手記）

(36) 心敬の言う「艶」については、前章参照。

(37)「釈論云。諸小乗経。若有二無常無我涅槃三印一印レ之。即是仏説。修レ之得レ道。無二三法印一即是魔説。大乗経但有二一法印一。謂二諸法実相一名二了義経一。能得二大道一。若無二実相印一是魔所説」『法華玄義』大正蔵33、七七九頁

Ⅴ　世外の道

あはれてふことこそうたて世の中を思ひはなれぬほだしなりけれ
——小野小町

「物のあはれをしる」事——本居宣長

序　宣長と歌論

京都遊学中の若き宣長は、勤勉なる学生であると共に、また風雅の人であった。行楽を好み芝居を愛し、とりわけ和歌に心を入れた。在京五年間の作は千教百首にのぼる。

当時、儒教と仏教の外に強力な思想は無い。それゆえ和歌の存在意義を説こうとすれば、儒教又は仏教の思想体系の中にその位置を捜す外はない。こうして、政治的・道徳的効用が和歌の本来の意義、即ち「本意」である、というのが一般の論法であった。

若き宣長はこれに納得しなかった。そして自らの知る和歌の現実にふさわしい理論を編もうとした。しかしこのためには、人の心の働き方について、儒教・仏教とは異なる論理を考え出さねばならないであろう。やがて彼は、儒教・仏教に代表される中国的な思考法（漢意《からごころ》）に対し、日本的な心のあり方（大和心《やまとごころ》）とは何かを追求することを、自らの生涯の課題とするようになる。その結果、加藤周一の言葉を借りれば「宣長においてはじめて、（日本の）土着世界観は、即自存在から対自存在になった」(1)のである。

日本の土着世界観を明らかにするという彼の事業は空前のものであったが、前人未踏の道を行かねばならぬとは、宣長自身、最初から覚悟していたことであろう。二十代の彼が全く新しい歌論を構想した時、自ら思い泛べたのは、乱れ茂る蘆の中に分け入って新しい水路を切開いてゆく、頼りない小舟の姿であったらしい。彼の処女作は『排蘆小船《あしわけをぶね》』と題されている。

この歌論において宣長は、和歌の根拠を人の「本情」に置いた(2)。「本情」とは、現代の各人が生活の中でその都度抱く実際の感情のことではない。凡そ人間の本来あるべき「人情ノマコト」のことであり、かつて古代において実現され、和歌によって今に至るまで伝えられてきたものである。

しかし当時の宣長は、まだこの「本情」の何たるかについて、十分に考え抜いていなかった。宣長自身その不備を自覚していたのであろう。小林秀雄をして「沸騰する文体」と言わしめたこの処女作は、未完のままついに公表されず、大正初め佐々木信綱が本居家で自筆本を発見するまで世に知られることがなかった。

宝暦七年、二十八歳の宣長は京都遊学を終えて松阪に帰り、小児科医を開業する。『排蘆小船』を書止める頃、既に「物のあはれ」という考えに思い当たっていた宣長は、翌八年『阿波礼弁』を草し、同時に弟子を集めて源氏物語の講義を始める。この講義は、五十四帖の全てを終えるのに八年を要したが、その過程で宣長は考えを深めていったものと思われる。五年目の宝暦一三年、彼は源氏について一書を著す。それは多くの人が需める源氏の注釈書ではない。源氏物語の本来の意義は何かを主題とする論文である。題して『紫文要領』という。その基本的立場はこうである。

「儒は儒の立つる所の本意あり、仏は仏のたつる所の本意有リ、物語は物語のたつる所の本意有リ」（紫文、一一二頁）

それぞれの思想の拠って立つ所が異なる以上、儒教ないし仏教に拠って源氏を批判し、或いは擁護するこれまでの殆どの源氏論はみな見当外れである、ということになる。では源氏物語の本意は何か。

「およそ此物語五十四帖は、物のあはれをしるといふ一言にてつきぬへし」（紫文、五七頁）

「物のあはれ」という言葉が今日のように有名となったのは、この書によると言ってよい。しかしこの書の主題は、小林秀雄の指摘した如く「『物のあはれとは何か』ではなく、『物のあはれを知るとは何か』であった」(3)ことに注意しなければならない。そして、宣長が「式部といふ妙手に見たのは、『物のあはれ』といふ王朝情趣の描写家ではなく、『物のあはれを知る道』を語った思想家であった」(4)ということに。

宣長が源氏読解によって摑んだものは、「あはれ」という情趣ではなく、「歌物語の立つる所の本意」という一つの思想であった。このような源氏の読み方が前代未聞であることは、宣長自身意識していた。跋文に言う。

「右紫文要領上下二巻は、としころ丸か心に思ひよりて、此物語をくりかへし心をひそめてよみつつかむかへいたせる所にして、全く師伝のおもむきにあらす、又諸抄の説と雲泥の相違也」（紫文、一一三頁）

自信を得た宣長は、『排蘆小船』の改稿にとりかかる。『石上私淑言《いそのかみささめごと》』と題されたこの歌論書は、また未完に終ったのであるが、論の中心はもはや「本情」ではない。この書も、『排蘆小船』同様問答体をとっているが、宣長は質問者にこう問わせる。

「そも此歌てふ物は。いかなる事によりていでくる物ぞ」（石上、九九頁）

答はこうである。

「歌は物のあはれをしるよりいでくるものなり」（同前）

質問者は、当然ながら重ねて問う。

「物のあはれをしるとはいかなる事ぞ」（同前）

そしてここから、彼の摑んだ歌物語の本意が語られる。我々もまた、ここから本論に入ることにしよう。

1 「実用」と「あだ事」

儒教・仏教の立場からは、源氏物語に対し、二つの評価がありうる。一つは、有害な淫書、少なくとも無用の虚事（狂言綺語（5））という否定的評価であり、今一つは、人をいましめ正しい道に導くという肯定的評価である。従って源氏を擁護する者は、これを教戒の書とみなすのが一般であった。これに対し宣長は、『紫文要領』の最後を、有名な桜の比喩を以てしめくくる。

「此物語をいましめの方に見るは、たとへは花を見よとて、うへをきたる桜の木をきりて

薪にするがごとし」（紫文、一一二頁）

むろん薪にすることが悪いというのではない。宣長は注釈をつける。

「薪は実用の大切なる物也、花見るはあた事也」（同前）

しかし、

「桜はたゝいつ迄も物のあはれの花をめでむこそほい（本意）ならめ」（同前）

と『紫文要領』を結ぶのである。

このたとえが語っている事は、事象に対して、人には二つの接し方がある、ということである。一つは実用の構えであり、今一つは徒事《あだごと》である。源氏をいましめの書と見るのは実用の構えであり、ただ「物のあはれ」を見るのは徒事である。そして千年にわたり中国式の物の考え方、即ち「四角ナル文字ノ習気」（排蘆、三五頁）に慣らされてきた日本人は、実用だけが大切なものと考えている。しかし花を美しいと見るのは、徒事ではあれ、又世界への接し方の一つである。しかも人の本来の情（本情）に根ざすものである。それが実用に比べて少しも大切でないというのは本当であろうか。いや、むしろ事情は反対ではないのか、というのが宣長の提起した問題である。

実用の構えとは異なる事象への接し方を、宣長は「物のあはれをしる」という言葉で表した。では「あはれ」とは何か。

「まづすべてあはれといふはもと、見るものきく物ふるゝ事に、心の感じて出る、歎息《ナゲキ》の声にて、今の俗言《ヨノコトバ》にも、あゝといひ、はれといふ是也」（小櫛、二〇一頁）

つまり「あはれ」とは、何事かが心を動かす時の感歎詞である。この感歎詞が名詞化して「あはれと思ふ」「あはれなり」等の「いささか転じたるいひざま」を生ずる。この時「あはれ」の語は「あゝはれと感ぜらるゝよし」「あゝはれと感ぜらるゝさま」を指す。一口に言えば、こうである。

「阿波礼《アハレ》といふは。深く心に感ずる辞《コトバ》也」（石上、一〇〇頁）

あらゆる物に対して、「心に感ずる」という形でそれを経験する時、そのような経験の特質を指す名辞が「あはれ」である。従って「あはれ」は哀しみに限らない。「をかし」であれ「かなし」であれ「うれし」であれ、またものの美醜であれ、そこで心が動くなら、それは「あはれ」なのである。例えば桜を美しいと感ずるなら、それも「あはれ」の一つである。

では、「物のあはれ」とは何か。

「物といふは、言《イフ》を物いふ、かたるを物語、又物まうで、物見物いみ、などいふたぐひの物にて、ひろくいふときに、添ることばなり」（小櫛、二〇二～三頁）

つまり、個別的な現象について「あはれなり」等と述語づけるのではなく、「あはれ」自体を一般化して語る時には「物のあはれ」という抽象名詞を用いる、ということである。しかし、「物の」という言い方に注意すれば、この一般化は、「あはれ」とは常に「何事か」「何物か」の「あはれ」としてあるという特徴をより明瞭にしていると言える。「あはれは、物に感ずること」（同二〇二頁、傍点引用者）なのである。従って「物のあはれ」とは、事象が備えている、人の心を動かす力をもった特性を指す。

「人の情の深く感ずへき事を。すべて物のあはれとはいふ也」（石上、一〇六頁）

そして事象に接して、その「物のあはれ」を経験すること（又はできること）が「物のあはれをしる」ということである。

「其見る物聞物につきて、哀也共かなし共思ふが、心のうこくなり、その心のうこくが、すなはち物の哀をしるといふ物なり」（紫文、二六頁）

損得や正義不義という類いの物差しを以て事柄を判断し、対処しようとすることが実用の構えとすれば、ただ自らの心を動かすという形で事の具合を経験することが「物のあはれをしる」ということである。もちろんこの接し方はあらゆる事象に対してあてはまる。

「その中にかろく感すると重く感するとのけちめこそあれ、世にあらゆる事にみなそれ〴〵の物の哀はある事也」（同、五七頁）

またこれは誰にも可能であり、実際程度の差こそあれ誰でも経験しているはずである。一見その能力がないと見える人も、実は程度が浅いというにすぎない。

「ふかく物のあはれをしる人にくらぶるときは。むげに物のあはれしらぬやうに思はるゝ人も有（中略）是はまことにしらぬにはあらず。深きとあさきとのけぢめなり」（石上、一〇〇頁）

しかし大まかに考えるなら、深きと浅きを知る知らぬと言ってよいであろう。それ故、

「物のあはれしるを。心ある人といひ。しらぬを心なき人といふ也」（同、一〇六頁）

しかし、そもそも「物のあはれ」を「しる」事と「しらぬ」事の違いはどこから生ずるので

あろうか。

2 「事の心」と「事の意」

宣長は、「物のあはれをしる」ということを、次のように説明する。

「世中にありとしある事のさま〴〵を、目に見るにつけ、耳にきくにつけ、身にふるゝにつけて、其よろつの事を心にあぢはへて、そのよろつの事の心をわか心にわきまへしる、是事の心をしる也、物の心をしる也、物の哀をしる也、其中にも猶くはしくわけていはは、わきまへしる所は、物の心事の心をしるといふもの也、わきまへしりて、其しなにしたかひて感する所が物のあはれ也」(紫文、五七頁)

即ち、「物のあはれをしる」という経験には二つの段階がある。まず「物の心事の心」を知り、次に、「あはれ」を感ずるのである(6)。そして「心なき人」は、「物の心事の心」を知りながら「あはれ」を感じないのではなく、そもそも「物の心事の心」を知りえないのである。

「たとへはいみしくめてたき桜の盛にさきたるを見て、めてたき花と見るは物の心をしる也。めてたき花といふ事をわきまへしりて、さてさてめてたき花かなと思ふが感する也、是即物の哀也、然るにいかほとめてたき花を見ても、めてたき花と思はぬは、物の心しらぬ也、さやうの人は、ましてめてたき花かなと感する事はなき也、是物の哀しらぬ也」(同前)

「物の心」を知る時、人の心は感じずにはいられない、それが自然の情である、と宣長は考える。

従って問題は、いかにして物の心を知るか、ということに絞られる。しかし、そもそも「物の心をしる」という言葉は、一体いかなる事柄を指しているのか。おそらく宣長は、源氏の講義を数年にわたって行いつつ、これが門弟に理解され難い言葉であるのを知っていたのであろう。彼はさまざまの言い方によって、この経験をくり返し説明する。「感ずべき心ばへをしる」「おもむきをわきまへしる」「事の心をわきまへしる」「事の心ばへをしる」「ものごとの味をしる」「事を心にあぢはへる」「物の心をしる」「事の心をしる」等々。

まとめて言えば、経験の相手は「物・事・ものごと」である。経験される事柄は、その物事の「心・心ばへ・趣・味」である。そしてそれを「しる・わきまへしる・心にあぢはへる」という形で経験するのである。

これはなるほど一種の認識であると言えようが、事象に対し、一定の認識の枠組に従ってその形相をとり出し、それが何であるかを概念を以て了解するような種類の認識とは別のものである。宣長は、桜ならその〈めでたさ〉を理解することが、「事の心」を知ることであると言う。これは、花の形状を認知したり、それが「八重桜」であると同定したりするような認識ではない。その形状をいくら精密に分析しても、また植物学の知識をどれほど動員しても、決して〈めでたさ〉を心にわきまえしることはできない。「物の心をしる」とは、概念的認識と並行的に行われるとしても、それとは異なる事象への接し方によるのである。またそうでなければ、心を動かす（感じる）ことはできないであろう。

宣長は、わかりにくい話には譬えを用いよと教えているが、ここで、宣長の先の様々な言い回しの中に比喩的な言葉があることに注意しよう。知られるものとしての「味」と、知る作用としての「味はへる」である。即ち、物事を見て、それが何でありどのようであるかを知るという認識の外に、物の味を味わうという知り方がある、ということである。小林秀雄の語法を借りて、仮にこれを「味識」と呼ぼう。もちろん「味識」とは、酢が何%、砂糖が何gというような、味覚の構成を測ることではない。千差万別の一つ一つの食物の味を、それぞれ一回的な「型」として経験し、しかもこの多様な経験を記述しようとすれば、「うまい」と「まずい」の二つしか言葉が見当たらないような、食物への接し方である。知的認識が、個別的な事象を普遍的な概念の組合せに還元することをめざすとすれば、「味識」とは、一回的な経験の場に踏みとどまって、その経験の質を味わうことであると言えよう。

ところで、事象を認識するためには、その事象を〈型〉として捉えなければならない。たとえば、眼前のある動物に「猫」という概念を対応させるためには、その動物に猫の〈型〉を見出すことができねばならない。人の顔を見て、笑っていようが泣いていようがそれを何某氏と同定できるのは、歪んだ表情にも拘らず、そこに何某氏の顔の〈型〉を見出しているからである。また青年俳優のパントマイムを見て、老人を演じていると推定できるのは、その所作が老人特有の〈型〉を表しているからである。味識も又、事象に〈型〉を見出す。しかしそれは、眼前の動物を「精悍」と言い、人の顔を「美しい」と言い、俳優の所作を「優雅」と言うであろう。同じ事象に対しても、認識と味識とは、異なった〈型〉を見ているのである。世阿弥の語法(7)を借りるなら、認識は物の「形」を見ているのであり、味識は物の「姿」を見ているのである。

形も姿も事象の相には違いないが、事象は姿として立現れてこなければ、これを味わうことはできない（尤も、姿の味識は形の認識を伴うのが普通であるが）。

違うのは見られる相ばかりではない。見たものを言葉によって他者に伝えようとする時、味識は認識とは異なる困難に逢着する。

例えばある動物を見て、それを既存の認識枠組に従い、通常我々が「猫」と呼ぶ動物であると同定する。この結果を語って「それは猫である」と言う時、この言表は、我々の認識を一応過不足なく表していると言ってよい。しかし同じ動物を見て、その「味」を語ろうとすれば、「美しい」とか「精悍な」と言うことになろうが、言いながらもこのような評語では「ものごとの味」を決して十分に表せないと語り手自身が感じるであろう。事柄を概念の組合せとして捉えるような認識においては、認識内容を命題として直接に言表できる。しかし「ものごとの味」の言表は常に不完全な翻訳でしかない。

人の心を動かす（「あはれ」を感じさせる）ものは、しかし、認識された命題ではなく、「ものごとの味」である。そしてこの時、心に感じるものが深ければ、人はこれを語って他人に伝えずにはいられない、というのが宣長の考えである。もちろんこの「感」自体を言葉にすれば「ああ！」とか「あはれ！」と言う外はないから、「感」自体ではなく、その「感」を生じさせた「ものごとの味」の方を言葉に表わし、これによって他者にも同じ「感」を生じさせようとする。

では、いかにして、言葉は「ものごとの味」（物の心・事の心）を語ることができるのであろうか。

宣長は、認識を語る時と味を語る時とでは別様の言葉遣いの原理があると考える。「ことはり（理）」と「あや（文）」とである。「ただの詞」は「ことはり」の正確を目指せばよいが、「物のあはれ」を語ろうと思えば、まず詞に「あや」をなさねばならない。「あや」のある詞を代表するものは、言うまでもなく歌である。

「ただの詞は其意をつぶ〳〵といひつゞけて。ことはりはこまかに聞ゆれども共。猶いふにいはれぬ情のあはれは。歌ならではのべがたし。其いふにいはれぬあはれの深きところの。歌にのべあらはさるゝは何ゆへぞといふに。詞にあやをなす故也。（中略）歌といふ物は。ただの詞のやうに事の意をくはしくつまびらかにいひのぶる物にはあらず」（石上、一一三頁）

ここで「事の意」という語は、「事の心」と対照的に用いられている。つまり、認識の内容は「事の意」であり、これは「ただの詞」によって正確綿密に語ることができる。一方、味識の内容は「事の心」であり、これは「あや」ある詞（歌）によってしか表すことができない。

人は事象に対し、その「事の意」と「事の心」と、どちらを見ることもできる。それは人の構えの問題である。ただ、「事の意」は誰もが見るが、「事の心」は「心ある人」にしかわからない。

「事の意」は概念の組合せとして与えられ、多くの場合既存の知識と関係づけられ、思考・判断という概念操作を経て、次の瞬間、実用的行為への一歩が踏み出されるかもしれない。例えば、桜を手頃な薪と見て斧を振りかざす、というように。しかし「事の心」は、ただ心に深く「あはれ」を感じさせるのみであり、次に何か行うとすれば、これを表現して同じ経験を人と分ちあおうとすることであろう。例えば、桜に心を動かされて和歌を詠む、というように。

3　「触るる」と「をしはかる」

ある事象に対した時、生活の実用という点ではその「事の心」を知る必要は全くないから、我々は多くの場合、「事の意」だけを見ていると言ってよい。「事の心」を知るか否かは場合により、また人による。人による、というのは、「事の心」を味識する能力が人により異なるからである。世の中には「心ある人」と「心なき人」があり、「心ある人」たちもまた、その心の深さに程度の差がある。そして一般に、「事の心」を深く味わうためには、経験ないし訓練が必要である。

例えばここに、一個の壺があるとしよう。我々素人が見ても、骨董屋が見ても、その「形」に違いはない。しかし、その「姿」の味わい方には格段の差があると言わねばならない。真物の姿に慣れた目には、贋物の姿は弱々しい（味がない・喰い足りない）ものと映るであろう。この〈目利き〉の目を育てたものは、真物を数多く見るという長年の修練に他ならない。

言うまでもなく、人を美しいと見、壺を美しいと感ずることは、「物のあはれをしる」ことの一面である。

「よきあしきといふには、人のかたち有さま、衣服器財居所、すへて何事にもわたる也、はかなき器にても、よく作りたるをみてよしと思ふは、則物の心をしり物の哀をしるの一端也」（紫文、三九頁）

こうして、眼に触れる事物について「物の心」をしる人とは、言ってみれば〈目利き〉のことである。人が形しか見ない事物に姿を見出し、その味の具合を適確に測り、その程度に応じて心に感動することが、「物のあはれをしる」ということなのである。

しかし、「物のあはれをしる」とは、自分で事象を直接に経験する場合だけではない。もう一つ、他者の経験を想像し、それを共に感ずるという場合もまた含まれる。例えば、

「人のおもきうれへにあひて、いたくかなしむを見聞て、さこそかなしからめとをしはかるは、かなしかるへき事をしるゆへ也、是事の心をしる也、そのかなしかるへき事の心をしりて、さこそかなしからむと、わか心にもをしはかりて感するが物の哀也」（紫文、五七頁）

そしてこの場合も、「物のあはれ」をしる人としらぬ人とがある。つまりの悲しみを共に感じうる人と感じえぬ人とがいるのである。この違いは、先にも述べたように、「事の心」を知る力の有無によるのであって、感ずる力の有無によるのではない。なぜなら、

「そのかなしかるへきいはれをしるときは、感ぜじと思ひけちても、自然としのひかたき心有て、いや共感ぜねばならぬやうになる、是人情也」（同前）

というものであるから。では、その「悲しかるべきいはれ」「事の心」とは、悲しみの理由・事のいきさつであろうか。もちろんそれを知らなければ、いかなる悲しみを抱いているか推察のしようがない。しかし事のいきさつは、話さえ聞けば誰でも同じように知ることができる。物の哀を知るか知らぬかには係らない。従って「事の心」とは、この場合、そのような事のいきさつを知ったあとで、その能力のある人だけに捉えられるようなものである。それはやはり、その事柄の味である、と言ってよいであろう。例えば、愛する者を失った人を前にして、その

人が今どのような苦痛を味わっているのか、その「味わい」が想像できなければ悲しみを共にすることはできない。また、その「味わい」がわかれば、いやでも心動かずにはいられない。それが人情というものの性質である、というのである。

さて、ここに一つ問題がある。愛する者の死、という事のいきさつについては、誰でも説明を聞けば知ることができる。しかし、その悲しみがどのような味をもっているかについては、かつて同じ悲しみを自ら経験した者でなければわからないのではないか、ということである。宣長も言う。

「すべて何事もそのことにふれざれば。其事の心ばへはしられぬもの」（石上、一六七頁）

つまり、他者の経験する「事の心」を推し測り、共に「あはれ」を感ずるためには、人生経験を重ねて多様な「事の心ばへ」に通じていなければならないのである。このような意味で「物のあはれをしる」人とは、いわゆる〈酸いも甘いも嚙み分けた〉〈苦労人〉ないし〈通人〉に近いかもしれない。宣長の言葉を使えば「心の練れ」た人である。

「物の心をわきまへしるが、則物の哀をしる也、世俗にも、世間の事をよくしり、ことにあたりたる人は、心がねれてよきといふに同し」（紫文、三九頁）

こうして、「物のあはれをしる」ことには、二種の様態が区別される。一つは、自ら事に触れる場合であり、この時人は「事の心」を見てとる目がありさえすればよい（つまり〈目利き〉であればよい）。今一つは、他者の身の上に起きた事の場合であり、この時人は「推し測る」ことによってその「事の心」を知らねばならない。これには予め、自らの経験に基いて、その「事の心」に通じていなければならない。即ち「物のあはれをしる」人とは、現前事象に対してはその味識に向う特殊な構えをとりうる者のことであり、他者の経験した事象に対しては、その経験を自らの内に再現できる想像力をもつ者のことである。

では、人はいかにして「物のあはれをしる」ようになるのであろうか。

4 「物のあはれを知る」道

事象に対し、「事の意」のみを見る人は「心なき人」であり、「事の心」を見る人は「心ある人」であった。この目の違いは、物の見方、即ち事象に対する構えの違いによる。この構えの違いを、宣長は、「風儀人情」即ち文化習俗の違いの問題とみなした。風儀人情は時代により地域によって異なるものである。そこで宣長は次のように考える。

かつて古代に於ては、人は自然の情（本情）のままに生き、出会う事象に「事の心」を見出すことができた。しかし時代の下るにつれて風儀人情も変ってくる。中国文化の影響によって日本人も次第に尤もらしい思考法が身に染みつき（四角ナル文字ノ習気）、「事の意」だけを見て「物のあはれ」を感じないようになってくる。従って今の世の人に必要なことは、習い覚えた風儀人情を捨てて、未だ汚されぬ以前の自然の情へと帰ることである。この帰還は、実際には、本来の風儀人情のあり方を学んで身につけるという迂路をとる外はない。では何によって学ぶか。古人の情を言葉によって今に伝える歌と物語によってである(8)。

こうして、ちょうど骨董屋が数多くの真物に触れるように、歌物語を介して数多くの古人の情に触れることにより、人は「事の心」を見る目を手に入れることができる。それは、宣長の立場からすれば、非凡な才能を持つ者のみが達しうる高みに至ることではなく、誰もが基本的に持つ筈の本来の心のあり方（本情）に帰ることである。ただ、人の心は、色に染めるよりも無垢に帰る方が難しいために、色を落すのではなく、白に染めるという便法をとらねばならないということである。

次に、他者の経験する事象について「物のあはれをしる」場合を考えよう。この時、想像力によって「事の心」を推し測りうる人は「心ある人」であり、それができない人は「心なき人」である。この違いは、予め多様な「事の心」に通じているか否かによる。しかし、「事の心」に通じるために自らの人生経験が必要であるとすれば、深く「物のあはれをしる」人になることは容易ではないであろう。なぜなら、一人の人間が人生において経験しうる事柄の種類と量とは限られているからである。

ここに、一つの方法がある。

「みづから其事にふれねども。其事の心ばへをおもひしるは歌也」（同、一六八頁）

人は、伝えられてきた歌を見る事によって、実際に経験せずとも、さまざまな「事の心」を想像して知ることができる。なぜなら、歌は「あや」ある詞によって、事象の味・人の心の味を表わすからである。

しかし、事の心のありようを教えるものは歌ばかりではない。物語もそうである。とりわけ源氏物語は、この点で歌にも勝るであろう。なぜなら、「たとへば人々の物思ひしてわりなく深く思ひいりたる心のやう」を書く時にも、「その物思ひになるべきいはれをくはしくかける故に、それを見て其心を推察する」ことが容易にできるからである（紫文、一一〇頁）。

　宣長は続けて言う。

「其事と其心とを引合せて、かやう〳〵の事にあたりてはかやう〳〵の思ひが有物也、かやう〳〵の事をきゝては、かやう〳〵に思ふもの也、かやう〳〵の物をみては、かやう〳〵の心がするもの也と、万の事を推察して感するが、即物語を見て物の哀をしる也」（同前）

歌と物語により、人は、自らは触れぬ事の心を、「をしはかる」ことによって知ることができるのである。

　こうして、歌・物語には二つの機能があることになる。一つは、「漢意《からごころ》」に汚染された近代人に古代の無垢な風儀人情（まことの心・本情）を教えることであり、今一つは、未だ経験のない事の心（ものごとの味）を教えることである。前者は事に接する一般的な心の構えであり、後者は事に接しての個々の事例である。この二つによって人が学ぶものは、まさに「物のあはれをしる」ことに外ならない。この故に宣長は言う。

「物のあはれをしるより外に物語なく、歌道なし」（同前）

　歌・物語によって人は「物のあはれをしる」ようになる、つまり「心ある人」になる。このような人にとって、世界は「物のあはれ」の海として立ち現れるであろう。万象は「味」を訴えかけてやまず、他者は共感を求めてやまないであろう。彼の心は常に「物の心」「事の心」

に動かされ、深く物思う。その「あはれ」の深さに耐えぬ時、その思いを表して、人と心を分ちあわずにはいられない。即ち、歌を詠まずにはいられない。こうして、「歌は物のあはれをしるよりいでくるものなり」と言われたのである。

結び

宣長の頃、人は千年にわたる「四角ナル文字ノ習気」によって事に対処した（現代の我々には、これに〈横文字ノ習気〉を加えてよいかもしれない）。この習気という認識・思考の枠組によって、我々は事態（事の意）を理解し、とるべき行為を選び、何事かを語る。その「しわざ」（言表・行為）が更に次の世代の習気に影響を与えてゆく。これは一つの道である。仮にこれをくらしの道と呼んでもよいであろう。

しかしこれとは別の道がある。それは和歌と物語によって伝えられ、人は事象に対し、その味（事の心）に感ずるという形で対応することを学ぶ。そしてその結果、「物のあはれをしる」ようになった人は、自らの感じた「あはれ」を、歌という形で表現し、次の世代に、花見る時の心・人を思う時の心のあり方を伝えてゆく。

これを図式化して示せば、二つの道は、現在の自己と事象とを軸として交差する。一方の道は、日常のくらしに欠かせぬ実用の平面にある。もう一つの道は、いわば徒事の平面にある。しかしこれこそ「本情」の平面である。

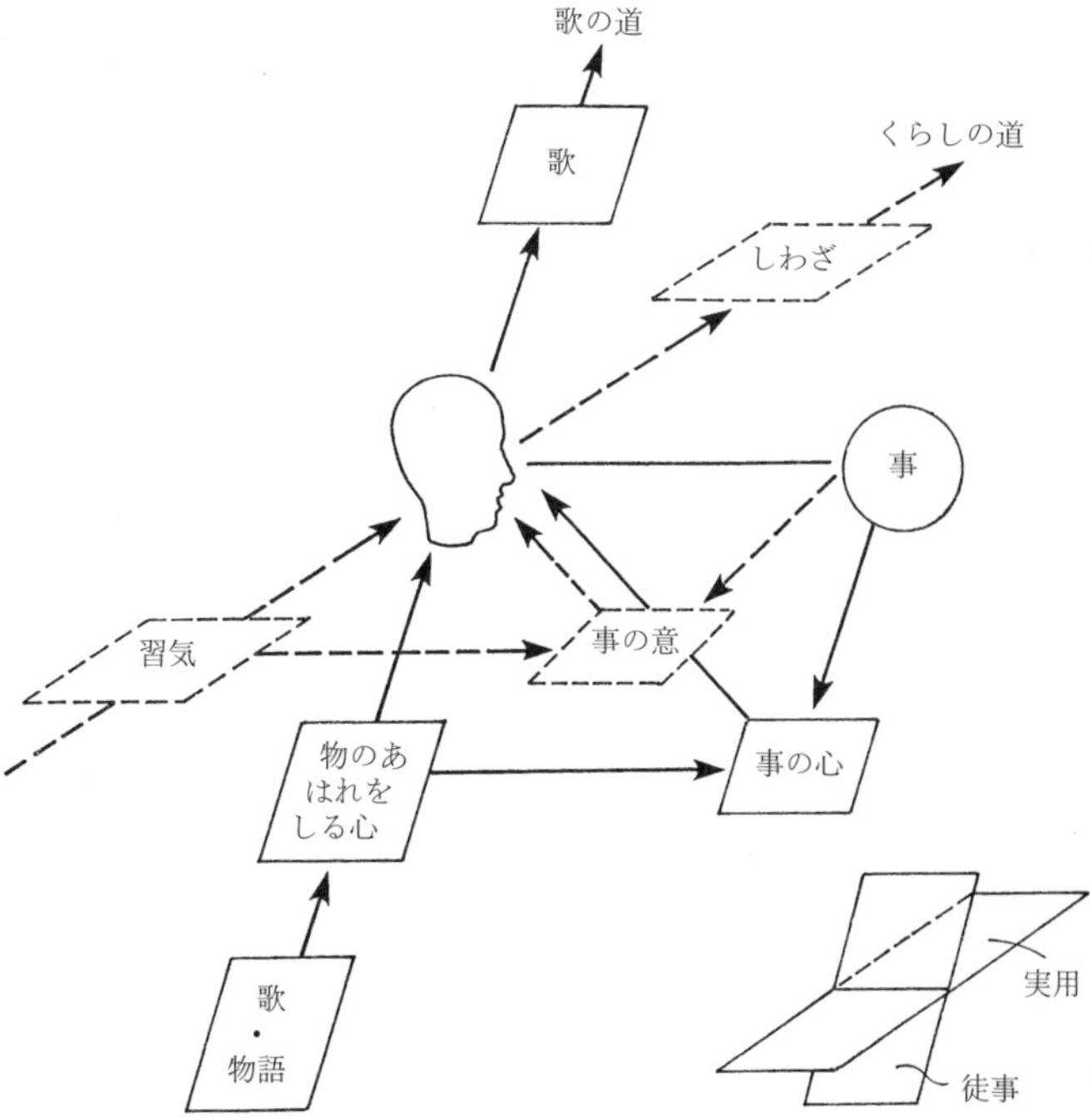

この二つの平面は、では、一致することができないであろうか。即ち「本情」を以て生活してゆくことは不可能であろうか。可能である、と宣長は考える。なぜなら、それは古代の日本において、実際に実現していたのではなかったか。そして「本情」を抑圧する「漢意」に侵されたがために、二つの道に分裂してしまったのではないか。そうであるとすれば、くらしの道と歌の道とは、古い昔、一つの道であったはずである。それを、「古《いにしへ》の道（古道）」と呼ぶとすれば、この古道は、学んで再び手に入れることができるはずである。では、その学びの道はい

かなるものであろうか。源氏物語を読むことによって「物のあはれ」をしることができたように、『古事記《ふることぶみ》』を読みとくことによって、「いにしへの道」は明らかになるであろう。こうして我々は、『古事記伝』の前に立つのである。


本居宣長の著作は左記の略号を用いた。

排蘆＝「排蘆小船」本居宣長全集、筑摩書房、第二巻所収。（注記頁数は上掲書の該当頁、以下同様）

石上＝「石上私淑言」同第二巻所収。

紫文＝「紫文要領」同第四巻所収。

小櫛＝「源氏物語玉の小櫛」同第四巻所収。

（1）加藤周一『日本文学史序説』下、筑摩書房、一九八〇、一八三頁。括弧内引用者注。
（2）「本情」はまた「人情ノマコト」とも云われ、「実情」を「本情」と同義に用いているように見える個所もある。「実情」は『排蘆小船』の中心概念と言ってもよいが、相良亨の詳論した如く、用法が首尾一貫していない。（相良亨『本居宣長』東京大学出版会、一九七八、二三—五七頁）
（3）小林秀雄『本居宣長』新潮社、一九七七、一四四頁
（4）同、一四五頁
（5）中世、作り物語の罪の故に、紫式部堕地獄説が生れた。例えば、能の『源氏供養』に「狂言綺言を振り捨て丶、紫式部が後の世を助け給へ」云々。

(6) 大西克禮は「物の心をしる」と「物の哀をしる」を「直観《シャウエン》」と「感動《フューレン》」にあてる。(大西克禮『幽玄とあはれ』岩波書店、一九三九、一二五〜一四三頁)

(7) 世阿弥は老人の形をまねただけの演技を上手というのはまちがいであるとし、「老いたる姿」を演じねばならないとする。(『風姿花伝』第二物学条々、老人)

(8) 古言によって古意を学ぶということの考えは、既に加茂真淵にみられるものであるが(「国歌八論余言拾遺」、日本歌学大系七巻一二三頁)、徂徠の古文辞学との類似が宣長当時から指摘されている。宣長自身は影響を否定するが(「玉勝間」、全集一巻二五七頁)、今日なおこの関係は論議されている。(丸山真男『日本政治思想史研究』東京大学出版会、一九五二。吉川幸次郎『本居宣長』筑摩書房、一九七七)

言葉に宿る神——富士谷御杖

序

国学者富士谷成章《ふじたになりあきら》が、国語学と歌学に独自の業績を残して没した時、長子御杖《みつえ》は十二歳であった。彼は父の遺著を師としてその説を学ぶことから出発し、やがて自ら「倒語《とうご》」の説を立てるに至る。これは、意思を率直に表す「直言」に対し、和歌の語法を「倒語」としてその独特の機能を論ずるもので、一種のレトリック論である。御杖の回想によれば、伯父皆川淇園《きえん》はこの倒語説を聞き、その考えを賞した上で次のように語ったという。人には言行の両面があるが、これは言の理論にすぎない。行の理論を伴わなければ完全ではない、と（三・五九二）。この勧告は御杖の生涯にわたる学問の方向を決定したと言える。彼は思索の手がかりを古事記日本書紀等の「神典」に求め、その新解釈を通じて、人と人との関り方についての独自の思想を、彼の考える「神道」として提出する。その説は彼の歌道論の延長線上にあり、神道と歌道とは相互補完物として統合される。そして当然のことながら、彼の思想の深まりにつれて、父の表裏境の説や、若年期の歌論、言語論も見直され、練り直されて彼の思想体系の中に組み込まれてゆく。その結果御杖の表裏境の説や倒語の説は、神道論を含む彼の思想の全体を見なければ、その意味を十分に汲みとることが難しいようになっている。

本章の主題は、表裏境説と倒語説を両面とする御杖の言霊論の検討であるが、右の理由から、まず彼の神道論と歌道論に触れておかねばならない。

1　人道と神道

日本書紀に「悪解除善解除《あしはらひよしはらひ》」という記述がある。悪を祓うのは当然であろうが、なぜ善をも祓うのか。御杖は、この解釈に数十年苦しんだと言う（三・五九六）。その結果、彼が辿りついたのは、人間は二重の原理の下で生きているという考えであった。善悪という基準は、その一方でしか有効ではない、というのである。

善悪の観念が属する原理は、社会に公認された「理」（「公理」）であり、この「理」に基く人の当為の体系が「人道」である。もう一つの原理は「自然」（「真理」）であり、これに基く「神《かみ》」の動き方の体系が「神道」である。但し、ここで誤解のないよう確認しておけば、御杖の言う「神」はいわゆる〈神様〉と同じではない。むしろ「霊《たましひ》」と同義といってよく、中国語の「神」が持つ意味の一つに近い（「精神」の神である）。この「神」は人間の外にもある（天神地祇）が、御杖が専ら取上げるのは個人の内なる「神」であり、これを定義して「私思欲情」とも言う（一・六二）（これは御杖一流の逆説的用語法であって「私思欲情」は悪という我々の常識を挑発するための戦術である（一・六四参照）。

「神」の反対概念は「人」（或は「身」「公身」）である。「人」とは、社会という場において、実際に行為をなす者としての〈自己〉である。この「人」は、社会の一員として、世界観や倫理観を、他の成員と共有する。「人」はそれぞれ役割をもつが、その役割が果たすべき行為（子の孝、臣の忠など）についても、他の人々と同じ考えをもつはずであり、またそのように行為することを期待されている。言換えれば、各「人」は社会共有の「理」に基いて「人道」を歩むべく義務づけられている。さもなければ、社会の秩序は維持できないであろう。こうして、「人」とは、いわば肉体は自分のものでありながら思考形式は他人と共有であるような、自己の表層部分（顕）である。しかし、他者と関る行為は常に社会的意味をもち、それ故「人道」に合致しているか外れているか（善悪）が問われ、後者であれば罰を受けるであろう。人間は、社会という場の中では、「人」として認知され、その行為は「善悪」の基準によって評定される外はないのである。

ある個人の行為が「人道」を外れるとすれば、理由は二つ考えられる。一つは「人道」を正しく知らないためである。そこで社会は、儒教仏教など「理」を教えるシステムをもつ。しかし知りながらなお「人道」を外れることがある。その理由は、そもそも人間の深奥に、それと矛盾する独自の魂の動きがあるからではないか。儒教はこれを抑圧すべき悪とみなして「私思欲情」と呼ぶ。しかしそれは古代の日本人が「迦美《かみ》」と呼んだものであり、これこそ本来人間の核を成すものではないのか。この「神（迦美）」は抑圧して小さくなるものではない。むしろ抑圧が過ぎれば、それは異常な形で噴出せざるをえないであろう。例えば、「或は病となり或は乱心し或は出奔し或は自殺するにいたる」（一・六二）という形で。

こうして人間は、外面的（「顕」）な「人」（「公身」）と、内面的（「幽」）な「神」（「私欲」）とから成るとすれば、「人」の道としての「人道」とは別に、「神」の道としての「神道」を考えねばならない。というのは、「神」といえども一人でこの世を生きるわけではないからである。しかし、「人」と「人」とは社会（「公」）という関りの場を持つが、「神」と「神」とはどのようにして関ることができるのか。「神」の相互認知や評定はいかにして行われるのか。

一つの社会の各「人」は、「理」という思考の枠組を共有している。それ故、「人」はその主張を言語によって他「人」に理解させることができる。また、ある「人」の行為について、人々は、その善悪を、客観的（とみなされている）基準によって評定しうる。

しかし、各「神」の抱く「欲」は全く「私」的なものであり、言語によって伝えることはできない（「言挙げ」不能）。なぜなら自身の抱く私思欲情については、その情を相手が分け持ってくれなければ、本当に伝わったとは言えないからである。例えば、「悲しい」という語で〈悲しみ〉の観念は伝えられるが、〈悲しみ〉の情が相手に生じるわけではない。それでも他に手だてがないので、人は「神」を言語で説明しようとする。「私は悲しい」というふうに。しかし言語によって理解されるものはもはや「神」ではなく、いわば「神」の情態を分類した名札にすぎない。こうして「言といふ物は神をころす」（一・二二）と言われるのである。

行為の評定についてはどうか。御杖によれば、未然の行為は「欲」であり、既遂の行為は「事」

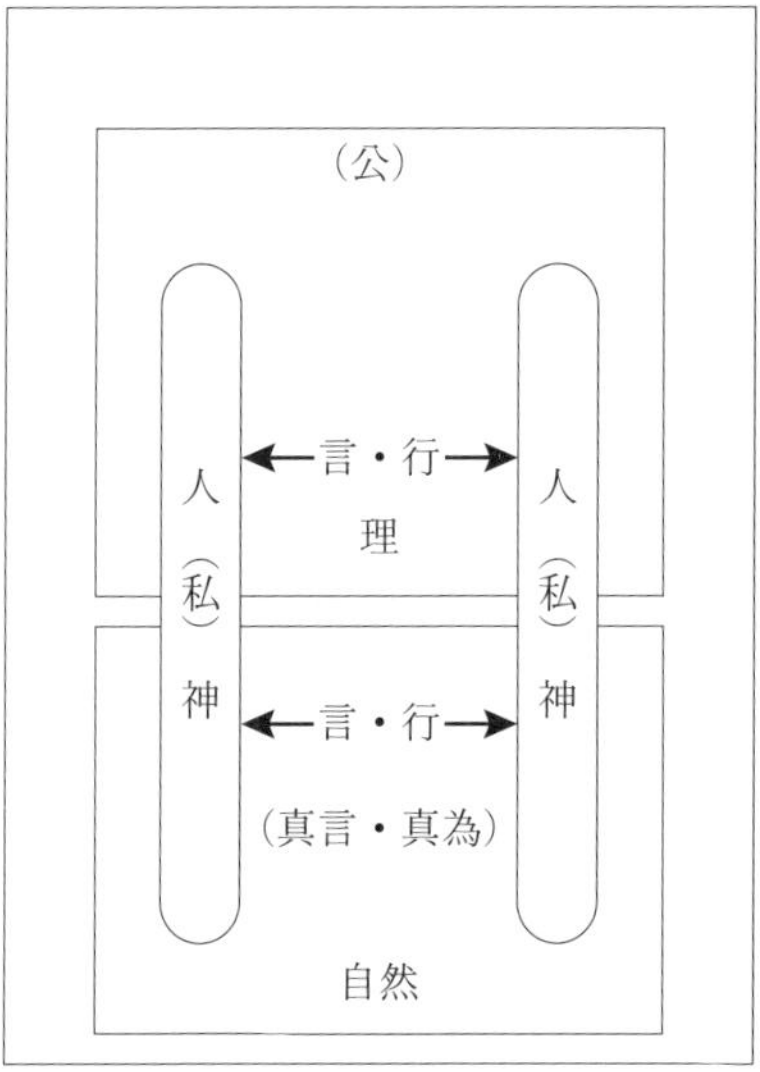

であるが、善悪という基準は「事」についてのものであって「欲」に対してはあてはまらない。それ故、外に「顕」れた「事」を対象とする「人」の立場と、内に隠れている「欲」を対象とする「神」の立場とでは、善悪のありようが異なってくる。まず「人」の立場からは、ある「事」の善悪は一義的に定まる。「事」の事実は動かし難く、「理」は〈客観的〉であるから。しかし「神」の立場からは、相手の「欲」がわがままなものかやむを得ざるものかが問題となる。その「欲」を理解し、やむをえざるものと納得するなら、それを行為に顕すことを許すかもしれない。許された以上、その「事」は善とみなされる。

この評定法は、「事」の善悪を、「事」自体によってではなく、「事」を産む「神」（私欲）の質によって測るものと言える。しかしこのような評定法が可能であるためには、まず「神」の理解が先立たねばならない。

では、「神」の相互理解はどのようにして可能となるのか。ある「神」が他の「神」に「感動」するという現象によって、である。「感動」を呼び起こす媒体は「為《わざ》」つまり「言行」である。

しかしそれは普通の言語や行為ではなく、「真言《まこと》」であり「真為《まわざ》」でなければならない。「神」はこの「真言」に「感動」して、他の「神」のありようを自らの内に再現し、共有する(「感通」)。これが「神」による「神」の理解である。

「人」と「人」との関係が社会をつくる以上、我々は日常生活の表面を「理」に従って営む外はないが、「神」と「神」との関係こそ本当(「真」)の人間関係でなければならない。そしてそれは、概念的理解を求める言語や客観的評定を求める行為によるのではなく、「感動」「感通」をもたらす「真言」や「真為」によるのである。以上の関係を図式化すれば右のようになるであろう。

この「真為」に注目すれば共感を原理とする御杖の倫理学が、「真言」に注目すれば共感を原理とする彼の修辞学が取り出せるであろう。その後者が本章の主題である。

2 神道と歌道

御杖によれば、「神道」は教えの名ではない(一・三七以下)。「神」を達する道である。つまり、私思欲情の満足・変換・解消のしくみである。では、これにはどのような道があるか。

一番単純には、「所思」「所欲」をそのまま言行に出すことであろう。しかし言行は必ずある状況(その「時」の「実況」)の中で行われるものである。この言行と状況との関係は、「人道」に照して適当(善)なことも不適(悪)なこともある。それ故、「時」と「人道」を無視して「神」

を言行に表すわけにはゆかない。もし表せば、それは我身に「禍」となって社会から報復をうけるであろう。「神」自体に善悪はなくとも、一たん「外」に「顕」れた言行は、「公」的規範に（正であれ負であれ）関らざるをえないからである。この「人道」と「神」との矛盾から「人道」に抵触せずして「神」を達する方法として「歌道」が要請される。これが以下に述べる御杖の「五典」の説である（二・二一七以下、二八〇以下）。

五典の第一は「偏心《ひとへごころ》」といわれる。これは私的な思いこみであって、「理」に合うか合わぬかは問わない（逆に言えば、儒教的な「理」の偏重もまた、一つの思いこみ、つまり「偏心」にすぎない）。むしろこの思いこみは、自分なりに何らかの理窟をつけて正当化されていることが多い（つまり「理」が〈客観的〉であるというのも「偏心」の信仰にすぎない。「理」はいずれ人為であるが、同ずる人の多少で公的私的に分れるのみ）。従って、この「偏心」を実際に言行に出す前に、その時の公的な「理」への適合性を反省してみなければならない。ここで五典の第二に「時」（又は「知時」）が言われる。「時」（その時の状況）に適合しない言行は、却って自分の将来に「禍」となるので、内なる「偏心」を抑圧して外に出さぬようにしなければならない。例えば、昔から歌の題材に多い不倫の恋も、内なる私欲に止まるうちは罪にならないが、実際に「事」に及べば「悪」として社会から処罰される。そこで「神道」の主たる役割の第一は、自らの「心術」を訓練して「偏心」を産まぬようにすることであり、第二は、それでもなお生じた「偏心」を、このような自己反省により、外に顕さぬ（「隠身」）ようにすることである。しかし、この「偏心」の根である欲情が余りに深い時、内に抑圧しきれない。この、自ら破滅のもとと知りながら抑えきれぬ「偏心」が、五典の第三「一向心《ひたぶるごころ》」である。「偏心」が「一向心」になる時、もはや神道はこれを制御できない。言行の形で外へ出さなければ、人は発狂、自殺するかもしれない。問題は、どのような形で外へ出すか、である。じかに言行に表せば、それは「強為《しひわざ》」であるから、我身は破滅することになろう。御杖はこの時、「所欲」自体ではなく、「所欲」を抱える我の「情態」を外化することを考える。「一向心」は「やむにやまれぬ心」である。ということは、それは止めるべきものであるという反省（知時）を「裏」に伴っているのである。つまりこの時の心の「情態」は、やめるべきであると知りつつ、やむにやまれぬという矛盾に動きのとれぬ「境」であり、この故に一つの「欝情」を形成している。この「欝情」は、言・行の二形式で外化することができる。行為の例として、御杖は、物を投げて壊すという破壊行為を挙げる（二・一九二）。この時、自分の「欝情」が、〈壊れた物〉という「かたち」をとって、自分に見えるものとなる。すると、気分が晴れて「欝情」が解消することがある。同じことが言葉によってもなされうる。ここに五典の第四「詠歌」が語られる。和歌は「欝情」に「かたち」を与えたものであり、人はこれによって自らの「欝情」を客体化し、認識することができる。このように用いられた言葉を「真言《まこと》」という。元来「欝情」は、やむにやまれぬ欲情と、これを自制する心と、制止されたことへの「憤《いきどほり》」との錯綜したせめぎあいであって、反省によっては明確に捉え難い情念の渦のようなものである。それが「真言」によって歌に表される時、はじめて自分にもその「欝情」のいかなるものかが一つの「かたち」として捉えられるのである。そして自らの「欝情」は客体化されて捉えられるとその「勢《いきほひ》」を失う。つまり、「一向心」が鎮静する（カタルシス効果[1]）。こうして人は「詠歌」により、「一向心」となった「所欲」を、じかに言行に表すことなく済ませられる。結果的には「時」の状況を破ることなく適応することができる。これが五典の第五「全時」（時を全うすること）である。

しかし、詠歌の効果はもう一つある。「欝情」が形をとるとは、自分のみならず他人の目にも見えるようになるということである。つまり他の「神」が歌を見て、作者の「神」に触れることができる。この時何が起るか。御杖は「感動」と言い、「感通」と言う。「感とは両方おなじものなるが時ありておもひがけずゆきあふ」ことである。つまり一つの「神」が他の「神」の情態に感応し、同じ情を生ずるのである。「真言」を理解するとは、その意味を概念的に知るだけでなく、その情を共有する（「感通」）ことなのである。そして他者の理解を得たと感じることは、それだけで私思欲情を鎮静する今一つの道でもある（一・六五参照）。それ故、詠歌は二重の意味で「一向心」を鎮めることができると言えよう。御杖は、この「感通」を、五典の外として第六に挙げる。

しかし、和歌によってもなお「一向心」を鎮められぬ時はどうなるか。それは破滅を承知で行為に出さざるを得ないであろう。とはいえこれは「ひたぶる心にまかせてなすわざ」ではなく、「神道歌道もちから及ばずして止事をえずせめてうち出たるわざ」（二・一九三）である。これを御杖は「真為《まわざ》」と呼び、「真言」同様、人を「感動」させる力を持つとする。人は「真言」「真為」に出会う時、これに感動してそれを産み出した「一向心」に共感する。そして共感した以上は、それを肯定する（是とする）であろう。さらにそれが実際の行為に表れることとさえ許すかもしれない。社会通念からみれば悪でしかない行為が、この場合にかぎり是とされるのである。「事」の善悪は、人の心がそれを善とみなすか悪とみなすかによって決るものであるから（一・三〇、七一参照）、「感動」は悪事を善事に変えてしまうわけである。古来歌論に言うところの「歌は天地を動かし鬼神を感ぜしめる」とはこのことである、と御杖は考える。行為に出してはならぬはずの「一向心」は、今や外に出すことを認められる。これは私思欲情の最終的な満足である。

こうして「神道」は「神」の暴発を抑える道であり、「歌道」は「神道」の抑えきれぬ「神」を鎮静させ、他者の共感を通じて「神」を満足させる道である。この故に「歌道」は「神道」の補完であり、「歌道」なくして「神道」は完成しないとされるのである（二・二〇七参照）。

しかし、歌が「欝情」に形を与え、人がこれに「感動」することができるのは、いかなるしくみによるものか。ここから、御杖の言語論、修辞論に入らねばならない。

3　直言と倒語

御杖は、歌とは何かを考えるには、まず通常の「言語」のほかに、なぜ「詠歌」というものがあるかを考えよ、と言う（一・五九三）。これは「言語」では果たしえない機能を「詠歌」が果たしているということである。では、「言語」の機能は何であり、その限界は何か。

御杖によれば、「言語」は自己の思いを他者に訴えるための道具である（従って独り言は言語の本来の姿ではない（二・二一四））。それ故言語は、公的であれ私的であれ（少なくとも口に出す意義があるものなら）「我」の「彼」に対する主張という形をとる。この〈主張〉は、「彼」がそれを受容れることによって、その意義を全うする。逆に言えば、他人が聞かなければ、そして聞き入れなければ、「言語」の効用はない。どのような「言語」なら聞き入れられるであろうか。一つには内容により、一つには言い方によるであろう。

「私」の内にあるものは「人」の「理」と「神」の「欲」である（一・三三以下、二・二六以下参照）。従って、主張の内容は「理」か「欲」（又は「理」の衣を纏った「欲」）ということになる。「理」は各「人」が共に認める約束事であり、「欲」は各「神」が私的に生ずる情である。それ故、「理」は筋さえ通っていれば「人」は皆これを受容れざるをえない。たとえいやでも受容れてみせねばならない（「屈服」（二・一六六））。しかし「欲」の主張を、ふつう他の「神」は受容れない。むしろ、或る「神」の「欲」が表面化すれば、他の「神」はこれに反撥し、これを抑えようとする。「欲」をそのまま語ること（「直言」）は逆効果であり、むしろ言わぬがまし（「不レ如レ不レ言」）なのである（「理」の衣を纏う「欲」に対しては、「人」のレベルでは屈服し、「神」のレベルでは反撥するという、面従腹背の対応が考えられる）。

なぜ「言語」による「欲」の主張は効果がないのか。「言語」によっては、「神」と「神」との相互理解ができないからである。「神」の相互理解とは、相手の「情」を自らの内に再現することであるが、「言語」によって伝達できるのは論理と概念にすぎない。それ故、「情」の「直言」は、自分がそのような「情」を持つという情報を概念的に伝えることはできるが、その「情」自体を生起させることはできない。「言語」による「欲」の主張は、単に「欲」の実現を外から強要するにとどまり、内部から他者を納得させる力を持たないのである。

ではどうすればよいか。他の「神」が自ら動き、その「情」を喚起する契機となるよう言葉を用いるという道がある。彼の「神」が我の「神」を思いやり、そのやむにやまれぬ情を自分のこととして理解する時、彼は初めて我の「欲」を許すかもしれない。「理」は他「人」に受諾を強制できるが、「欲」は、彼の「神」が許し、我に譲るという自発性を彼から引き出すという形でしか、他者に受容れられないのである。このような自発的許容を他者から引出すためには、まず言葉が彼を「感動」させ、これによって彼が「理」を棚上げしてまで我を受容れる(「感服」)ようにしなければならない。このような言葉の働きは、我の「欲」を直接に言い表してその実現を強要する「直言」によっては果たしえない。

御杖は、古事記という神典が「直言」では書かれていないことに注目した。神典の内容は、事実としては余りにも奇怪な言説が多い。これは、神典の主旨が記述の表面にはないことを示しているのではないか。御杖は、神武紀中の句に基き、この「直言」ならざる語法を「倒語」と呼ぶ(三・五六二)。「倒語」には「諷」と「歌」がある。「諷」は、例えば神典のように、通常言語の形をとった倒語であり、「歌」は形式自体が既に「言語」と異なるものである。つまり「歌」とはもっぱら「倒語」のために発明された形式であって、その意味で「諷」よりも徹底している。

「倒語」とは、「直言」の反対であり、事柄をそのままには語らず、一種のレトリックを用いて語ることである。では、その効用は何か。

御杖は、「わがおもふ情」に他者が反撥するのは「大かた人情の常」であり、「故にわざと倒を詞とする事、すなはちわが情に同意せしめむ為の妙法也」と言う。なぜなら、「思はぬ所を詞とする時は、きく人其心もて察してわが情に思ひ到るべし。しかる時は、その端を起す所、われにあらずして人にある」からである。つまり「倒語」とは、他者が「わが情」と同じ情を自発的に生起させるための語法なのである。

それでは、何を、どのように倒語するのか。何を倒語するかには二種ある。「事」と「情」である。例えば「行く」という「事」を語るのに「ゆかずは」（行かなければ）と逆の「事」を挙げてみる。これは「事」の倒語である。しかしより重要なのは「情」の倒語である。「わが情」の「思はぬ所」を語って、しかもその情を相手に伝えようというのが、倒語の元来の意義なのであるから。

では、どのようにして、「情」の倒語を行うのか。御杖はこれにも二様あるとする。

「一は比喩なり。比喩はたとへば、花のちるをもて無常をおもはせ、松のときはなるを云て人の寿をさとせる、これ也。二には比喩にはあらずして、外へそらす、これ也。たとはゞ妹を見まほしといふをば、妹が家をみまほしとよみ、人の贈りものを謝するに、其物の無類なるよしをよむ類也」（三・五六四）

この「比喩」と「外へそらす」とが、現代言語学に言う隠喩と換喩に相当することは、中村雄二郎・坂部恵両氏の指摘する通りであろう(2)。しかし御杖の関心の所在が現代言語学と同じであるとは必ずしも言えない。後者が〈転義的比喩《トロープ》〉(3)に注目するのは、「A」という語がAではなく実はBを意味するという転義現象が、一般の言語規則を逸脱しているからである。転義のしくみで〈転義的比喩〉は分類され、雑駁に言えばABに共通点pがある場合を隠喩、

ＡＢが隣接関係にある場合を換喩とする。現代言語学はこの転義のしくみを詳細に分析するが、関心の焦点はＡ→Ｂという転義現象にあるように見える。一方、御杖の関心は、情の喚起にある。「比喩」に於て御杖が注目するのは、共通点ｐの方である。なぜなら、ｐこそが他者に訴えるべき「情」であり、このｐを伝えるために「思はぬ花鳥風月の上に詞をつけ」るのであるから。例えば、「人生」を「花」に喩えるのは両者が無常という共通性を持つからである。御杖にとって重要なことは、「花」が「人生」を意味するということではなく、一般に自覚され難い人生の無常が、花の無常を持出すことによって容易に感得されうる、という点にある。「この世ははかなし」と言って無常感が伝わるものなら倒語の必要はない。伝わらぬからこそ、花の散る姿を想像させることによって、他者の心中に無常感を喚び起こすのである。

「外へそらす」のも、やはり、「情」の喚起のためである。それも自発的な喚起のためである。「あなたに逢いたい」という情の直言は、たとえ相手がその心中を察するにしても、言葉に強要された解釈であって、自ら思いやったものではない。それ故共感の力が弱い。しかし「あなたの家を見たい」と言えば、この言葉の背後にある「逢いたさ」の情を、相手は自ら思いやるであろう。この時相手は、言語の解釈によってではなく、自発的な心の動きとして「逢いたさ」の情を喚起している。それ故共感の力は強く、逢う事を許すかもしれない。また贈り物に「有難い」などの謝辞を述べても、通り一片の社交辞令にとどまって、感謝の気持は伝わらない。しかしそれがいかに珍しい物であるかを語れば、珍しい物を喜ぶのは人情の常であり、どのように喜んでいるかが容易に推察される。つまり「外へそらす」とは、情の生起すべき状況、又は情の生起した結果の状況から具体的な一片を選んで語り、当の情を思いやるための契機を与えるものである。

こうして、「比喩」とは、類似の情を生ずる事柄を語って当の情を推察させる語法であり、「外へそらす」とは、当の情が自発的に思いやられるような隣接の事柄を語るものである。「外へそらす」方が当の情への共感は深いが、それだけ技術的には難しい。「此故にそらす方を倒語の到りとはすべきなり」と御杖は言う。

要するに、「情」は元来言葉にならぬもの（「詞のたえてなき所」（三・五六四））であり、これを他人に伝えるには、間接的方法によって同様の「情」を相手の心中に喚起する外はない。このための言語使用が「倒語」であり、その最も秀れた形式が和歌なのである。

4　表裏境神

「倒語」は制作の側から見た和歌のレトリックである。では解釈の側からは、どのようなしくみが見えてくるか。ここに「表裏境」の説が語られる。

発話された言葉には必ず三つの意味の層があると御杖は言う。なぜか。元来言葉の発生は、ある物を他の物と区別するためである。例えばある木が「松」と呼ばれるのは、それを柏や榊と区別するためである。「世に柏も榊もなきものならば、松と名づくるにも及ばぬ理」（二・二七八）である。つまり、「松」という語は、「表」に松を指しつつ、「裏」に柏や榊があり、〈柏や榊とは異なる〉という含意をもつ。そして発話者が「松」の語を選ぶのは、柏や榊では伝え得ないものを語るためである。例えば長寿の象徴として「松」と言う。この時、長寿への願いが「松」の語の「境」である。

この表裏境は文のレベルにもある。例えば「障子を閉めよ」と言えば、〈障子が開いている〉という「裏」がある。「閉めよ」と命令形を用いるのは〈開いていては困る〉からである。この表裏の関係に、その場の状況（時節・発話者の健康）を考えあわせると、〈寒いから〉という「境」が推量される。なお、「表」は一義的に定まるが、「裏」と「境」とは一定せず、発話時の事情を勘案して推量しなければならない。

和歌も原理は同じである、と御杖は考える。ただ和歌は発話の状況が明らかでないことが多く、このため「裏」「境」の解釈が容易ではない（それゆえ彼は詞書を重要視する）。しかし解釈してみれば、和歌の「境」はいずれも同じトーンを帯びていることに気がつくであろう。即ち、時の状況と私思欲情との衝突による欝情である。御杖は言う。

「おほよそ表となるは時をなげく情、裏となるはひとへ心の理、境となるは偏心の達せぬ憤なり」（二・二二七―八）。

御杖による表裏境の分析の実際は、『百人一首灯』の草稿に見られる。彼は一首毎にその「表」と「裏」と「境」とを析出してみせている。ただそのパターンは千差万別で必ずしも「表」が「時」、「裏」が「偏心」とは言えない。逆に「表」に「偏心」の願望を表し、「裏」にそうはゆかぬ事情を示唆することもあり、両者がないまぜになっていることもある。しかしいずれにせよ、

「表」と「裏」によって示されるのは、ある事の実現に対する「欲」と、その実現を許さぬ「時」の事情である。作者は、実際の行為に於ては、「時」の配慮から「欲」を抑える外はないと考えているが、表に出しえない「一向心」は「欝情」となってわだかまり、抑えきることができない。この「時」と「欲」との葛藤状態が「境」となっているのである。

この「欝情」が形を得て歌に宿る時、御杖はこれをも「神」と呼ぶ。表裏境は詞に備るものであり、詞の解釈を重ねて理解しうるが、歌の「神」は、人間の「神」と同様、共感という形でしか捉えられない。しかしこの「神」が人を「感動」させ、人に共有される（感通）時、はじめて和歌はそれ本来の機能を果たすのである。御杖は、中世歌論に言う「有心」や「余情」もこの「神」のことであると考える。この「神」による「感動」や「感通」は、もはや詞の働きというよりは、言葉の霊《たましひ》、つまり「言霊《ことだま》」の働きというべきものである。作者の「神」が「活《いき》ながら歌にうつりとゞま」ることによって「言霊」となる。どのようにしてか。ここに至って御杖は、不器用な比喩を用いるしかない。燧石《すいせき》は衝突によって、石の内にはない火を生ずる。米と水とが出会えばどちらにも含まれていなかった酒が生ずる。つまり「物ふたつうちあふはづみにおのづからなり出るものはかならず活《いき》て不測の妙用をなす」（二・二一三）。歌の場合、「言のうちにその時やむことをえざると、ひたぶる心のやむことをえざるさまおのづからとどまりて霊とはなる」（二・二一二）のである。

「時」と「一向心」と二つの「やむことをえざる」ものに引裂かれて、自己が解決しようのない欝情を抱いている時、この情は、自分にも捉え難い矛盾と混乱である。しかし歌という「形」

が与えられる時、この欝情は、自分に対面して立つ一つの物となる。「形」をもたない言葉は欝情を慰めるとしても一時的でしかない。しかし「形」を得た欝情は自立して持続する。即ちそれは、一つの生命を得るのである。

「言語は無形也。詠歌は有形なり。すべて形なきものには霊とゞまる事なし。形あるものには霊そのうちにとゞまりて死せず」（二・二二五）

「言霊」とは、このように「言」を肉体として生きる一つの「神」（霊）に外ならない。表裏境神の解釈は実際にどのように行われるか。御杖の分析から一例を挙げておこう（二・三〇四、三七八〜九）。百人一首中に菅原道真の次の歌がある。

このたびはぬさもとりあへず手向山もみぢの錦神のまにまに

今回の旅立ちは慌しく、神（御杖流の「神」ではなく神様）に奉ずる幣の準備もできなかったが、代りに錦のような紅葉を手向けよう、というのが「表」の意味である。常の旅ならば本物の幣を奉るものを、というのが「裏」の意味である。ここから推察される「境」は何か。道真は上皇から急な供奉を命ぜられ、神に礼を尽して無事を祈りたいという願い（私欲）と、供奉に間に合わねばならぬという義務（理）との間で葛藤を生じ、結局「時」の状況に順って神への礼を欠いたのである。しかし果たされなかった私欲は欝情となる。礼を欠いた以上神を頼む資格はないと知りつつ、なお自分のやむをえざる「心のうちを御推量あつて道の無事なやうにまもらせたまへ」と祈る屈折した願いがこの歌の「境」なのである。

ではこの歌の「神」は何か。歌の「境」はそのまま歌の「神」ではない。御杖によれば、「わが身の上をおもふて、せねばならぬといふてする事ども丶、我身の自由な時の事じゃ、勤向になると、そこどころの事ではない物じゃ」という、宮仕えの不自由を嘆く心がこの歌の「神」である。

以上が御杖の実演してみせた解釈である。ではこれを、道真の制作の側から考えればどうなるか。「勤向」によって「我身の自由」を縛られる欝情が、もと道真の胸中にあった「神」である。おそらくこの欝情は日頃から胸に抱いていたものであろう。しかしこの情を直言して「宮仕えは不自由だ」と言うことは、官吏として自殺行為に等しい（「禍」を招く「私為」）。そこで〈自由への願い〉を〈奉幣への願い〉に置換えたのである。これは「外へそらす」型の「倒語」に外ならない。

この「倒語」には二つの効果がある。第一に、自由への欲を我儘と難ずる人も、神への篤信を非難できない。つまり、直言による禍を免れることができる。第二に、歌の「境」の欝情を理解する読者は、「もし自由であれば、このような欝情はあるまいものを」という思いを自ら招くであろう。つまり、言葉の表に出さずとも、読者の自発的喚起という形で、私情の「神」が「感通」するであろう。

こうして、「倒語」とは、作者が自らの「神」を「言霊」に転化するための技法であり、「表裏境」とは、読者が言葉の中の「神」（言霊）に出会うための解釈の階梯なのである。

御杖の関心の基本にあるものは、いかにして或る人の「神」が他の人の「神」に伝わるかという、人間の相互了解の可能性であった。「理」は言語という乗物によって、「人」から「人」へと転送できる。「神」の交通にもまた何かの媒介を必要とする。しかしその媒介は、それ自体が一つの「活き」た霊でなければならない。死物の言語ではなく、「言霊」となった「真言」のみが、「神」を「感動」させることができる。それゆえ、人は自らの「神」に生きたまま一つの「形」を与え、自らの外に自立させねばならない。それが「詠歌」であり、その手段が「倒語」である。「倒語」は、矛盾の中に立つ欝情を、「言霊」としてひそかに宿すことができる。そして他人は「表裏境」の解釈を通じてその「言霊」に触れ、これを介して作者の「神」を理解するのである。

人の「神」は内に隠れていて、普通目の当りに見ることはできない。しかし「言霊」に感動する時、あたかもその「神」に裸で出会い、これをじかに心で味わっているように思われる。考えてみれば、これは奇跡ともいうべき現象ではなかろうか。「神」と「神」との交通はこの奇跡によって可能になる。しかも歌の「言霊」は、既に亡い人の心さえ私の中に喚び起こし、これに出会わせてくれる。そして御杖は、日本語の伝統がこの「言霊」を中心としていたことを確信する。柿本人麻呂は「事霊のたすくる国」と言い、山上憶良は「言霊のさきはふ国」と言った。御杖が、万葉集からこれらの句を引く時、どれだけの思いをこめていたか。我々は御杖の「神」に想いをはせるべきであろう。

結び

御杖の思想が宣長と枠組を同じくしていることは明らかであろう。「人道」「神道」の二分法は、宣長の「漢意《からごころ》」「真心《まごころ》」（前章の用語を使えば〈くらしの道〉と〈歌の道〉）の二分法に対応し、人為的・公的な前者に対し、自然な私情に基く後者をより積極的に評価する点も同じである。二人の神道論の内実は全く異なるとはいえ、御杖が宣長から引継いだものは小さくない。

振返れば、中世の俊成以来、和歌は、社会の共有する世界認識のしくみを突抜けて、世界の新たな意味をうち建てるもの、或いは世界の本当の意味を告げるものとして論じられてきた。その意味の根源は、神でもなく所与の世界でもなく、常に「人の心」であった。つまり、「人の心を種として」（古今集仮名序）いた。

ただ、人の心は染りやすい。生れ落ちて以来、人の心は共同主観性という水に浸り、同じ色に染められてゆく。色ガラスを通して世界を見れば、世界は極めて理解しやすいが、本当に心動かされることは少なくなるであろう。この色ガラスを打ち破るものは何か。誰もが心の奥に持つ真情（「神」「真心」）である。この真情を解放し、本当の力を回復させる道が「歌の道」であった。

この真情は、一方では世界の実相に向ってそこに美を見出し、又一方では他者の魂に向ってそこにもう一つの真情の震えを見出す。いずれにしても、人の心は「感動」という形でこれに反応する。人はこの世を生きる際、物や他人と様々な関係を結ぶことができるが、感動できないような関係は（生物学的必要を別とすれば）おそらく人間にとって、本来は結ぶに値しないものなのである。しかし世人は擬制にすぎぬ色ガラスを通して見た世界こそ現実であると信じ、自らの真情を信じない。それ故、ものに感動することが薄いばかりか、容易に涙する人を見て「女々しい」「幼い」と嘲笑う風さえある。

仏教が「習気《じつけ》」と言い、宣長が「習気《しふき》」と呼んだこの擬制は、深く身に染みこんでいるために、それが擬制であることを自覚することさえ容易ではない。しかし歌は、直接に人の心を動かすことによって、この擬制を突き抜け、眠っていた真情を呼び醒すことができる。人は、驚き感動する時、自らの日常の世界認識を一瞬超え出るのである。宣長と御杖の歌の道は、こうして、人為の常識に染ることによって忘れ去られた自分の心の本当の生命を取返す道となるのである。

本章の御杖の引用は、国民精神文化研究所刊の富士谷御杖集全五巻によった。本文中括弧内はこの全集の巻・頁数である。

（1）同様の「カタルシス効果」が既に本居宣長の歌論に見られることについては、今道友信『東洋の美学』（TBSブリタニカ）、三三七頁以下参照。
（2）中村雄二郎『制度と情念と』中央公論社、一八三頁。坂部恵『仮面の解釈学』東京大学出版会、二三一頁。
（3）tropeの訳語は様々だが、ここでは佐々木健一・樋口桂子共訳のグループμ『一般修辞学』（大修館書店）の訳語を借りた。

あとがき〔勁草書房版〕

大学を出て数年後、研究室に戻った時、はっきりとした目算があるわけではなかった。興味は日本人の美意識にあったのだが、何から手をつけてよいかわからぬまま、とりあえず日本美学の最良の遺産である歌論を読みはじめた。そして六年、結局、歌論ばかり読んでいたことになる。気がきかぬとも怠慢とも言えようが、つまりは足をとられてしまったのである。

そのきっかけは、藤原俊成の『古来風体抄』にある。はじめこの書を一読したところ、『摩訶止観』なぞを引用し、抹香臭いばかりでおよそ面白くない。参考のために『摩訶止観』を開いてみれば、その初段に釈迦以来の仏法相承の系譜の記述があり、仏駄難提《ブッダナンダイ》とか僧佉耶奢《ソウギャヤシャ》といった舌をかみそうなインドの人名が次々と並べられる。マタイ伝の冒頭に「アブラハム、イサクを生み、イサク、ヤコブを生み……」と一頁ほどキリストの系図を記しているが、あれを思い出してうんざりしたものだ。ところが不思議なことに、俊成はこの部分に感動したらしいのである。

「大覚世尊（釈迦）法を大迦葉《カセフ》に付け給へり。迦葉、阿難《アナン》に付く。かくのごとく次第に伝へて師子に至るまで廿三人なり。この法を告ぐる次第〳〵を聞くに、尊さも起る」と言う。ここに、ひっかかった。一体この退屈な系図が、どうして俊成には「尊さ」の念を起させたのか。疑問は胸の底にわだかまったまま日が過ぎた。そしてある時、ふと思い当たったのである。俊成の考える〈歌の道〉とは〈仏の道〉と同じものではないのか。それは、和歌という作品の集積であるよりも、世界を見る見方そのもののことではないのか。この時、私には、俊成がなぜ仏法の相承の系譜に感動したのかがわかったような気がしたのである。

釈迦は世界の実相を見てしまう。その瞬間に彼は孤独となる。彼の外に誰一人、世界をそのように見ている者はないからだ。人々は〈世間〉の中を生き、釈迦一人が〈出世間〉の人となって、異邦人の如く立っている。しかし真実を見てしまった者は見てしまった者であって、もう元に戻ることはできない。彼は自分の見たものを人に伝えようとする。しかしその言葉は、たとえば「花は紅、柳は緑」というような不器用なものである外はなく、誤解の種を増やすにすぎない。伝えるべきは、世界の新しい姿ではなく、世界を見る新しい眼でなければならない。しかし、この眼の伝承は、説法によっても訓練によっても、うまくゆかない。真理を求めて弟子は数多く集まってくるが、彼らは師の言葉を〈世間〉の基準で理解して有難がるばかりである。禅門の伝えによれば、言葉に絶望した釈迦は、ある日講壇でただ花を拈《ひね》ってみせる。その時、聴衆の中の迦葉《かしょう》が、ただ一人彼に微笑を返したという。釈迦は、この時はじめて、自分がもはや孤独ではないことを知った。少なくともここに一人、自分と同じ眼をもって世界を見る者がいるからだ。心は継承された。すなわち、〈道〉の成立である。同時に、迦葉には責任が生じる。いかにして〈道〉を伝えてゆくか。彼は、自分の心と同じ心を持つ者を、少くとも一人は育てねばならない。釈迦にとってさえ困難であったこの仕事が、彼に容易であったはずはない。しかし、とにかく彼は、阿難という同志をつくることに成功する。〈道〉は亡びなかったのである。

そして、代々に伝えて二十三人。釈迦を含めて二十四人。この二十四人の名が伝わっていることは、殆ど不可能と見える心の伝承のために手を差しのべた二十三人の師と、それに応えてついに世界の真実を見ることに成功した二十三人の弟子との、一つの共同体が確かにあったことの証しである。そう思えば、この伝法の系譜を見て「尊さ」を感じないわけがあろうか。——俊成はそう考えたにちがいない。そして、彼にとって〈歌の道〉とは、まさにもう一つの〈出世間〉の心を伝える道であった。天才は孤独かもしれないが、道の人は孤独ではない。同じ道を行く仲間がいるからである。ただ、この仲間は、必ずしも同じ時間と空間を生きているとは限らない。遠く唐天竺のこともあれば、数百年を距てることもあるだろう。しかし〈道〉という共同体は、時空を超えて成立しているのである。道の友は、たとえ時代を距てても、同じ心を分けもつ仲間であることを確信し、優しく微笑みを交すことができる。私は、俊成が、道の先輩の古人たちと、手をとりあってなか空を歩むイメージを思い泛べていた。そして、なぜかそのイメージにたわいもなく感動していた。

道を継いだ人は、道を伝える義務がある。俊成は、自らの心を誰かに伝えねばならない。しかし彼は、「この心は、年ごろも、いかで申のべんとは思ふ給ふるを、心には動きながら言葉には出しがたく、胸には覚えながら、口には述べがたく」と言う。つまり〈歌の道〉も、言葉によって語り伝えることのできぬものである。しかし、遠からぬ死を予感しつつ、彼はこれを何とか語ろうとする。天台智顗《ちぎ》が『摩訶止観』で試みたように。

このように考えた時、『古来風体抄』は、私にとってその姿を一変した。一言一句にこめられた俊成の思い（皮肉・苛立ち・願い・訴え等）が、紙上から自ら立ち上ってくるように思われた。そして「苔の袖も朝露繁きにつけて、する墨もかつ（涙で）洗はれ、老の筆の跡もいとゞ乱れながら記し終りぬるになん」という序文の結びに、確かに俊成の涙を見たように思ったのである。

もちろん、全てはそんな気がしただけのことかもしれない。しかし、この時以来、私は歌論を読んで倦まなくなった。その後、たまたま『無門関』を開いて、そこに私が俊成に思い泛べたものと同じイメージが語られているのを見た時、私は自分の方向がそれほど見当違いでもないらしいと、一人勝手にうなづいたのである。すなわち、禅宗の関門は趙州の言う「無」の一字であるが、この関所を通過する者は「但《た》だ親しく趙州に見《まみ》ゆるのみならず、使《すなは》ち歴代の祖師と手を把《と》つて共に行き、眉毛《びもう》廝《あ》ひ結んで同一眼に見、同一耳に聞くべし」というのである。

学者は真なる命題を発見し、人々はこれを真実の知識として学ぶ。さらにこの知識を土台として、新たな命題を積み重ねてゆく。何千年をかけて、学問は巨大なピラミッドを作り上げる。それは確かに、偉大な事業にはちがいない。一方、〈道〉は何の命題も主張しない。伝えるべきは命題ではないからだ。知識のピラミッドも生まれない。ただ同じ心の継承だけが、道の人の課題であるからだ。しかし、本当に大事なものは何か。真なる命題の体系か、それとも真実を見ることのできる眼か。少なくとも、本書で取上げた歌人や学者たちは、後者であると言うだろう。というより、本書はそのような〈歌の道〉を信じた人々の思想を、現在の我々の地点から捉え直し、我々にとって刺戟的な問題を見出そうとする試みである。——結果の方はご覧の通りの代物であるが。

本書の各章は旧稿に手を加えたものである。以下、元の論文を記しておく。

Ⅰの「和歌のあや」は、『思想』六八二号（昭和五十六年四月）に掲載された。Ⅱ以下は日本歌論にみられる美学思想を年代順に取上げたが、本章はレトリックという観点から和歌を再考したものである。Ⅱ以下が、いわば歌論史を縦に切ったとすれば、本章は横に切ったものである。このため、本章は、全体の総説的な意味あいを帯びると同時に、その要素のいくつかには、Ⅱ以下の各章と重複するものがある。しかし重複をさけてその部分を削れば、それぞれの章の独立性が脅やかされる。結局元のまま収めることにしたが、その代り御急ぎの読者は、本章だけに目を通していただければ、本書のだいたいの方向は摑めるという便利があるだろう。

Ⅱの「心と物」は、東京大学出版会より刊行される、今道友信編『講座美学』収載予定の「古今集仮名序の歌論」を大幅に改稿したものである。はじめ『講座美学』の方がずっと早く刊行の予定であったが、事情があって本書が先になってしまった。幸い東京大学出版会の御好意により、本書への収録を御諒承いただけた。ここで改めて御礼を申上げたい。

Ⅲの「世界を生む言葉」は、昭和五十三年度の修士論文「俊成・定家における歌の道」をもとにしている。

Ⅳのうち、「『あはれ』と『艶』」は、今道友信編『美学史研究叢書』第六輯（東京大学文学部美学芸術学研究室、昭和五十六年）に掲載され、「冷えたる世界」も同叢書の続刊のために用意した原稿であるが、編者の御諒解を得てここに収めた。

Ⅴのうち、「『物のあはれをしる』事」は東京大学美学芸術学研究室編『美学史論叢』（勁草出版サービスセンター、昭和五十八年）に、「言葉に宿る神」は『理想』五九五号（昭和五十七年十二月）に掲載されたものである。

日本美学の研究をはじめて間もない若輩が、まがりなりにも一冊の本をまとめることができ、出版の幸運に出合うためには、多くの人の好意と援助がなければならない。

今道友信先生は研究室の指導教官であり、今年東大を退官されるまで、広く学問及び学者のあり方についてお教えを受けた。尤も、生来の軽薄さの故か、この不肖の弟子には一向に身につかず、誠に申訳なく思っている。

佐々木健一先生には、いくつかの論文を原稿の段階で見ていただいた。また藤田一美先生はじめ東大美学研究室のメンバーには、研究の口頭発表に際し、忌憚のない意見をいただいた。そして出版については、ひとえに勁草書房の伊藤真由美さんのお世話になった。ここに感謝の意を表したい。

本書ははじめ『和歌の思想』という愛想のない題を予定していたが、編集部にたしなめられ、古今集真名序に「花鳥之使、乞食《こつじき》之客」とあるくだりからこの語を選んだ。原文は和歌を貶しめて言ったものであるが、真名序の文意を離れて私にはこの言葉が印象に残った。そもそも、歌人は花鳥の使ではあるが、所詮は乞食の客ではないのか。そして逆に言えば、乞食の客ではあるが、実は花鳥の使ではないのか。歌人だけではない。芸術家は一般にそうではないのか。

そして、彼らの伝えるものを本当に受取る時、私たちの唇はひとりでに微笑むのではあるまいか。迦葉のように。

昭和五十八年九月

著者

解説

松岡正剛

颯爽《さつそう》たる一冊だった。いまは「歌の道の詩学」のⅠが『花鳥の使』に、Ⅱが『縁の美学』になった。Ⅰがいい。序文からよかった。

宣長を引いて、言葉には二つの種類があるという話から始めている。二つとは「ただの詞《ことば》」と「あやの詞《ことば》」だ。「ただの詞」は世のことはりをあらわし、「あやの詞」は心のあはれをあらわす。「あやの詞」は「ただの詞」のあらわす内容をより巧みに表現するのではなく、「ただの詞」ではあらわしえないものを語る。この「あや」をもってあはれをあらわす文学様式が、すなわち和歌なのである。

古代語の「あや」とは文であって綾であり、またあやかしであってあやかりである。物事や現象にあらわれる文様や表飾が「あや」である。文身《いれずみ》も「あや」だった。そこから妖《あや》しいも怪《あや》しむも操《あやつ》るも肖《あやか》るも躍り出た。船が嵐に翻弄《ほんろう》されるときに海にあらわれるものをあやかしと名付けたのも「あや」のせいである。中世人にとっては道理や条理の理ですら「あや」だった。その「あや」をもって言葉をつかうとは、そこに見えてはいないものやことをあらわす作用を発するということである。見えないから見えさせる。それが和歌の動向になる。この味方が秀抜だった。

尼ヶ崎は以上の顚末を本文で少しずつ膨らませる。もともと歌論の研究者でもあるから、そのフィールドへ話をもっていく。

たとえば、「ただの詞」はことはりしか書けないので、「こころ」を表現するには「あやの詞」を用いるのだが、それによって一つの歌が発表されると一つの「こころ」が文化のなかに共有される。『古今集』が一千首の和歌を世に送り出したということは、一千の「こころ」を公共化したということなのである。

その「こころ」を歌人らは正確に摑《つか》まえた。摑まえた対象のフィーリングは気味であり、主体のフィーリングは気持である。たとえば「ものがなし」は気味で、「悲し」は気持であった。では「秋の夕暮」は「ものがなし」なのか「悲し」なのか。その分かれ目から、王朝の花鳥の使《つかい》が羽ばたいていった。尼ヶ崎はそう進めて、花鳥の使の意味に分け入っていく。

和歌というものが人の「こころ」を詠めるものだと実感できたのは、日本のばあいは「あや」の言葉を扱えるようになってからである。

紀貫之が「やまとうたは、人の心を種《くさ》として、よろづの言の葉とぞなれりける」と書き、さらに「世の中にある人、ことわざしげきものなれば、心に思ふことを、見るもの聞くものにつけて、言ひいだせるなり」と書いたのは、和歌が心に思うことをことはりにするのではなく、言の葉によって物事に心が「つく」と考えられたからである。その「つく」とは漢字であらわせば「託《つ》く」になる。

何がどのように託《つ》くかは、すでに中国の『詩経』に六義《りくぎ》という先例があった。「風」「賦」「比」「興」「雅」「頌」の六義だ。「賦」は事態を直叙することで「ただの詞」にあたる。「比」と「興」が物事に託けて語る技法であった。これを『古今集』仮名序は「比」を「なずらへ歌」、「興」を「たとへ歌」というふうに和《なご》ませた。いずれも付託の方法といえばだいたい当たっていようが、貫之は中国の詩論を借りてきたとはいえ、このときすでに日本の「やまとうた」のための「あや」を意識していた。

貫之が何を意識していたかということを明確に取り出すことはむずかしいが、一言でいうなら、やはり付託しかない。日本の歌人は和歌が和歌であることだけで十分で、その他の目的や価値を求めなかったのである。和歌そのものが付託の相手であって価値そのものだったのだ。

古今以前にも付託の方法はあった。万葉でも「譬喩《ひゆ》」や「寄物陳思《きぶつちんし》」や「正述心緒《せいじゅつしんしょ》」が試みられた。「物に寄せて思いを陳《の》べる」という方法、「心に緒《つな》いで正に述べる」という方法である。

このうち「正述心緒」はむしろ付託を避ける方法をさしていた。ストレートな表現のお勧めだ。「譬喩」や「寄物陳思」は「なずらへ歌」や「たとへ歌」に近く、何かに付託するのはその通りなのだが、付託することで別のこと（生活や大君や時勢のこと）を歌っていくことに重点がおかれた。

これに対して貫之以降の古今の和歌は、付託そのものが歌の本質なのである。これは著者の指摘ではなくぼくが勝手に言うのだが、王朝の和歌は記号哲学者チャールズ・パースの言うアブダクションあるいはレトロダクションそのものなのだ。そのアブダクションやレトロダクションそのものをもって、日本人は「歌」を考えたのである。

本書は中盤から後半にさしかかって、だんだん深くなる。時代の変遷を大きく追って論考が並べられているせいもあるが、著者の思索もそれにつれて深まっている。

最初は藤原俊成の歌論をとりあげ、俊成の『古来風体抄《こらいふうていしょう》』の本質は貫之を逆から見たところにあると指摘した。俊成はこう書いた。「かの古今集の序にいへるがごとく、人のこころを種として、よろづの言の葉となりにければ、春の花をたづね、秋の紅葉を見ても、歌といふもののなからましかば、色をも香をも知る人もなく、何をかはもとの心ともすべき」。

これは、花や紅葉のもつ色香に心が感動して歌が生まれると貫之が書いたのに対して、あらかじめ歌というものがなければ、人は花や紅葉を見てもその色香はわからないだろうという、逆転させた論法である。しかしたんに逆転させたわけではなかった。俊成は何を強調しようとしていたかといえば、「型」というものに従って価値の体験を反復することが、やがて必ずや花や紅葉に新しい意味をもたらすにちがいない、それが和歌というものだと説いたのだ。

この「型」は和歌そのもののことだった。けれどもそれでは説明にならないので、俊成は少々工夫する。『古来風体抄』は式子内親王の求めに応じて書かれたものだったから、何らかの和歌の極意の説明をしなければならない。俊成はそこで天台智顗《てんだいちぎ》の『摩訶止観《まかしかん》』を引いた。「歌の深き道を申すも、空仮中《くう・け・ちゅう》の三体《さんたい》に似たる」というふうに。

ぼくもいろいろのところで『摩訶止観』の空・仮・中の三体止観の発想と構想のおもしろさについて書いてきたが、このロジックはまことに東洋的で、何かが日本人には納得できる。俊成は、この「空《くう》」と「仮《け》」と「中《ちゅう》」をつかって歌の心性を説明した。

天台教学では空・仮・中の三諦《さんてい》三段階による止観を重視する。意識や心性がまず「空」に入り、ついで「仮」に出て、そのうえで「中」に進む。

当初の「空《くう》」では、世界の一切も目の前の一切も、いったんは空なりとみなしてみる。これはナーガルジュナ（龍樹）以来の空観である。一切が「空」なら何も実在しないではないかというとき、次に一切は「仮《け》」でもあると見る。ここでは言葉が肯定されていて、一切は言葉によって仮に見えていると見る。「やっぱり実在がある」というのではなく、ただ「有としてたちあらわれている」と見る。仮観にあたる。「実在」と「非実在」や「無」と「有」を比較して説いているようにもおもえるかもしれないが、そうではない。続いて、空観と仮観のいずれでもない「中《ちゅう》」に向かって、いまの「空」と「仮」をも読み替えていく。「空」でも「仮」でもないが、その両方の属性を孕《はら》んだところから世界を見るわけだ。これが中観になる。つまり「中」においては「空仮中」は共相《ぐうそう》する。

これが「一心三観」ともよばれる天台止観の方法だが、俊成はこのロジックをつかって、歌の道というものも一心三観に近いものがあるというふうに説明した。

たとえば歌枕である。歌枕の多くは都を離れて、これを詠んで歌を作る者もそれを聞いて感動する者も、実際にその光景を見たことがないか、仮に見ていたとしても、いまはそこにない。しかし歌とは、その面影をも共相しているもので、そこには現実のトポスや現実から生じるイメージ以上の「中」が入ってくる。そう説いた。

われわれは日常の日々では花と雪とをとりちがえはしないけれど、花が雪として降り、雪が花として舞うことは、「空仮中」の一心三観においては可能になっていく。歌もそういうものなのだ。こうして俊成以降、和歌は「心」「詞」「姿」の一心三観によって歌の世界観を広げていったのである。

敷島の道は容易に広がっていったのではない。西行や定家の登場するころになると、世の中に保元の乱や後鳥羽院の承久《じょうきゅう》の乱のような一言で説明しがたい事態もしばしばおきて、歌の世界にも難渋を突破する必要が出てきた。

たとえば定家が源実朝《さねとも》に与えたといわれる『近代秀歌』には、「やまとうたのみち、あさきに似てふかく、やすきに似てかたし。わきまへしる人、又いくばくならず」というふうに、その容易ならざる事情が訴えられていた。さらに、歌をうまく詠むことはできずとも悟ることはできるはずだという見方も提出されてくる。定家はそこを「心よりいでて、みづからさとる」と書いた。

尼ヶ崎はこうした定家の見方から、和歌がそれまで継承されてきた「詞」に新たな「型」を託《つ》けようとした試みを読みとっていく。そこに「型」と「型」の新たな結びつきを求めた歌道のようなものを感じていく。それは「型と型の関係のコノテーション（共示）」によって和歌が育まれていくという流れになっていく。このことは定家が「本歌取り」を特段に重視した理由にもなった。

さむしろに衣かたしき今宵もや　我をまつらん宇治の橋姫
さむしろや待つ夜の秋の風ふけて　月をかたしく宇治の橋姫

右が本歌で、左が定家の本歌取りである。定家においては本歌の統辞関係が解体されているのがわかる。「風・ふけて」「月を・かたしく」などという言葉の結びつき方は、かつては意味をもっていなかった言いまわしである。定家はそれをやってみせた。文脈のなかで語の機能があきらかではないものをもつということは、語の意味が既存の文脈による限定を逃れる可能性を示した。

新たな歌は古い本歌という型のなかにある。ダダイストやシュルレアリストのように好き勝手に言葉を解体して並べたわけではない。定家は本歌の型にいながらそこに使われた言葉を組み替えて、新たな関係を創出させた。型から出て型へ出たのだった。

定家の時代、つまり新古今の時代、御子左《みこひだり》家と六条家とが「歌の家」の主導権を懸けて争っていた。定家・寂蓮らの「今の世の歌」（新風）は密宗あるいは「幽玄体」というふうに、また従来の「中古の体」「中比の体」（旧風）は顕宗というふうに見られていた。歌風が顕密《けんみつ》の宗派になぞらえられていたわけだ。

これらと離れて中立を保っていたのが歌林苑《かりんえん》の鴨長明だった。長明は歌風によって優劣を決めるのは意味がないという立場をとった。そのうえで中古体の風情主義が風情という美的現象の型に着想のすべてを懸けたのに対して、幽玄体は風情の型から見えない風情を取り出していると見た。この「風情の型から見えない風情」が、長明が『無名抄』で「詞に現れぬ余情、姿に見えぬ景気なるべし」と書いた、かの有名な「余情《よせい》」なのである。

これはそれまでの和歌では表現されていなかった「隠された心」ともいうべきものだった。長明は定家らの歌には、その「隠された心」があらわれたと見た。「詞に現れぬ余情」「姿に見えぬ景気」とはそのことである。現代人がいう余情《よじょう》ではない。

一方、定家自身は『毎月抄』において「有心体《うしん》」というコンセプトに達しようとしていた。これは詠む心のことではなく、詠みつつある心のことをいう。その心の所有者は現実の歌人でもなく、その歌に指定された人物の心でもなく、その歌の外部からその歌にやってきて、また去ろうとする心である。

そのあとはどうなったのか。本書も佳境にさしかかる。著者はいよいよ連歌師の心敬《しんけい》を持ち出してくる。冷泉派の歌僧の正徹《しょうてつ》に歌を学び、のちに「からびたる体は心敬の作にしかず」と称えられた、かの心敬である。

二条良基《よしもと》は連歌と和歌とを区別して、連歌のもつ「当座の興」に光をあてた。心敬は和歌と連歌はひとつのものであるというほうへ深まっていった。「心」「詞」「姿」は和歌も連歌も同じく胸の内にあり、連歌が多くの人のネットワークによって成立しているにもかかわらず、そのような一つの胸の内をもちうるということに気がついた。心敬が発見したのはそのことだ。

しかしこれは、心敬が発見したことの前提にすぎない。一座建立された連歌の座でも、一首一首の和歌の心は失われないという中世のコモンズの心を指摘したにすぎない。心敬が『ささめごと』で問うたのは、もっと過激なものだった。いったい自分がこれまで詠んできた歌というものは、人生の戯《ざ》れ事ではないと言い切れるのだろうかという痛烈な問いなのだ。「このさまざまの跡なし事も、朝の露、夕の雲の消えせぬ程のたはぶれ也」と書く。

心敬は歌の本来を問いたかったのである。人の心というものは仏道に言うごとく「諸行無常」「諸法無我」「涅槃寂静《ねはんじゃくじょう》」にまさるものはないのだから、歌はそこにはとうてい及ばない。それにもかかわらず、歌は仏教からすれば幻のようなものを追っていながら、何かがそこに残響しつづけている。「ただ幻の程のよしあしの理《ことはり》のみぞ、不思議のうへの不思議なる」というものがある。

世の中には「よしあし」も「ことはり」もあるが、歌はそういうものにとらわれつつも、そこにとどまらないものを詠んでいく。それはしばしば「あはれ」と感じられるものになる。そうであるのなら、歌とはまさにその「もののあはれ」を残すためのものではないかと、心敬は考えたのだった。そのことを『ささめごと』では「此の道は、無常述懐を心言葉のむねとして、あはれ深きことをいひかはし」とも綴っている。

心敬は「あはれ」は詠嘆にとどまるものではなく、さらに心に深く滲《し》み入って、さらに意味をも深まらせると考えたのである。その意味の深みを心敬は「艶《えん》」と名付けた。まことに意外なコンセプトである。一番意味が深いところに、なんと「艶」があると言ってのけたのだ。いったい「艶」とは何か。それがいったいどうして無常とかかわるものなのか。「艶」はどうしてあはれでありうるのか。

そもそも「艶」は『古今集』真名序《まなじょ》にもあるように、中国六朝《りくちょう》の艶詞《えんし》の盛行をうけて日本に入ってきた詩歌のコンセプトで、そのころは浮華《ふか》な官能美を意味していた。それが貫之の『新撰和歌』序で「花実相兼」「玄の又玄」といった曰《いわ》く言いがたいニュアンスに入り、壬生忠岑《みぶのただみね》の『和歌体十種』では「高情体」のニュアンスに進み、さらに『源氏物語』以降は、俊成や定家によってしみじみと余情に深まっていく感覚をさすようになっていた。それを心敬は一歩も二歩も極限にもっていきたかった。

たとえば『源氏』藤袴《ふじばかま》では「月隈《くま》なくさしあがりて、空のけしきも艶なるに」なのである。これはほのぼのとしている。『更級日記《さらしな》』でも「星の光だに見えず暗きに、うちしぐれつつ木の葉にかかる音のをかしきを、なかなかに艶にをかしき夜かな」なのだ。これを定家らが歌の姿の官能にまで運んだ。後鳥羽院はその定家の「詞、姿の艶にやさしさを本体《とりえ》とする」と評価した。心敬はそれをなんと、枯木や冬の凍てついた美や氷結の様子にさえあてはめようとしたのだった。

そのため心敬はみずから難問をかかえるのだが、その直後、まさに「空・仮・中」の止観のごとく、「氷ばかり艶なるはなし」とずばり言ってのけるのだ。「だって氷が一番の艶でしょう」と言ったのだ。あっというまの極限だった。

この「氷ばかり艶なるはなし」は日本の中世美学の行き着いた究極の言葉である。ここまで簡潔で、かつ最も面倒な深奥の美意識を表現しきれた例はない。あの冷たい氷が一番に艶をもつ。心敬の艶は「冷え寂び」の出現の瞬間だった。

連歌についてはいくつもの連歌論が説明を試みてきた。そのなかで「冷え」に言及している箇所は、著者によると、「寒き」の十回、「痩《や》せ」の十一回とそれほど変わらない九回の用例であるという。しかしながら心敬は「冷え」をもって極上の「艶」とした。氷こそが「あはれ」で「艶」であるとした。

のちにこの「冷え」は茶の湯の村田珠光において「冷え枯るる」と、武野紹鷗において「枯れかじけて寒かれ」というふうに極端に愛された。心敬はいったいどのようにして「冷え」や「氷」に達したのであろうか。

心敬の弟子に連歌師の宗祇《そうぎ》がいる。飯尾宗祇である。飛鳥井雅親・一条兼良・宗砌《そうぜい》・東常縁《とうのつねより》らに歌や有職故実《ゆうそく》を学んで四十歳をこえて連歌を大成した。その宗祇が師の心敬に自分の歌の批評を希望したことがあった。その判釈のしかたに心敬の考え方がよく見える。

山ふかみ木の下みちはかすかにて
　　松が枝おほふ苔のふるはし

前句に宗祇は「松が枝おほふ苔のふるはし」と付けた。心敬はこれを批判して、「松が枝は、前句の木をあしらひ給候歟《か》。松が枝、こけなども打捨て給《たまい》て、ただ橋ひとすじにて、山ふかき木の下路はすごく侍べく哉」と書いた。宗祇の句には「松が枝」「苔」「古橋」という三つの句材が盛りこんである。心敬はこれを一つにしなさいと言った。他を捨てなさいと言ったのである。そのほうが深山の「すごさ」が感じられるというのだ。心敬は「心言葉すくなく寒くやせたる句のうちに秀逸はあるべしといへり」とも書いた。

恐るべきかな心敬、だ。おそらくこうした推敲と引き算のすえに、「冷え」と「氷」が見えてきたのであったろう。この「冷え」や「氷」は世の中に無常を見たから見えてきたものではない。歌そのものがあはれになる瞬間に見えたものである。すべてをなくしてしまう直前にのみ残響する「艶」なのである。それを歌のなかでは「冷え寂び」という。そうじゃないですか、それ以外に何が言えますか、心敬はそう言い残したのだ。

著者はかくして、中世の美意識をあえて二つに絞るなら、「うつくし」と「冷え」に集約されるのではないかと結んだ。花紅葉の「うつくし」と、そして、氷の「冷え」である。

このあと本書は本居宣長と富士谷御杖《ふじたにみつえ》をとりあげて、宣長が「もののあはれ」を論じた視点と、御杖が歌を神道とさえよぼうとした意図をさぐる。同じように『縁の美学』においても、最終章に宣長と御杖が配置されている。

御杖については、ぼくも話したいことがいろいろある。とくに今日の芸術論や言語論でどのように語っていくか、ぼくも『フラジャイル』（ちくま学芸文庫）などで御杖の言霊論にふれたので、気にならないわけではないけれど、今夜はこれで擱筆《かくひつ》することにする。

出典『面影日本―千夜千冊エディション』

『セレクション版』のためのあとがき——尼ヶ﨑　彬

文字の航跡——その1

本書『花鳥の使——歌の道の詩学』は私にとって初めての著書で、一九八三年に世に出た。ほぼ四十年前である。だが私の書いた文字が初めて活字になったのは一九六六年であり、五十年以上前になる。昨年『利休の黒』をセレクション1として出版するまで半世紀、思えばいろいろ書いてきた。ここでいったん振り返ってみるのもいいだろう。

「いろいろ」という言葉を使ったのはわけがある。テーマが本当にいろいろなのだ。一つのテーマを長く深く研究するのがまっとうな研究者だと思っている方が私の論文リストを見れば、支離滅裂とあきれるだろう。本書は日本の古い歌論をテーマとし、『利休の黒』はいうまでもなく茶道論である。まあこの二つは無関係でもないテーマだから、自分のことを歌論研究者とか茶道史家などと名乗ることをせず、日本美学の研究者でしてと言っておけば許される範囲だろう。だが私の著述のもう一つの主要テーマは舞踊である。公演評のたぐいまで含めれば、書いた文字数は日本美学関係より多いかもしれない。また身体論もあって舞踊論の延長線上のようにも見えるが、必ずしも繋がりはない。他に美術論もある。それもテーマはだいたい現代美術である。私がＮＨＫの画面に出たのは現代美術の解説者としてであった。そしてなぜか宋代の水墨画論についての論文もある。さらに思い返せば、最初に活字になった論文は大学論であったし、その後いくつかのマスメディア論が異なる雑誌に掲載されている。自分で見ても支離滅裂だ。なぜこんなことなったのか、その紆余曲折の航跡を辿り、現在の眼から見て私が何をしようとしていたのか、あるいは無意識にしていたことが何であったのか、それを確かめてみたい。

私が大学に入ったとき、二年間の教養課程を終えたあとの専攻は美学にしようと決めていた。だがそのためにどういう準備をしたらいいのかはよくわからなかった。ちょうどそのころ雑誌『思想の科学』が中井正一賞というものを創設し、そのために懸賞論文を募集した。調べてみると中井は京大の生んだ美学者で、前年から中井正一全集の刊行が始まっており、再評価の動きが出ているらしい。私はよく知らないまま、とりあえずこの論文募集に応募することにした。強制的に美学の勉強をすることになるからだ。このとき私がどのくらい無知だったかというと、「中井正一賞」の募集が中井正一についての研究論文の募集だと思い込んでいたことを告白しておこう。「ノーベル賞」がノーベル研究に対する賞だと思い込む馬鹿はいない。だがとにかく私は中井の著作を読み、それを理解するために彼が引用している学者の著作を読みはじめた。彼が左翼系の学者であることは知っていたからマルクスが出てくるのは想定していたが、その対極とみえるハイデガーやカッシーラーなど中井と同時代の哲学者の名前が次々に出てくるのには驚いた。だがこの泥縄式の近代思想学習は、薄っぺらいものではあれ、その後の私の役にたったと思う。世界を見るのに多様な視点があり、その道具も顕微鏡から望遠鏡までいろいろあることを知ったからだ（それらが身についた、とは言わないが）。

中井独自の業績とされるのは「委員会の論理」である。それを生み出したのは彼独自の「主体性」についての思考である。私には中井が「主体性」という概念に引っかかったように見えた（実は私が引っかかっていただけかもしれないが）。「主体」は「客体」の対概念であり、何事かを自ら判断し行為する者を指す。主体に何かをされるものが「客体」である。この主体はふつう個人である。だが現代の活動は戦争であれ（軍隊）、経済であれ（会社）、スポーツであれ（チーム）、集団が単位となることが多い。このとき判断し指示するリーダーだけに主体性があり、他のメンバーは将棋の駒のような道具（つまり客体）にすぎないのだろうか。中井は集団における主体性とはどのようなものかを考え、「委員会の論理」に行きつく。共有する「記録」にもとづき、共同で「討議」した結果を集団の主体的判断としようというのだ。だがこれで集団が主体となるという論理は私には強引に思えた。むしろ彼があげた集団としての主体の発生事例のほうが印象に残った。それは中井が京大でボート部に所属していたときの経験談である。学生たちが集団でボートを漕ぐとき、はじめはバラバラな個人の集まりであったものが、あるとき「ははあ、これだな」と「呼吸」をさとり、「与えられたフォームの感覚が肉体的必然として腑に落ちている」感覚が生まれる。これ以降個人と集団との区別は消え、漕ぎ手たちは単一の生命体であるように動くというのだ。まさに一体化である。美学とは何の関係もないように思えた中井の主体性論は、ここへ来て彼の美学とつながる。中井の考えでは、美とはひずみなき秩序をもつものであり、それを見て本来の自分を「気分」として理解することが美的体験なのだという。彼が経験した一体化の「気分」は、きっと彼にとってひずみのない美しいものであったのだろう。

書き上げた論文に「主体性の思索」という題をつけて『思想の科学』編集部に送ったあと、私は『朝日ジャーナル』が「大学・わたしはこう考える」という課題の懸賞論文を募集しているのをみつけた。朝日新聞社が出していたこの週刊誌は、二年後の全共闘運動全盛時には社会問題に関心のある学生の必読書となり、「右手にジャーナル、左手にマガジン」とまで言われるほどになった（「マガジン」は『あしたのジョー』などを連載していた『少年マガジン』のこと）。とはいえ一九六六年当時はまだお硬い週刊誌という程度の位置づけだったと思う。二年生になっていた私はそのころ周囲に見えた学生の現状をテーマに選び、「学生の中の大衆」と題した論文を送った。『朝日ジャーナル』は増刊号を出し、優秀作二編と秀作七編を一挙掲載した。私の応募作は編集部によって「学生とは〝仮の宿り〟か」と改題されて秀作の中にまじっていた。

私の問題設定は明確だった。学生たちのアイデンティティの喪失である。政治活動とか勉学とかスポーツとか、自分が何者であり、何をやるべきかを自覚している学生、つまり主体性をもつ学生は少数で、多くは自分が何者かがわからず中途半端にいろいろとさまよっているという話である。もちろんこれは、私自身がアイデンティティをもてないという自覚から来たものだった。

まもなく『思想の科学』が中井正一賞の結果を発表し、私の応募作は佳作として本誌に掲載された。書いた順では最初だが、公的には二番目の論文である。

その後大学の二年生から三年生にかけて私はいくつかの雑誌の懸賞論文に応募し、入選作として掲載された。『国民政治研究会報』の「テレビは政治をどう変えたか」、『総合ジャーナリズム研究』の「現代マスコミ論」、『放送文化』の「放送に提言する」である。なぜかマスメディア論ばかりだが、いずれもテーマは主催者の定めたものである。私が書いたのは、私たち大衆が自分のあるべきイメージをマスメディアに教えられているという現状だった。つまり私たちは自分のアイデンティティを主体的に掴むのではなく、メディアから提示されたイメージを自分の欲望とする客体にすぎないということである。ただ最後の論文は「提言」を要求されているので、視聴者が単なる客体にとどまらない方法、つまり参加型の番組を提案した。既にスポーツをライブで観戦するとき、私たちは戦っている選手と一体化するだけでなく、同時に視聴しているはずの仲間（オリンピックなら国民、野球ならチームのファン）とも一体性を感じることができる。それを延長して、スポーツ以外の番組を人々の一体化のメディアにできないかというものだった。今気がついたが、ここには中井正一の主体性論の影響があるかもしれない。

大学四年生となった私は卒論のテーマを美学の主任教授と相談しなければならなかった。私は好き勝手に書きたかったので、教授の指導を受けたくなかった。そのためには教授の専門外のテーマを選ぶ必要がある。ところが今道友信教授はギリシア語ラテン語をはじめ西洋諸国語を自在にあやつり、古今の美学に通じていた。たぶん盲点は日本だ、と私は推測し、とすれば世阿弥か利休だなと考えていたのだが、ある日の授業で教授の口から世阿弥の話が出た。もう利休しかない。面談の日、利休をやりたいと申し出たところ、利休はよく知らないから自分で自由にやってくれ、とのお言葉をいただいた。

その直後の六月、文学部の学生大会はストライキを決議した。まもなく大学は全学ストに入り、校舎は全共闘に占拠され、講義はまったくできなくなった。翌年大学当局は学内に機動隊を導入して占拠する学生を排除したが、すべての授業を正常化するには時間がかかった。なんだかんだで私が卒業したのは二年三カ月遅れの一九七一年六月だった。一年足らずで書く予定だった卒論に三年かけることになってしまったせいか、読むのが面倒なくらいの大作になった。タイトルは「利休における茶の湯の理念」。だが本文に利休の名はあまり出てこない。では何を書いていたのかといえば、結局アイデンティティの話だった。

この論文の序章は筑摩書房の雑誌『展望』に「不審の花――利休における二つの志向」として掲載された。大学への提出前に意見を聞こうと原稿を見せた知り合いが編集者に渡したのだ。掲載頁を開いて驚いた。私の肩書が「大学院生」となっていたからだ。編集者に聞くと、大学生の論文を掲載した前例がないので会議を通しやすくするためと言っていた。善意だったのかもしれないが、これは身分詐称になる。私は卒論から序章を省き、それをなかったことにして提出した。まあ何のフォローにもなっていないのだが。

「自分はいったい何者なのか?」という青年期に多い不安をエリクソンは「アイデンティティ危機(identity crisis)」と名付けた。今でこそ「アイデンティティ」という言葉はそのまま日本語として通用するようになったけれども、半世紀前はまだなじみのない言葉だった。心理学書では「自我同一性」と訳されていたけれども、私には山崎正和の「自己の存在証明」という訳のほうがしっくりきた。調べてゆくと、アイデンティティの確保には二つの道があるようだった。一つは自分の存在する意味や価値が客観的に（あるいは他者の眼に）確認されることである。そのためには自分の外部にいる権威者（価値基準の決定者）に自分の価値を認めてもらう必要がある。その最初の権威者は家庭という小社会の中での父親になるだろう。だが子どもから脱した青年に、もはや父親は権威者ではない。もっと大きな権威に自分を承認してもらうことが必要になる。それがないから青年たちのアイデンティティが危機になるのだ。就職して会社に入れば「地位と役割」がアイデンティティを与えるだろう。だがそんなものでは小さいとなると、神のような絶対者に自分の存在を肯定し評価してもらうことが必要になるだろう。私はこれを「父なるもの」を求める依属志向と呼んだ。もう一つの道は共同性である。人は産まれてしばらくは母子一体となって自己と母の区別がない。だがしだいに自己が母と別の存在であることに気がつくと、「分離不安」と呼ばれるものが生じる。それは心理学者に言わせると宇宙で一人ただよっているような不安だそうだ。この不安を紛らわすために子どもは母に、家族に、同年代のともだち（ピアグループ）に共同性を求める。彼（彼女）は大きくなってもやはり安心して帰属できる集団を求めるだろう。私はこれを「母なるもの」を求める帰属志向と呼んだ。さて、こういう話がどう利休につながるのか。

利休には「利休」のほかにも「与四郎」「宗易」などの名があるが、これらはみな他人が与えた名である。だが命名者がわからない名前が二つある。「不審庵」という庵号と「抛筌斎《ほうせんさい》」

という斎号だ。私はこの二つが利休自身の選んだものではないかという仮説を立て、その意味を調べた。すると「不審庵」とは自己に意味や価値基準を与える絶対者から解放されることであり、「抛筌斎」とは集団への帰属を捨てて裸の個人と個人との出会いを求めることだとの結論に達した。まあ、かなり強引な論理なのだけれど。だがこの結論は利休の茶の湯がアイデンティティという呪縛からの脱出を志向していたのだと言えないだろうか。つまり私は大学時代の六年をかけてアイデンティティの呪縛から逃れる方法を探していたのだ。

さて注意すべきは、この論文で「父なるもの」と「母なるもの」という二項図式を採用したことである。前者は客観的であり、評価の基準はときに言語化できるほど明確である。だが後者はもともと母子一体感という主観的なものであり、実感としてのみあって客観化はできない。このタイプの二項図式はこのあとの論文でも繰り返されるだろう。

大学を卒業した私は数年間社会の中をさまよっていたが、結局社会人としては不適だと自覚し、三十歳で大学院に入った。研究対象は近代以前の日本の美学思想とし、二年後に修士論文「俊成・定家における歌の道」を提出した。本書『花鳥の使』はそれを中核とし、その後の博士課程在籍中に書いた歌論研究を合わせてまとめたものである。

日本の歌論を時代順に追った本書の論文は、基本的に二項対立の図式をもっている。ただしこれは私が勝手に設定したわけではなく、主たる歌論の筆者たちがそろって採用していたからだ。たとえば藤原俊成のころ、当時主流であった仏教思想では仏説が真実を語る「実語」であるのに対し和歌は「狂言綺語」(でたらめな内容を見た目だけ飾りたてた言葉)とみなされていた。

二項対立は世間の側が設定したものだった。これに対し俊成は、まずこの二項対立を仏教哲学によって否定し、次にあらたな言語観によって別の二項図式を設定する。もう少し詳しく言おう。仏教の言語論によれば、世界の真実はもともと言語によって語ることはできない。俊成はこれに依拠して仏説も和歌も同じじゃないかとし、「実語」対「狂言」の二項対立を否定する。次に俊成は通常言語と和歌との新たな二項図式を提示する。一方は世界を概念で整理するための言語であり、他方は揺れ動く心情を捉えるためのもう一つの言語だとしたのだ。

藤原定家の登場は歌壇に旋風を巻き起こした。はじめは「達磨歌」（禅問答のように意味不明）などと笑われていたのが、後鳥羽院がその才を認めて重用し、彼のスタイルが新しいファッションとして流行すると、古今集以来のわかりやすいスタイル（中古の体）と定家らのスタイル（近代歌体）とは二項対立の図式で論じられるようになった。これを解説した鴨長明は、難解な定家のスタイルを「幽玄体」（暗くてよく見えないスタイル）と呼び、その特徴を「目にみえない景色・言葉にされなかった心情」にあるとした。この、「露骨に見せるもの」と「隠して想像を喚起するもの」という長明の設定した対比は、その後も日本の美意識に受け継がれ、江戸時代には「やぼ」と「いき」の二項対立に至るだろう。

心敬は、誰にもわかる美とわかりにくい美との二項対立を和歌からさまざまな分野に拡大する。絵画でいえば金箔の地に極彩色で花鳥などを描く大和絵と中国から来た最新のスタイルである水墨画の対比がある。自然美でいえば、桜や紅葉あるいは中秋の明月などの伝統的な美しい光景と「枯野の草木などに露霜の氷りたる」光景とがある。前者は官能的な美しさをもち、後者は「冷え」ている。同様に連歌においてもさまざまな技巧や素材をとりこんだ「姿ふとり暖かなる句」と「心言葉少なく寒く痩せたる句」とを対比する。いずれも前者は伝統的な、そして多くの人の好むメジャーな美なのだが、心敬が高く評価するのは後者の「冷え」た姿である。それは新しい美意識の登場であり、中世に広まったものであった。

和歌についての表面的な二項対立は、さらに大きい文化的二項対立と重ね合わせられることがある。たとえば中国と日本である。本居宣長の場合がそうだ。彼は「ただの詞」と「あや」とを二項対立の図式におき、前者は日常の合理的秩序の世界を表すのに対し、後者は和歌に用いられて非合理な「あはれ」の感を表すとした。ここまでは宣長以前の歌論と大差ない。だが彼は前者の背後に、客観的合理性のみならず、人が自分の個人的欲望を捨てて社会の公認する正義とか合理性が指示する規範に従えという要請を見た。少なくとも支配階級である武士たちはそれに従った。宣長はそれを進歩とは捉えず、むしろ個人の心情を大切にしてきた古代日本人の特性が失われたと考えたのである。そして中国から布教された合理的精神を「漢意《からごころ》」と呼び、古代日本人の心（と推測されたもの）を「やまとごころ」と呼んだ。もちろんこれは中国人に感情がないという意味ではない。また倫理的合理的判断が悪いという意味でもない。それらが日常生活にも政治にも必要であることはわかっている。ただ大義名分や合理性を重視するあまり個人的心情を「女々しい」などと言って排除しようとする男たちに対して、人間とはもともと女々しいものだ、それを認めるところから出発しようじゃないか、そうしないと和歌の価値も美の価値も、そして人生の価値も見えてこないよと言っているのだ。それにしても当時の読書人たちが当たり前の規範と思っていた客観的合理性を、それは実は外国からの輸入品だよと言ってのけたことは、読者の視点の転換のためにかなり効果的な戦術であったかもしれない。

富士谷御杖《ふじたにみつえ》はさらに話を広げた。まず言葉を通常の「言語」とそれとは別の「詠歌」とにわける。「言語」は論理と概念を伝達し、「詠歌」は「情」を伝える。この二項対立は従来の歌論と変らない。しかしここから御杖は話を壮大化する。一人の人間には社会的存在としての「人」(「公身」)と内面的な「神」(神様ではなく精神)との二面がある。御杖の言う「神」とは「霊《たましい》」であり、結局は「私思欲情」である。そして「人」には公的な「人道」があるように、「神」には「神道」があるとするのだ。「人」にはそれぞれ社会の中での地位と役割というアイデンティティが割り当てられ、従うべき規範がある。その規範を守れば「人道」から外れることはない。ところが「神」のほうは私欲だから、うっかり言動に出せば逮捕されるかもしれない。では「神」と「神」とのコミュニケーションはどうするのか。私欲を言語にして表に出せば、ふつうは嫌われる。だが歌なら共感を得ることができる。つまり人間が生きる世界には抽象的秩序(人道)によって維持される公的な社会と、個人間の具体的な共感関係とがあるという二項図式である。前者は社会を維持するために必要な制度だが、そこには「人」という演技された存在しかいない。後者は各人の心(「神」)が実感するそれぞれの人生であり、ほんとうに大事なのはこちらだというわけだ。これはもはや歌論というより、人間とは何か、社会とは何かを問う哲学であり、言ってみれば世界の構造の説明である。そしてその出発点にあるのが論理的「言語」と実感的「詠歌」という昔ながらの二項図式なのである。

このようになぜ二項対立の論が多いかというと、自分の好きな物が社会での評価が低く存在を無視されているとき、あるいは新しいためにまだ存在そのものが認知されていないとき、いきなりその存在を承認しろ、価値を認めろと言っても受け容れられないからである。こう言う場合、現在当たり前とか、メジャーとされているもの、あるいは社会に価値が高いと承認されているものなどを取り上げ、それとの対比によってこれまで無視されていたもの、新しいものの存在理由や価値を語るという戦法が理解をえやすいだろう。この視点からもう一度歌論史を振り返ってみよう。

古代から江戸時代までの日本では世間で権威を得ているものが中国起源であるという場合が多かった。むしろ中国という先進国の権威によってそれらは価値が高いとみなされ、メジャーな地位を獲得したのかもしれない（近代以降は中国に代わって西洋がその役をになうようになる）。大化の改新以降、日本は中国をまねて律令を定め、統治体制を整えた。平安初期には、朝廷の儀礼・服飾なども唐風に改められた。公文書はすべて漢文で書かれ、男性貴族に漢詩文の教養は必須となった。その結果勅撰の漢詩集が三つも出た。いっぽう和歌は公的な場面からは排除され、残された最も重要な出番はラブレターだった。女性たちは漢文や漢字の教養を求められなかったので、日本語で和歌を詠み、仮名で書き留めてやりとりしていたのだ。このため後宮での社交には男といえども和歌が必須となった。やがて和歌が宮廷文化の中で大きな役割を占めるようになり、ついに十世紀に最初の勅撰和歌集が出る。『古今和歌集』である。その序文を紀貫之は仮名で書いた。いわゆる「仮名序」である。これは公的な文書として珍しく仮名による文章、つまり日本語による文章であった。

「仮名序」は日本語の和歌と中国語の漢詩とを明示的に二項図式としては立てていない。しかし貫之の頭の中にはそれがはっきりとあったろう。というのも「仮名序」で彼がやろうとしたのは、和歌というものの存在理由を語り、その意義が漢詩に劣らぬと主張することであったからだ。「仮名序」の冒頭が「うたは」ではなく「やまとうたは」と始まるのは、明らかに「から(唐)」に対する「やまと」の強調である。つまり漢詩はともかく和歌はこういうものだ、と始めたのである。漢詩の存在意義は当時の男性貴族にはよく知られていた。「経国の大業」つまり国家経営に役立つことである。その理由は漢詩が国民に正しい道徳を教え、また失政があれば国民が詩によって風刺するからというのだ。これを政教主義という。だが和歌は政治や道徳にはあまり関心がない。不倫の歌さえ多い。だから漢詩の存在理由を和歌に適用するわけにはいかない。ではどうするか。

この貫之が抱えた問題は、まさに和歌のアイデンティティの確立だったと言えるように思う。たぶん勅撰和歌集の計画が出たとき、朝廷の漢詩人たちから批判の声があがっただろう。漢詩は「経国の大業」としてその重要性を公認されている。しかし和歌はせいぜいラブレターくらいしか役に立たないじゃないか、そんなものを集めて勅撰集を作るなんて国の恥じゃないか、とかなんとか。貫之に課せられていたのは、まさに和歌の存在を肯定できる論理、しかも和歌を漢詩に劣らぬものとして並べられるような根拠の提示であった。漢詩の存在理由は国家の役に立つという実用性にあったが、それを基準に比較されたら和歌はとうていかなわない。貫之は実用性という基準を捨てた。役にたたないからといって、それがどうしたと居直ったのである。彼は、人間には心があるという事実に注目した。人は悲しんだり喜んだりする、悩んだり愛したりする。そんなものは役に立たないから心なんか捨ててしまえと言われても、ほんとうに捨てていいんだろうか。血も涙もないように見えた武将が歌に心動かされて泣くのは素晴らしいことじゃないのか。人は生きるかぎり心に何かを感じるし、思いが深くなればつい歌にして外に出してしまう。歌とはいわば生きている証《あかし》なのだ。実用という生活の手段と生きている証と、両者に優劣をつけるなんてできるかね、というわけだ。「仮名序」には漢詩と和歌をはっきり対比させた文章はないが、読む者はみなそれを意識していただろう。そしてこの対比は役に立つ機能性と役に立たない情（あはれ）の二項図式として、のちのち形を変えて継承されることになる。

俊成の頃は仏教的価値観が世間に流布していたが、それは儒教的政教主義以上に和歌に否定的だった。歌や物語は所詮「狂言綺語」だろう、紫式部も『源氏物語』を書いたせいで地獄に堕ちたっていうし、和歌なんて詠まないほうがいいんじゃないか、というものだ。これに対し俊成は、いわば敵が根拠とする仏教学の言語論を逆用して別の二項図式を作り出した。概念によって認識の仕方を教える通常の言語と、物に対する感動の仕方を教える歌という対比である。

心敬の頃はすでに和歌が高級な文化として認められており、これを擁護する必要はなかった。その代わり、連歌と和歌とが対比された。和歌はいわば芸術であって、優れた作品は勅撰集に収められて永遠に残る。いっぽう連歌はその場限りの遊びであって、会が終われば作られた句はみな捨てられてしまう。価値の差は歴然としていた。これに対し心敬は両者を対立させるのではなく、区別をたてないというやり方で連歌を短歌と同じ席に並べようとした。その代わり、連歌の中で「心」をもつものと言葉遊びにすぎないものとを区別し、後者を排除しようとした。連歌の価値が安定しないのは不純物のせいだと考えたのだ。これは既に確立した和歌のアイデンティティを借りることで連歌の存在理由を保証することであった。

宣長は医学を学ぶために京都に遊学して和歌にはまった。松坂に帰って医院を開業したが、地元の人からは「あそこの坊ちゃんはせっかく医者になるために京都へ行ったのに、勉強そっちのけで歌会に出たり芝居を見たり、遊びまわってたらしいよ」などと陰口を言われていたのではないだろうか。医学が実用の代表なら歌は遊びの代表だろう。そのせいか宣長の二項図式は実用的な「意」を伝える「ただの詞」と、役に立たない「もののあはれ」を伝える「歌・物語」とから成っている。医者である宣長はけっして実用を否定しないが、「もののあはれを知る」ことこそ人間にとって大事なことなのだと主張するのである。

御杖もまた「人」と「神」との二項図式を基礎としている。「人」は社会の一員であり、「人道」は社会を維持するための規範であり、実用的である。いっぽう「神」はひとりよがりの満足を求める欲望であり感情であるから、役になんか立たない。ここには実用性と非実用性との二項対立がある。同時に御杖は「人」の間で交わされる「言語」は機能的合理性をもつが、「詠歌」はレトリックによって「神」の思いを伝えることができるとする。ここには論理的に思考を語る「ただの詞」と心情を伝える「歌」という古典的二項図式がある。

こうして日本の歌論史を辿った本書は、それらが和歌と言うものの存在を肯定しようとしていたこと、そのための論理はアイデンティティを見つけるために使われるのと同じ方法を使っていたことを示した。つまり既に存在を肯定されているものと対比する二項図式を作り、和歌は（あるいは連歌は）既存の相手と同じかそれよりも優れた価値をもつと主張していた。その根拠としていつも採用されていたのは、役に立つ実用性に対する役に立たない人の心、あるいは合理的な論理に対する非合理な実感であった。

さてここまでは私の論文五十年の流転のやっと三分の一である。だが残りについてはまたの機会ということにしよう。

■著者紹介

尼ヶ﨑彬（あまがさき　あきら）

1947年愛媛県生まれ。東京大学大学院人文科学研究科博士課程中退（美学芸術学専攻）。

東京大学助手、学習院女子短期大学助教授を経て2017年まで同女子大学教授。美学、舞踊学。

著書に、『利休の黒』（花鳥社、2022年）、『花鳥の使』（勁草書房、1983年）、『日本のレトリック』（筑摩書房、1988年）、『ことばと身体』（勁草書房、1990年）、『縁の美学』（勁草書房、1995年）、『ダンス・クリティーク』（勁草書房、2004年）、『近代詩の誕生』（大修館書店、2011年）、『いきと風流』（大修館書店、2017年）など。著書に収められなかった論文・評論等はhttp://amagasaki.no.coocan.jpにある。

花鳥の使——歌の道の詩学

［尼ヶ﨑彬セレクション 2］

二〇二三年三月三十日　初版第一刷発行

著者……尼ヶ﨑彬

装幀……株式会社 モトモト［松本健一／佐藤千祐］

発行者……橋本 孝

発行所……株式会社 花鳥社
https://kachosha.com/
〒一五三-〇〇六四　東京都目黒区下目黒四-十一-十八-四一〇
電話〇三-六三〇三-二五〇五
ファクス〇三-三七九二-二三二三

ISBN978-4-909832-62-7

組版・印刷・製本……富士リプロ株式会社

全編書き下ろし【利休生誕500年記念】

尼ヶ崎彬セレクション1　日本人はいかにして「日本人」になったのか?

利休の黒　美の思想史

『毎日新聞』ほか絶賛!

名著である。半世紀前、小林秀雄の『無常といふ事』や唐木順三の『千利休』『無常』が………、青年必読の名著とされたが、いまやそれに代わるものが登場したという印象だ。……三浦雅士氏評

鴨長明―兼好―利休、日本の美を決定づけた思想家たちを掘り下げ、思想史として体系付けた名著!

本書は岡倉天心の問題意識を引き継いで、茶道を生み出した背景となる日本文化の歴史を調べ、時代とともに変わるその理想を調べてみたものである。すると確かに、天心の言う通り、仏教の無常思想に始まり、老荘の脱俗志向、中国文学の伝統などが古代中世の日本文化に流れ込み、日本独自の美意識と絡み合いながら展開し、さらにすべての伝統的規範が無効となり無法地帯となった戦国の日本に禅の思想を核として凝集した新しい文化習俗が茶の湯であったことがわかる。利休のとき茶の湯の理想は一つの究極に達したようにみえる。そこで本書の調査は古代から始まり利休の章で終る。　―「あとがき」より

【構成】

序「生の術」としての茶道　第一章　日本の奇妙な文化　第二章「茶の湯」前史
第三章　婆娑羅と闘茶　第四章『山上宗二記』のストーリー　第五章　珠光の美意識
第六章　都市の隠者　第七章　紹鷗の開眼　第八章　秀吉のかき回し
第九章　茶道具の誕生と変容　第十章　利休の黒　終章　その後とこれから
あとがき　引用文献　参考文献　登場人物略記

四六判上製全320ページ　本体価格2700円

花鳥社

尼ヶ崎彬セレクション3　続刊　和歌を語りながら、現代短歌に直結する古典和歌の歌論群

日本のレトリック

……せっかく作り出された作品が、ほとんど論議される機会もなく、消えていく運命にある。一首の滞留時間が短くなっているのである。皆がただ自分の作品を送り出すだけで精一杯で、同時代の他の作品を〈読む〉余裕を失っている。同時代性という概念自体が消失しようとしているのである。これでは作品行為自体が自己満足でしかないだろう。……

この問題は、現代短歌の分野では、まだあまり真剣に議論された事はないが、真に憂慮すべき問題であるだろう。尼ヶ崎氏が、定家の本歌取を論じて、「彼は読者の前に、通常の物の見方をするかぎり見えない世界の扉を打ち開こうとする。そのために、彼はまず通常の〈型〉を引き、同時にこれから脱出する工夫を加えるのである」と言い、さらに「彼は周知の情念の〈型〉を引用しつつ、月並な見方ではそれと両立しがたい『もの』を配する。心と物の照応という効果が生じ、読者は世界をかつて知らなかった『眼』で見はじめる。このような享受の過程は、本歌という確立された一つの〈型〉を踏み台としなければ、容易には生じないであろう」と述べているあたりから、表現の基本的な問題として、現代短歌の状況論が展開されてもいいな、などと思わせる。私が繰り返し、単なる教科書や解説書ではないと強調してきた所以である。もっとも基礎的な論考が、もっともラディカルに状況を照射するという例を、この一冊に見るように思う。

……尼ヶ崎氏の指摘は、古典和歌の歌論を語りながら、しかもそのまま現代短歌に直結するものであるところが魅力なのである。

永田和宏『日本のレトリック』解説（ちくま学芸文庫版）より

【構成】

一　仕立て―仕組まれた場違い　二　見立て―視線の変容　三　姿―見得を切る言葉
四　対句―意味に先立つ形　五　寄物陳思―思いに染まる言葉　六　掛詞―話題の交錯
七　縁語―言葉の連鎖反応　八　本歌取―創造のための引用　あとがき
解説　永田和宏　『セレクション版』のためのあとがき

花鳥社

尼ヶ崎彬セレクション4　近刊

頭でわかるよりも、身体でわかる—もう一つのレトリック

ことばと身体

……私たちが何事かを納得するとは、実は論理以外の作用によるのではあるまいか。昔から深く了解することを「腑に落ちる」とか「腹にはいる」とか言う。これら内臓の比喩は「納得」が論理の回路を超えた一種の身体感覚であることを示唆してはいないだろうか。つまりレトリックとは、言葉による身体への働きかけと言う一面を持っているのではないか。いや、むしろこう言おう。私たちの身体は頭のほかにもう一つの認識＝思考の回路をもっており、それを言葉に表そうとしたものがレトリックではないのか。とすれば、レトリックの問題は言葉の問題と言うより、言葉を窓口として現象する、私たちの心身内部の仕掛けの問題ということになる。

これはレトリックの問題の一つにすぎないかもしれない。けれども私が先人から引き継いだと信じた課題は、このような人間の心身のもう一つの回路としてのレトリックであった。本書はこの課題にこたえようとした私自身の手探りの軌跡である。

—「あとがき」より

【構成】

花鳥社